JN207651

こうしてぼくは スパイになった

How I Became a Spy

A Mystery of WWII London

デボラ・ホプキンソン Deborah Hopkinson
服部京子［訳］

東京創元社

目　次

わたしと同じように、本物のルーやベアトリクス、
ブルックリン（ヒーロー）を愛している、エリーサ、バリー、そしてケイトへ。

こうしてぼくはスパイになった

ベイカー・ストリート 64 番地
相互勤務調査局（ＳＯＥ）
チャリング・クロス・
ロード 84 番地
〈マークス＆Ｃｏ〉書店
ハノーヴァー・スクエア
ミル・ストリート
セント・ジョージズ教会
ブロードウィック・
ストリート 25 番地
トレンチャード・ハウス
（バーティの家）
グロヴナー・スクエア
ヘイズ・ミューズ
エレノアの家
ネルソン記念柱
1944年
ロンドン
0
1000
2000
Feet

一九四四年二月十八日　金曜日　夕方
ロンドン

　あの夜、自分がスパイになるだなんて思ってもいなかった。ぼくはただ、ひるまず、しっかり働き、面倒に巻きこまれないようにしようとしていただけだ。あまりうまくいっていなかったけれど。

「落っこちるなよ、ＬＲ！」ぼくは急いでいた。空襲警報のサイレンが甲高く鳴り響いたかと思うと急に低くなり、それを聞いて背中に震えが走った。サイレンのせいでリトル・ルー（Little Roo）は興奮し、群れに加われと命令するオオカミのボスみたいになっていた。小さくて真っ黒な鼻先を照明弾が落ちてくる空に向けて遠ぼえし、スパニエル犬の長い耳を旗のようにひらひらさせていた。

　ぼくの心臓はバクバクしていた。それはすごい勢いで自転車をこいでいたからじゃない。その夜が試験だったからだ。ぼくを採用したのはまちがいではなかったと、どうしてもおとなたちに証明したかった。今回だけは正しく行動しなくちゃと思っていた。なのに、空襲時の伝令係として守るべきルールを破っていた。それに（そのときはまだ知らなかったけれど）スパイとして守るべきルールにもあきらかに違反していた。

　いまはもう、すっかりベテランだけど。

ルールその1：つねに背景にとけこめ。

サイレンが鳴りはじめたとき、前面に伝令係（Messenger）の〝M〟が書かれた民間防衛隊の鉄製のヘルメットがどこにも見あたらなかった。それでしかたなく古いブリキの鍋をつかんで、細くてふわっとした赤毛の頭にかぶせた。

ルールその2：人目につくものを持ちはこぶな。

ふつうは自転車のかごに懐中電灯（アメリカ人が〝フラッシュライト〟と呼ぶもの）を入れていく。でもぼくはトーチも持たずに飛びだした。かごにはリトル・ルー、またの名をLRが入っていた。人目についたかって？　まあ、そうかもしれない。あの子はロンドンでいちばんかわいい犬だから。

ルールその3：つねに警戒を怠るな。

あの夜、もっとしっかり注意していたら、謎めいたアメリカ人の女の子にぶつからずにすんだだろう。

ひとつたしかなのは、あの子にぶつからなかったら、ぼくはけっしてスパイになっていなかったということ。

パート1

謎(なぞ)めいたアメリカ人の女の子

諜報員(ちょうほういん)は兵士とはちがい、多くの友人を持っていると同時に、多くの敵に囲まれている。目に見える敵もいるし、見えない敵もいる。

——特殊作戦執行部(SOE)(Special Operations Executive)マニュアル：ナチス・ドイツの占領下(せんりょうか)にあるヨーロッパでいかにして諜報員になるか

1

きみは見てはいるが、観察していない。
――シャーロック・ホームズ・シリーズ「ボヘミアの醜聞」より

曲がり角の手前で、ぼくは頭を低くして鍋がどっかに飛んでいきませんようにと祈っていた。右手でぶるぶる震えているスパニエル犬を押さえてかごから落ちないようにする。片手で道を曲がるくらいなんてことない。

いつもなら。そう、女の子がマドックス・ストリートのまんなかに立っていなければ。ぼくは声を張りあげた。「おーい、あぶないよ！」

このままじゃぶつかる。ぼくはリトル・ルーからとっさに手を離した。左右のハンドルを握り、左へそれる。でも間にあわなかった。右のペダルが女の子の脚にあたり、ふたりとも地面に倒れた。ぼくは左ひざを打った。鍋が頭から落ち、ＬＲはかごから転がりでた。女の子はさっと身体を起こし、なにやらわめきながら、壊れたぜんまい仕掛けのおもちゃみたいに前後左右を何度も見まわしている。頭上では爆撃機がうなっている。地上から味方の高射砲が空に向かって火を噴く。ぼくは急いで立ちあがり、ひざをさすった。

「きみ、だいじょうぶ？」まわりの物音に負けじと声を張りあげる。

返事はなし。ぼくは女の子を助け起こそうと、片手をさしのべた。でもすぐに手を押しのけられてしまった。「ちゃんと前を見て走らないから、こういうことになるんでしょ」

「ぼくのせいだって？　そっちが道に突っ立ってたからだろ！　ぶつかったのがバスじゃなくて、きみは運がよかったんだぞ。バスだったらぺしゃんこになってた」

ぼくは口を閉じた。なにやってるんだよ。けんかをふっかけるようなまねをして。話し方のアクセントから女の子はアメリカ人だとわかった。いまロンドンにはアメリカ人がうじゃうじゃいる。軍服姿の兵隊、ジャーナリスト、袖章や勲章を見せびらかしている海軍や陸軍の将校、アメリカ赤十字社のパリッとした制服を着た若い女の人たち。誰もがフランス上陸作戦の準備のために集まっている。フランス上陸こそ、連合国がヒトラーを打ち負かして戦争を終わらせるための、ただひとつの方法なのだ。

アメリカ人の力が必要だってことはわかっているけれど、ぼくは心のどこかでこのよそ者たちに腹を立てている。いちばんつらい時期、アメリカ人はこの街にいなかった。三年前、ナチス・ドイツは空からロンドンを絶え間なく攻撃した。一連の大規模なロンドンへの空襲はザ・ブリッツと呼ばれた。夜じゅう爆撃がつづき、ロンドンを焼きつくす勢いで焼夷弾が落とされ、通りという通りが破壊されてがれきの山となるなか、ぼくらは生きのびた。大勢の子どもたちが疎開のために地方へ送られた。兄さんのウィルとぼくは、両親に頼みこんでロンドンに残してもらっていた。

アメリカ人にはぼくらみたいに苦しい日々を送った経験はない。そのためか、ロンドンっ子にくらべて希望にあふれ、元気いっぱいに見える。きっとぼくらよりもいいものを食べていて、レストランで食事をするお金だってあるんだろう。レストランではいまだに〝本物の〟食べ物を口にできる（らしい）。何年ものあいだこの街では配給制度がつづいていて、人びとは食べ物とはとても呼べないものを買うために、配給切符を手に長い列に並ばなければならない。そんな苦労もアメリカ人は知らない。

だいたい、遅いんだよ、来るのが。あんまり遅すぎて、状況を少しも変えられないじゃないか。

いつものように父さんは明るい面を見ようとして、こう説明した。「われわれは彼ら抜きで勝利を手にすることはできないんだよ、バーティ。イギリスはアメリカの軍隊やトラックや戦車を必要としている。アメリカ人に助けてもらわなきゃならない。アメリカから来た人に会ったら礼儀正しくするんだぞ」

だからいま、ぼくはそうしようとしている。「失礼、きみを突き倒してしまって申しわけありません。ぼくは民間防衛隊で働くボランティアです。至急、防空壕に避難するよう呼びかけるのも仕事のひとつです。防空壕はこの通りの先にあります」

女の子は立ちあがると同時に鼻先で笑った。コートについた汚れを払いながら。「あなた、正式な隊員にはぜんぜん見えないんですけど。ほんの子どもみたいだし。さっきまで頭にかぶってたやつ、もしかしてブリキの鍋？」

顔が熱くなる。「ぼくは十三歳だ。鍋は、その……空襲時に任務につくのはこれがはじめてで、ヘルメットが――」

言えたのはそこまでだった。とつぜん夜がまっぷたつに裂けたみたいになった。ヒューーーー。ドカーン！

「ふせて！」ぼくは叫んだ。ＬＲを抱きあげていっしょに歩道にふせるくらいの時間はあった。温かくて毛がふわふわしたＬＲの身体におおいかぶさり、ささやきかける。「だいじょうぶだからね」

ぼくらは運がよかった。地面は盛大に揺れたけれど、爆弾が落ちたのは一ブロックか二ブロック先のほうだ。顔をあげて、見知らぬ女の子の無事を確認する。〝夕方にひとりで外にいて、いったいなにをしているんだろう〟と考える。たいていの人は真冬の午後は家にいる。とくにいまはドイツ軍による爆撃がふたたびはじまっているのだから。

「お願いだから聞いて……外にいちゃあぶないよ」

女の子はさっと立ちあがった。「もう行かなくちゃ」

そう言ったかと思うと、通りをすごい勢いで走りだした。紺色のコートが細い脚のあたりではためく。〝よかった〟とぼくは思った。〝爆音がよっぽど恐ろしかったんだろう。防空壕へ行ってくれれば安全だ〟

ぼくは大声で呼びかけた。「左手に見える大きな教会の前を通りすぎると、右手に防空壕の看板が見えてくるから」女の子は言われたとおり教会の前を通りすぎていったようだけれど、たしかなところはわからない。ぼくは肩をすくめた。まあ、あのようすならだいじょうぶだろう。それより指揮所へ急がないと。

LRが腕のなかから身をくねらせて地面におり、あたりのにおいを嗅ぎはじめた。ぼくはブリキの鍋を見つけて頭にのせた。ふと足もとを見ると、LRが尻尾をプロペラみたいにぶんぶん振っている。小さな口になにかをくわえながら〝ウォン！〟とくぐもった鳴き声をあげる。「なにを見つけたんだい、LR。こっちによこしな！」

LRの口もとに手をのばしかけたとき、ふいに足音が聞こえてきた。くるりと振りかえると、夫婦らしき男女が歩いてきて、さっきの女の子と同じ方向へ進んでいく。「さあ、こっちだよ」男性が女性に声をかける。「ほら、もうすぐだ」

「ぼくは民間防衛隊のボランティアです。すぐに防空壕へ！」

「ありがとう、ぼうや、でもね、わたしたちはすぐそこの家に帰るところなんだ」男性が言い、手をのばして妻と思われる人の手を取った。「うちには家庭用防空壕のモリソン・シェルターがキッチンテーブルの下にあるんだよ。だからわたしたちは安全だ」

帽子をかぶっていない、短い黒髪の若い男性が夫婦の後ろから走ってきた。ぼくは彼にも呼びかけた。「防空壕へ入ってください！」

彼はしかめっ面を向けてきた。ぱっと見たかぎりでは、顔は骨ばっていて、目はギラついているという感じ。なにかに気をとられているみたいで、高射砲がとどろいているのに頭はほかのことでいっぱいといったふう。さっきの女の子や夫婦と同じく、マドックス・ストリートを足早に進んでいく。

「まったくもう！　誰もぼくの呼びかけを真剣に聞いてくれない」とぼくは愚痴った。ＬＲは口にくわえていたものをいつの間にか足もとに置いていて、尻尾を振りながらそれを見てもらうのを待っている。かなり使いこんだように見える赤いノートをぼくは手に取った。小さなサイズで、ズボンのポケットにおさまりそう。ぼんやりとそんなことを考えて、実際にポケットにすべりこませてから、ＬＲのほうへ手をのばす。

「ほんとにもう行かないと。かごに入りな！」指揮所で待機している隊長たちをがっかりさせてしまうかもしれない。やることなすこと、うまくいかないことばかりな気がする。

追い打ちをかけるように、ＬＲまでが言うことを聞いてくれそうになかった。地面に鼻をこすりつけながらぼくの前を通りすぎ、いま来た道をもどろうとしている。まさか、家に帰るつもりじゃないよね？　「ほらほら、頼むよ、ＬＲ！　こっちにもどっておいで。早く行かないと、伝令係の仕事を取りあげられちゃうよ」

先へ進もうとするけれど、だめだった。ＬＲは反対のほうへ行こうとしている。絶対にこっちへ行く、という足取りで。この子はがんこ者だ。言うことを聞く気があれば、聞く。でも聞きたくないときは……

こうなったら、太くて短く、先っぽが丸まって揺れている尻尾のあとをついていくしかない。行き先が家ではないことはすぐにはっきりした。ふいに角を右に曲がって、せまい脇道に入っていったから。

LRはがれきにうもれた人たちを見つけるための訓練を受けている。でもこの通りは爆撃されていない。爆風さえもここまでは届かなかっただろう。じゃあ、LRはなにをするつもりなんだ？ ぼくは少しのあいだ路地の入口で立ちどまっていた。「リトル・ルー！」

LRは路地の闇のなかに消えていた。すでに夜になっていて、空は暗く、あたりは静まりかえっている。もうサイレンは鳴りやんでいる。爆撃機はどこかへ行ってしまった。少なくとも街のこのあたりからは。

手袋を忘れてきたせいで手がかじかんでいる。こんな気味の悪い場所にひとりで立っているからか、手は冷たいくせに、てのひらが湿っている。なんだか首のつけ根がチクチクする。誰かに見つめられているみたいに。肩ごしに振りかえり、目をこらす。誰もいない。呼吸をくりかえす。吸って、吐いて。吸って、吐いて。こうすれば気持ちを落ちつけられる。いつもとはかぎらないけれど。

ここに懐中電灯があればいいのに。母さんは忘れものをしないようにといつも注意してくれたっけ。でも、それは昔の話。

いまは自分で注意している。ぼくは暗闇に一歩足を踏みいれた。

2

全体的な印象にとらわれず、そう、細部に注目したまえ。

――シャーロック・ホームズ・シリーズ「花婿の正体」より

「LR?」数歩、前へ進みながら小声で呼びかける。返事はなし。路地は古いレンガ造りの建物にはさまれている。

左側に〝ブタに与える食べ残し〟のゴミ容器がいくつか置かれている。LRは食べ残しのにおいをくんくん嗅いでいるんだろうか。ぼくはもう一度声をかけた。「リトル・ルー?」

ようやくクーンと鳴く声がかすかに聞こえてきた。闇に目を慣らし、LRの姿をとらえる。路地の左側に並ぶゴミ容器の前を通りすぎたあたりで、LRはなにやら大きくて黒っぽいもののにおいを嗅いでいる。それは不発弾でも、ひっくりかえったゴミ容器でも、積み重ねた衣類でもなかった。人間。

ぼくは〝ひっ〟と息を呑み、じりじり前へ進んだ。近づくにつれて、目を閉じた若い女性が横向きになって倒れているのが見えてきた。片腕に頭をのせ、眠っているようにも見える。ほんとに、眠ってる?　頭のどこかから、そんなことあるわけない、とささやく声が聞こえてくる。空襲のさなかに道ばたで眠りこける人なんかいない。

かぶっていた帽子は脱げてしまったんだろう。うねうねした黒髪が頬にかかっている。若くてきれいな人。ほとんど動かない。というか、ぴくりともしない。

懐中電灯がないからあまりよく見えない。傷やあざがあるかどうかもわからないけれど、血はどこにも見あたらない。空襲の被害にあった人みたいに、くすぶるがれきの下にうまっているわけでもない。じゃあ、この人はここでなにをしているんだ？　この人の身に、いったいなにが起きた？

「すみません」低い声で話しかけてみる。「だいじょうぶですか？　ぼくの声が聞こえますか？　けがをしてるんですか？」

この人、死んでるの？　たしかめるためにさわってみなくちゃならない。ぼくはいったん手をのばし、すぐに引っこめた。もう一度手をのばし、ほんの一瞬だけ額に手の甲をあてる。すぐにほっとしてふーっと息を吐いた。冷たくない。ぜんぜん冷たくない。この人は生きている。

次はどうする？　応急処置のためのキットはない——キットどころか、なにもない。訓練で習ったことを思いだしてみる。被害者の体温を保つこと。被害者が不安にならないよう、声をかけて安心させること。なかでもだいじなのが、至急、応援を呼ぶこと。

ぼくはジャンパーを脱いで女性の上半身にかけ、ささやきかけた。「いま、応援の人たちを連れてきますね」

〝しっかりしろ、バーティ〟と自分に言い聞かせて、ひとつ咳払いをする。やるべきことはわかっていると示すためにも、今度は自信たっぷりなふりをして声をかける。「聞いてください、ぼくの名前はバーティ・ブラッドショーです。民間防衛隊のボランティアです」よく通るしっかりした声で言う。それから女性の腕に自分の手を置く。人を安心させたいときにたぶんイタ隊長もこうするだろうと思いながら。「できるだけ早くもどってきます。このまま動かずにいてください」

自分でもおかしなことを言っているように聞こえた。立ちあがり、LRをさっとかかえあげて走りだす。女性をひとり残していくことに後ろめたさを覚えながら。

同時に奇妙な感じもした。胸のなかがもやもやして、なにかを見落としているような気がしてならなかった――小さいけれど、とても重要ななにかを。

急いで自転車のところにもどり、LRをかごに押しこんでペダルを踏みはじめる。たいして遠くまで行かないうちに、空襲警報解除の、音の高さが一定なサイレンが鳴りはじめた。短い空襲だった。ああ、よかった。鍋を頭にかぶせるのをすっかり忘れていたから、なおさらほっとした。

数分後、民間防衛隊の指揮所に到着した。足もとではLRが跳びはねていた。近くにある公共の防空壕と同じく、指揮所は鉄筋コンクリートでできている。ブリッツのあとに建てられたものだ。

民間防衛隊では、どこかに爆弾が直撃した場合、それをもともとは〝できごと〟という意味の〝インシデント〟と呼ぶ。そんな言葉を使うなんて、ぼくはおかしいと思う。なんだか冷たくてなんの感情もこめられていない気がする。実際に起きたことを表現しきれていない。人びとは死に、家族は家や店を失うのに。ロンドンには過去に発生した〝インシデント〟の残骸があふれている。いまでもあちこちにがれきの山があり、大きく裂けた傷みたいに見える。人間の身体にだって、あんなひどい傷はめったに残らないだろう。

リトル・ルーは隅に置いてあるボウルのところへ行き、ピチャピチャと音を立てながら水を飲みはじめた。指揮所で犬が水を飲んでいても誰も気にしない。リトル・ルーは指揮所のマスコットだから。指揮所の奥の部屋で、ふたりの上級隊長が壁一面に貼られた大きなロンドンの地図の、ぼくらが担当している地域を見ている。そして火災が発生したり、爆弾が直撃したりした場所を黒板に書きだしている。

机には電話が置いてあるけれど、空襲時には電話線が切れて役に立たなくなってしまうことがある。だからぼくら伝令係が必要とされる。必要とされているのに、ぼくはすっかり遅れをとってしまった。

「できるだけ早く指揮所に集まること」と訓練のあいだ言われていた。「伝令係は救助隊、消防隊、救急隊へ重要な情報を伝える。きみたちの仕事は危険だが、人の命を救うために欠かせない」

三年前のブリッツのときには、ぼくは子どもすぎて伝令係に志願できなかった。あのとき十四歳だったらたぶん志願できたのに。でも去年の八月に十三歳になり、そのあと父さんに推薦してほしいと頼みこみ、ようやく伝令係に採用された。父さんがぼくの希望をかなえてくれたのは、空襲がふたたびはじまるとは予想していなかったからだと思う。ところが、年が明けた数週間後に空襲があった。そのあとにも。そして今晩もまた。ヒトラーはロンドンのことを忘れていなかったのだ。いまは一九四四年。一九四〇年から一九四一年にかけてのブリッツのときと同じくらいひどい状態になるのだろうか。

「えーっと、す、すみません」言葉がつっかえる。家に帰ってもどってこなくてもいいと言われるかもしれない。空襲警報解除のサイレンが鳴ったあとは、伝令係は指揮所に来なくてもいいことになっている。

「おや、誰が顔を出したかと思ったら、きみか」年配で背が低いホークスワース隊長がじろりとこっちを見た。みんなはこの人をホーク隊長と呼んでいるけれど、それはタカという名前にちなんでいるからじゃない。ホーク隊長はもともと警察官で、顔はしわだらけ。青い目は鋭くて鼻がくちばしみたいにとがっているから〝ホーク〟というわけ。

「どうしたんだい、バーティ」イタ隊長が近づいてきた。「焼夷弾が落ちるのを見かけたとか？

消防隊に電話したほうがいいかな？」

イタ隊長は背が高くてハンサム。笑顔が温かくて、目は茶色でやさしげ、黒い肌が明かりを受けて輝いている。ふたりの隊長は外見こそぜんぜんちがうけれど、同じ信念を持っているとぼくは思う。ふたりとも仕事とロンドンの人びとのためにその身を捧げている。ふたりの隊長のおかげで、みんなでいっしょにこの戦争を生き抜くんだと、決意を新たにできる。

訓練の初日に、ホーク隊長は採用されたばかりの伝令係たちを民間防衛隊に快く迎えてくれた。

「いまからきみらは街のリーダーで、地域の人びとはきみらに敬意を払うだろう。ひとたび民間防衛隊のバッジをつけたら、なにものにもひるまずに仕事に打ちこむこと」

「ひとつ言っておくけれどね、わたしたちはきみら伝令係に英雄的行為を期待してはいない。お願いしたいのは、ベストを尽くしてほしいという一点だけだ。それと、覚えていてほしいのは、勇気の示し方はみなそれぞれちがうということ」イタ隊長が深くてなめらかな声で付け加えた。「一度に一歩ずつ進む、それが勇気、というときもある」

そのときぼくはもう少しのところで部屋から逃げだしそうになった。ぼくみたいなやつは民間防衛隊にいちゃいけないと思ったから。自分は勇敢でもなんでもない。英雄とは正反対の人間だ。それが原因で、ひどいことが家族に起きた。ぼくのせいで、兄さんはあやうく死ぬところだった。

「パーティ？」イタ隊長がもう一度声をかけてきた。

「いいえ、隊長。火事は起きていません」とぼくは答えた。「ただ……リトル・ルーが女性を見つけて」

「住所はわかるか？　どの通りかだけでもいい」ホーク隊長が大きな声で言い、地図上に場所を示すためにピンを手に取った。

「えーと……たしかなことはわかりません」通りの名前を示す標識は戦争の初期に撤去された。万が一ドイツ軍が侵攻してきたときにやつらを混乱させるために。「指揮所の前のマドックス・ストリートから脇に入ったせまい道で、その路地がカーブする手前のところです。すぐ目の前に円柱のある、古くて大きな石造りの教会が――」

「セント・ジョージズ教会だ、ハノーヴァー・スクエアの近くの」ふたりが声をそろえて言う。

イタ隊長がちらっと地図を見た。「きっとそうだ。バーティ、きみはミル・ストリートにいたにちがいない」

ホーク隊長は同意のしるしにうなずいた。父さんと同じく、隊長はふたりともロンドンの通りを知りつくしている。ホーク隊長は何年ものあいだ警察官としてあらゆる通りを歩いていた。イタ隊長はナイジェリアからイギリスにやってきたあと、パートタイムの郵便配達員として働いていた。

「しかし、それはおかしいな。ハノーヴァー・スクエアの近くの〝インシデント〟については電話で連絡が入った」ホーク隊長は言い、地図のすぐ前に立つイタ隊長のところへ近づいた。「だが、ミル・ストリートの被害状況については連絡は入っていない」

「ちがうんです、隊長。最初に言うべきでした」とぼくは言った。「そうじゃなくて……なんというか、その女性は爆撃の被害にあったのではないと思います。がれきにうもれてはいません。つまり、倒れていたのは建物の内部じゃないんです。通りに、道ばたに倒れていて。建物のすぐ前に。それと……血のあとはありませんでした」

「その女性は死んでいるのかい、バーティ」イタ隊長が落ちついた声で訊いた。

「いいえ、隊長」ぼくは首を振った。「目を閉じていて、こちらからの問いかけに反応しませんでしたが、その場を動かないようにと、忘れずに声をかけました」

イタ隊長は目を見開き、口の端をきゅっとあげた。「よくやったぞ、バーティ。警察と救急隊に電話をして、人員を送るよう頼んでみるよ。運よく、今夜は電話線が爆撃の被害を受けていない」

　机のほうへ向かいながらイタ隊長がつづけて言った。「でもおかしいな、わたしの記憶では、ミル・ストリートに若い女性は住んでいないはずだ。あそこにあるのはほとんどが店舗とオフィスだから。その女性はたまたま通りかかって、原因はわからないが、気を失ってしまったのかもしれない」

「さあ、出動だ。バーティ、わたしはきみといっしょに自転車で現場へ行く」ホーク隊長はフックに掛けてあったコートを手に取った。それからポケットをさぐってビスケットを取りだし、ＬＲに食べさせた。

　ホーク隊長はちょっと気むずかしいけれど、ＬＲには甘い。もとの飼い主が遠くへ引っ越したとき、自分でＬＲを引きとりたかったんじゃないかとぼくは思っている。「飼い主はこの子を引きつづき救助犬として活動させたいそうだ」秋のある日、ホーク隊長はＬＲをうちへ連れてきたときにそう言った。「この子のために居心地のいい家庭を探してくれと頼まれた」とも言っていた。

　ホーク隊長は父さんをじっと見つめた。「バーティは民間防衛隊の訓練を終了したばかりだ。そこでわたしは思ったんだよ、バーティにこの子の世話をしてもらうのがいいんじゃないかってね。飼い主だった女性は児童図書館の司書だった。それで『クマのプーさん』に出てくるカンガルーの親子、カンガとルーから名前をつけたんだ。まあ、とにかく、この子はいま三歳くらいで、もとの飼い主からは名前を変えないでくれと頼まれている」

　あのとき、リトル・ルーは居場所を見つけたとでもいうようにぼくの腕のなかでくつろいでいた。まんまるい茶色の目で見つめてきて、こっちを信頼してくれているみたいだった。温かくて湿った鼻先をぼくのあごの下に押しあて、そっとひとつ、息をついた。

ホーク隊長は生まれたときからぼくを知っている。警察官時代は父さんの師匠だった。いまも質問するのがじょうずで、うまく情報を引きだすことができる。ホーク隊長といっしょに急いで指揮所を出たとき、ぼくはふたりで現場に向かうのが急に不安になった――おそらく、あれこれと質問されるだろうから。

ホーク隊長はぼくらのところへＬＲを連れてきてくれた。だけど、ぼくらの一家が幸せな家族ではないことは、ちゃんとわかっていた。

3

（諜報員は）ものごとを観察するだけでなく、そこから推察しなければならない。
――ＳＯＥマニュアル

いまのリトル・ルーはハッピーにはほど遠い。今日はもう充分すぎるほど長く自転車のかごに乗っているのだから。

「じっとしてな、ＬＲ」ぼくはぴしゃりと言った。自分だって不安で落ちつかないくせに。ずいぶん時間がたってしまった。あの女性はまだ生きているだろうか。

ホーク隊長をちらりと見る。隊長はぼくのとたいして大きさが変わらない自転車に乗ってすぐ横を走っている。うちの家庭のようすを訊かれたくなければ、なにかほかの話題を見つけなきゃならない。でも、だいじょうぶ。隊長の関心をよそに向ける方法はわかっている。軍事戦略の話をふれば、ホーク隊長はいつでも乗ってくる。

「あのー、隊長」ぼくは口を開いた。「えーっと……新たにはじまった爆撃のせいで、ロンドンはブリッツのときと同じくらいひどい状態になると思いますか？」

「そうは思わないよ、バーティ。わたしに言わせれば、こんなのはいわば小型版ブリッツだ」隊長は答え、片手をあげて鉄製のヘルメットの向きを調整した。「ヒトラーは報復しようとしているだけだ。でもな、あちらさんは飛行機が不足している」

「どうしてですか？」

「ここ数カ月、連合国軍のパイロットたちがドイツのいくつもの街を徹底的に攻撃している。そのせいでドイツ空軍は防戦一方だ。それは断言できる。わたしが思うに、連合国軍は〝フランス上陸〟のまえにドイツ空軍の戦力をそぎたいと考えているはずだ。われわれの兵士たちがフランスに上陸するときに、ドイツの爆撃機が頭上を飛びまわっている状況は避けたいからな」

「フランス上陸はもうすぐだと思いますか、隊長」

「まあ、そうだな、タイムズ紙で読んだ記事によると、ドワイト・D・アイゼンハワーがロンドンに到着して連合国遠征軍最高司令官に就任したとのことだ。長くて舌を嚙みそうな役職名だな。わたしの意見を聞きたいなら答えるが、春まではなにも起きないだろう」ホーク隊長がつづける。「作戦の最終的な準備をととのえる時間はまだたっぷりあるというわけだ」

　ぼくは思わず笑みを浮かべた。話題をほかにそらす作戦がうまくいったから。ホーク隊長の話を聞いていると、ついつい歴史のターナー先生を思いだす。ターナー先生は年配の紳士で、歴史の正規の先生が海軍に入隊したあと教職に復帰した。戦争についての質問をひとつするだけで、ターナー先生は綱をとかれた馬みたいに、どこまでも自由にしゃべりまくる。

「上陸作戦は春か初夏まで待たざるをえない。考えてみればあたりまえのことだ。冬のイギリス海峡はつねに大荒れだからな。大艦隊を編成してフランスへと外洋を渡ろうとしたら、上陸するころにはみな船酔いで戦うどころではなくなっているだろう。無理だな、海がおだやかになり天候が安定する時期を待つしかない」

「でも、ドイツ軍だってそれは承知していますよね？」と疑問に思ったことを訊いてみた。「連合国軍を待ちかまえるんじゃないですか？」

「まあ、連中だってじきに攻撃が開始されるのはわかっているだろう。それはまちがいない」ホーク隊長が答える。「ヒトラーはフランスの海岸からその先に広がる海岸までを防衛する〝大西洋の壁〟をつくった。だがこちらに有利なのは、われわれがフランスへ上陸するのはいつか、上陸するのはどこからか、ナチスが正確に把握していないという点だ。ところで、バーティ、正直なところ、運命を左右するほどの重大な機密を保持する責任者になるのは、わたしなら絶対にごめんだね」

　ミル・ストリートの入口に到着して自転車をとめた。ぼくはこう思っていた。連合国軍のフランス上陸に関するホーク隊長の講義がずっとつづき、ぼくが懐中電灯を持っていないことがばれずにすめばいいのにと。でも、そうそう幸運には恵まれない。

「この路地できみになにかが見えたら、それはそれでふしぎだ」とホーク隊長。「自分を見てみなさい。ヘルメットはなし。懐中電灯もなし。民間防衛隊のバッジや呼び笛もなし。いいか、バーティ、次回はもっとしっかり準備しておくように」

「了解です、隊長。すみませんでした。初出動であわててしまって……」声がしだいに小さくなる。自分の耳にさえ、口をついて出た言い訳が苦しまぎれに聞こえる。次回こそしっかりしなくては。

　ＬＲを抱きあげてかごからおろす。すぐにＬＲはミル・ストリートの入口に立っている若い巡査のほうへ駆けていった。それから足を踏んばって、ほえはじめた。

　ぼくはＬＲを引きもどそうとし、ホーク隊長は前へ進んでいって巡査と握手をした。「早々に到着してくれたようだね」

「こんばんは、ホーク隊長」ジミー・ウィルソン巡査があいさつする。「やあ、バーティ」

「こんばんは、ジミー。ＬＲ、ほえるのはやめろ！」ジミーは新入りの巡査だけれど、もうすでにぼくのお気に入りになっている。「ごめんね。この子、今夜はなんだか興奮していて。たぶん、いっしょに出動するのがはじめてだからだと思う」

そのとき、べつの人影がミル・ストリートの暗がりからあらわれた。

「女の人、だいじょうぶですか？」とぼくは訊いた。

「だいじょうぶって、誰が？」ジョージ・モートン巡査がしかめっ面で腰に両手をあてたまま大股で歩いてくる。

「あの女性――」とぼくは言いかけた。

「かんべんしてくれよ、バーティ。これはどういうことなんだい」ジョージがさえぎって言った。「伝令係が被害者を発見したと、イタ隊長が電話で伝えてきた。悪いけど、われわれにはむだ足を踏んでいる暇はないんだよ」

口があんぐりとあいた。こっちにしゃべる間も与えず、ジョージはホーク隊長のほうを向いた。「ここには誰もいません、隊長」

「でも……でも、たしかにいたんだ！　絶対にここに女の人がいた」顔が熱くなる。「嘘なんかついていません」

ジョージが低い声でジミーとホーク隊長に話しかけている。断片的に聞こえる会話から内容を察して、ぼくは思わずこぶしを握りしめた。

ジミーは肩をすくめた。「まあ、たしかにバーティは誰かを見たのかもしれない。おそらくその女性は立ちあがって、去っていったのでしょう」「彼の父親の話では……かなりつらいらしく……」

「ちょっと待って！」ぼくは大声を出した。一生懸命にペダルをこいできたので寒くはなかったけれど、ふいにぶるっときて思いだした。「ぼく、女性に自分のジャンパーをかけました。それ、そこにありますか?」

今度はジョージが肩をすくめた。「ないと思う。外に出ている住人の姿もないな。いずれにしろ、この通りにあるのはほとんどが店舗だ」

「自分のジャンパーを探してきなさい、バーティ」隊長が懐中電灯を手渡してくる。

自然と小走りになった。せまい路地のあちこちを懐中電灯の光で照らすと、古いレンガ造りの建物に不気味な影が浮かんだ。ゴミ容器はあるのに、その近くに倒れている人はいない。ジャンパーはない。若い女性の姿もない。誰もいない。たしかに女の人はここに倒れていた。どこかへ行っちゃうなんてこと、ある?

路地からマドックス・ストリートに戻ると、救急車が一台とまっていた。ホーク隊長が運転手にどうやら誤報だったらしいと伝える声が聞こえる。「だいじょうぶですよ、隊長」窓ごしに運転手の女性が答える声も聞こえる。「隊長にお会いできてうれしいです。それに、ちょうど遺体安置所へ行くところでしたから」

運転手がアクセルを踏み、救急車が発進して、明かりがもれないように布をかぶせたヘッドライトが弱い光を放った。遺体安置所。頭のなかでべつの考えがうずまく。あの女性は死んだのかもしれない。応援を呼びにいっていた短い時間に誰かが彼女の遺体を動かしたとか?　でも発見したとき、彼女は死んでいなかった。それはたしかだ。

知らず知らずのうちにぼくはジョージ・モートンを見つめていた。ジョージはひとりで暗闇のなかからあらわれた。〝ばかなことを考えるんじゃない〟と自分に言い聞かせる。ジョージはあの女性を知らない。今回の件と関係しているわけがない。

誰になんと言われようと、ぼくは自分の目で見たことをはっきりと覚えている。リトル・ルーが若い女性を発見した。ぼくは彼女にジャンパーをかけた。なのに、彼女は消えてしまった。ぼくのジャンパーとともに。

この謎には答えがかならずあるはずだ。どういう答えかは、いまはまったくわからないけれど。

4

諜報員がわが身を守るために必要なのは……警戒心、自発性、観察力だけである。自分自身の面倒は自分でみなければならないが、われわれはこれらの資質を訓練によって諜報員に与えることができる。

――ＳＯＥマニュアル

「おや、バーティ、今日は帰りが遅いじゃないか」トレンチャード・ハウスの受付窓口にすわる若い巡査があいさつがわりに声をかけてきた。「そのわんちゃんは誰かを救助したのかい？」

「ううん、今夜は運がよかった。救助する相手がいなかったから」ぼくは〝おやすみ〟の合図に手を振り、小走りのＬＲといっしょに、自転車を押して廊下を歩いていった。

ぼくらの住まいは一階で、受付窓口の近くにある。巡査部長である父さんが建物の管理人を兼ねているためだ。百人以上の警察官が暮らす官舎に住んでいることを学校ではじめて友だちに話したときは、さんざんくだらない冗談を飛ばされた。「気をつけたほうがいいぞ、バーティ、さもないと、宿題をやってないってだけで刑務所に放りこまれるから」とか「おれはおまえんちには行かないよ、バーティ。刑務所に入れられたくないもん」とか。

いままで官舎に遊びにきた友だちはデイヴィッドだけだ。デイヴィッドがここに来るのは、住んでいるのが官舎に近い、ソーホーのベリック・ストリートだから、というだけじゃない。デイヴィッドの夢は将来探偵になること。だから、トレンチャード・ハウスをぶらぶらして、ちょっとでもいいから情報を集めたがっている。

「ここに警部はいないよ」とぼくはまえにデイヴィッドに言った。「いるのは若い巡査ばかりで、みんな街じゅうを歩きまわって足が痛いって文句ばっかり言ってる」

「ただ聞いているだけじゃ、学べるものも学べなくなる」とデイヴィッドは答えた。「偉大な探偵はこう言っている。〝きみはぼくのやり方を知っているだろう。それはこまごまとした観察をもとにしている〟と。これは「ボスコム谷の惨劇」からの引用だ」

ぼくはデイヴィッドのようなシャーロック・ホームズの専門家にはけっしてなれないだろう。もしくは兄さんのウィルのようには。

トレンチャード・ハウスは探偵になる方法を学ぶのに適した場所じゃない。家と呼べるようなところでもない。ぼくらは家を失ったあとにここに引っ越してきた。文句を言える筋合いじゃないのはわかっている。「ロンドンでは日を追うごとに屋根のある家に暮らすのが難しくなっている」と父さんは言う。「われわれは運よく住む場所を見つけられた。近所には運に恵まれない人もいるんだ」

ぼくらの住まいにはせまい寝室がふたつとキッチン、それと小さな居間がある。父さんはそこで大きくて古いひじ掛け椅子にすわり、新聞を読む。家庭用防空壕のモリソン・シェルターをつくるスペースはない。金属でできた檻みたいなモリソン・シェルターをダイニングテーブルの下に設置している家庭もあるけれど、うちのテーブルは四人用の小さなやつだ。家のなかに防空壕がないと困るかというと、そうでもない。トレンチャード・ハウスには大勢の人間が住んでいるから、ソーホー・スクエアにここの住人用の地下防空壕が用意されている。

まえに住んでいた家では、父さんが裏庭にアンダーソン・シェルターと呼ばれる家庭用防空壕を設置していた。地面を四フィートの深さに掘り、波型の鉄板を縦にして半分地中にうめ、地上に出ているぶんの端を曲げて屋根にした防空壕で、家族全員が入れる充分な広さがあった。シェルターの高さは六フィートになり、長さも六フィートほど、幅は四フィート半だった。どうして覚えているかというと、兄さんのウィルとぼくで父さんを手伝い、シェルターの寸法を測ったから。直撃を食らわないかぎり、アンダーソン・シェルターに入っていれば安全だ。

空襲警報が鳴ったらすぐにシェルターに入るのが鉄則。ぼくはいま、うちの裏庭に設置されていたアンダーソン・シェルターについては考えないようにしている。問題となった夜に、ぼくたちがシェルターのなかにいなかった理由についても。

帰宅すると、すぐにＬＲはキッチンの自分用ベッドで丸くなった。帰ってくるたびに、ぼくはいまだにたじろいでしまう——うちのなかがあまりにも静かでからっぽだから。以前は母さんがやかんを火にかけ、それがうるさくヒューヒュー鳴っていた。そして母さんはいつでもこう言った。

「お茶とトースト。いまパーティに必要なのはこのふたつね」と。

学校から帰ったぼくに母さんはかならずお茶と手づくりのベリージャムをぬったトーストを出してくれた。父さんが寒さで頰を赤くし、長い口ひげの端っこを凍らせてパトロールから帰ってきたときも。いまは自分でお茶とトーストの用意をする。ジャムは切らしているけれど。トーストがこげてかたくなってしまうこともある。そんなものはリトル・ルーでも食べようとしない。リトル・ルーをうちに迎え入れたとき、ぼくは充分な食事を与えられるだろうかと心配した。でもこの子はこげてかたくなったトースト以外はなんでも食べる。まえに一度、落ちて割れた卵をリトル・ルーが食べたことがあった。殻ごと一気にぜんぶ飲みこみ、口から殻を取りだしてやる暇もなかった。あのときは笑ったけれど、本物の卵が週にひとり一個しか手に入らなくなると、笑ってもいられなくなった。

帰宅してお腹がへっているのに、疲れすぎていて食事の用意もできない。さっさとベッドに入ったほうが楽だ。アメリカ人の女の子のことや、路地からいなくなった女の人のこと、うちのなかががらっぽなことを考えながらひとりでぽつんとすわっていたくない。母さんとウィルがいなくてどんなにさびしいか、あらためて思い知らされたくない。

〝帰りは遅くなる〟と書かれた父さんからのメモがキッチンテーブルの上に置かれている。このごろ父さんは勤務時間中ほとんどずっと、市民が略奪にあっていないか確認してまわっている。なにか重大事が起きれば、ロンドン警視庁の刑事に連絡をして、捜査してもらわなければならない。

ぼくらの家族にどんな重大事が起きているかは、わざわざスコットランドヤードに調べてもらうまでもない。戦争から得た教訓のひとつはこれ。お茶とトーストでは修復できないこともある。

土曜日

早くに目が覚めてしまった。ベッドの脚もとにいたLRが近寄ってきて、湿った鼻を顔に押しつけてきたから。「今日は土曜日だよ」とぼくは大きな声で言った。「もう少し寝かせて」

けれども、ベッドに寝ころがっているぼくの頭に昨日の晩のできごとがすごい勢いで浮かんできた。いなくなった女の人。アメリカ人の女の子。ノート。ノート。ノート！　身体を起こしていったん床に足をおろし、ズボンのポケットからノートを取りだす。

持ち主の名前を探したが、どこにも書かれていない。まちがいなく、あのアメリカ人の女の子が落としたものだろう。中身を見たりしちゃいけないのはわかっているけど、のぞいてみたくてたまらない。

ベッド脇のランプをつけて、背中をまくらにもたせかける。ＬＲがこっちのひざにあごをのせ、まんまるな目で見つめてくる。「すぐに外に連れていってあげるから。これはたぶんあの子の日記帳か学校のノートだと思うよ」

〝この子はなんでも理解してくれる〟というふうに犬に話しかけるのは、自分でもちょっとへんだとは思う。でもときどき、話の内容を聞きとろうとするみたいにＬＲは首をかしげたりする。おそらく大好きな言葉が聞こえてくるのを待っているだけだろうけれど。散歩、とか、行くよ、とか、おやつ、とか。

ともかくぼくは読みはじめた。最初の文が目に飛びこんできた。

　フランス上陸は間近。それが勝利の鍵となる。勝利への扉を開くため、わたしはこれからあらゆることを学び、危険な任務につくべく訓練を重ねる。

　作戦がいつはじまるか、軍勢はどこに上陸するか、それは誰にもわからない。でもいま、わたしには演じるべき役がある。この厳しい戦争を勝利に導くために、わたしにもできることがある。

5

われわれがここで教えることすべてをきみらが現場で真摯に実践したとしてもきみらの安全は保証されないが、逮捕される可能性はかなり小さくなるだろう。もっとも優秀な諜報員はけっして逮捕されたりしない。この点をしっかり頭に入れておくこと。

——SOEマニュアル

口があんぐりとあく。がばっといきなり背筋をのばしたので、ひざにのっていたLRの頭が落っこちた。これはいったいなんなんだ？　そもそも、このノートはなに？　ひとつ息をつき、つづきを読む。

今日がはじめての講義だった。実際に講義をするのは、現場の指導員、暗号技術の指導員、それと作戦全般を管理しているボスと思われる人物。最初は講義を受け、後日、爆発物と無線について習うことになっている。

指導員の説明では、われわれの任務にはふたつの段階があるとのこと。上陸前と上陸後だ。現地、つまり割りあてられた国へ送られたあとは、ドイツ軍の占領から人びとが解放される日にそなえて、われわれはその準備の手助けをしなければならない。

われわれの組織は比較的新しく、戦争初期のころに設立されたとの説明もあった。組織は特殊作戦執行部（Special Operations Executive）、頭文字をとってＳＯＥと呼ばれ、組織自体が最高機密となっている。「ＳＯＥの諜報員は〝ベイカー街遊撃隊〟と呼ばれることがある。知ってのとおり、ベイカー街遊撃隊とはシャーロック・ホームズが情報収集のために使っている、路上に住むボロをまとった子どもたちの一団だ。もちろん、われわれの本部がベイカー・ストリートにあることにも由来しているが、建物に表示されている名称からは、そこがＳＯＥの本部だとはわからないようになっている」指導員はそこでにやりと笑った。

秘密厳守は絶対に不可欠。文字であらわされたものはすべて引き渡すよう求められていた（正直なところ、この小さなノートをスーツケースにしまっていたことを忘れていた）。つまり、わたしはすでに規則を破っていることになる。だがそれはいつものこと。母親が死んだとき、わたしは自立するために家を出た。ほかの女の子がすることをわたしはやらなかった。そしていま、これをやっている。

慎重を期さねばならないと肝に銘じている。このノートを誰にも見られてはならない。

最後の文を読んでぼくは凍りついた。このノートを誰にも見られてはならない。

それなのにぼくはノートを見つけてしまった。持ち主はいったい誰なのだろう。デイヴィッドに言われたことを思いだす。事件を解決するため、シャーロック・ホームズは〝こまごまとした観察〟をもとにしていた。ぼくも同じ手法を使ってみよう。

手のなかのノートについて考える。ノートはかなり使いこまれているが、湿ったり破れたりはしていない。通りに落ちていたのはほんの数分ほどだったのだろう。長い時間、通りに落ちていたのであれば、車にひかれたり、踏みつけられたりしたはずだ。それか、冷たく湿った霧のせいでびしょぬれになるか。

「LR、観察の結果、あのアメリカ人の女の子がノートを落としたという結論に達したよ」ぼくは毛がふわふわしたワトスンに言った。当のワトスンはふたたび眠りに落ちて静かに寝息を立てている。「でも重大な疑問が残っている。ノートにこれを書きこんだのは彼女なのか？」

〝ちょっと待った！〟とばかりに、ぼくは指をパチンと鳴らした。あのときリトル・ルーはミル・ストリートへ走っていった。ぼくのスパニエル犬が、ノートから路地で倒れていた若い女性のにおいを嗅ぎとったとしたら？　仮にこのノートがあの人のものだとして、どうしてアメリカ人の女の子がこれを持っていたんだろう。

このままでは頭が疑問であふれてしまいそうだ。もしかしたら、ノートのなかに持ち主を特定するヒントがあるかもしれない。ぼくはふたたび読みはじめた。

規則を破っているとしても、わたしはメモを取りつづけようと思う。この訓練コースから落第したくない。ちゃんと書きとめておかないと、いい、なにかが記憶から落ちてしまうかもしれない。まずは秘密諜報員になるためのルールのうち、最初の三つを守ることからはじめよう。

つねに背景にとけこめ。

人目につくものを持ちはこぶな。

つねに警戒を怠るな。

明日は監視（誰かを秘密裏に尾行する方法）についてと、ナチスに占領されている国で正体を隠して生活しているときに尾行されたらどうするかについて学ぶ予定。胸が躍ると同時にちょっとこわい気もする。でもわたしはどんな困難にあってもかならず乗り越えてみせる。

もう読むのをやめられない。ページをめくり、また次のページをめくるたびに、脈拍が速くなるのが感じられる。読みすすめながら、自分が目にしたものに驚いている。言葉が次々と目に飛びこんでくる。ナチスによる占領、監視、なりすまし、破壊工作、潜伏、敵軍、レジスタンス、偵察。それと、パラシュート。

パラシュート！ これこそ秘密諜報員がナチスに占領されている国へ潜入する方法にちがいない。そう考えただけで身体に震えが走った。飛行機に乗ってみたいとぼくはずっと思っているけれど、そこから飛び降りるなんて想像もできない。

さらに読みすすめていくと、きれいな文字がいきなり乱れだした。どのページもあわてて書いたような読みにくい文字でうまっている。まるで暗闇のなかで走り書きしているか、走っている車のなかで書いているみたいに。それでも読むのをやめず、ページをめくりつづけた。

ふと、あるページに目が釘づけになった。そして顔をしかめた。「ちょっと待って。これはいったいなんだ？」

ふらふらとベッドから出て、窓ぎわへ行く。ＬＲもベッドからおりて、なにかを期待するように尻尾を振りながらついてくる。「散歩はあとでだよ、ＬＲ。そのまえにじっくりこれを見てみなくちゃ。なにがなんだか、さっぱりわからないんだ」

もっと光がさしこむように、灯火管制のためのブラインドをあげた。だめだ、わからない。ノートには何ページにもわたって書きこみがある。それは学校で少しだけ習ったラテン語(成績はあまりよくなかった)みたいな、ほかの言語で書かれているわけじゃない。中国語やロシア語の文字でもないようだ。使われているのは英語のアルファベット。よし、それはわかった。けれどもアルファベットの順序がめちゃくちゃで、ぜんぜん意味をなしていない。単語と単語のあいだにあるはずのスペースもない。ページ全体にバラバラなアルファベットが並んでいる。

ちんぷんかんぷんで、読めたもんじゃない。どうやら秘密の文字システムかなにかのようだ。ノートの内容はアメリカ人の女の子が趣味で書いた物語だとはとても思えない。ぼくはほぼ確信していた。このノートは本物の秘密諜報員――レジスタンスに加わっている人物のものだ。

歴史のターナー先生はしょっちゅうレジスタンスについて話す。先生は毎晩九時に放送されるBBCのラジオニュースを聴いているし、毎朝タイムズ紙を読んでいる。ぼくらが教室に入るとき、連合国軍の前線がどこへ移動しているか、壁に貼った大きな地図上でピンを動かして確認している先生をかならず目にする。地図には、フランスやデンマークといったナチスが占領した国も示されている。

「一九四三年十月、ナチスはデンマークに住むユダヤ人の一斉検挙に乗りだした」ターナー先生はぼくらに教えてくれた。「早くからナチスの動きを警戒していたおかげで、デンマークの一般市民は七千人のユダヤ人をスウェーデンへ逃がすことができた。

そしてもちろん、イギリス国民も戦争がはじまるまえに救援活動を開始し、一万人のユダヤ人の子どもをナチスの魔の手から救った。きみらも知っているとおり、われわれはこの学校に故郷から逃(のが)れてきたユダヤ人の子どもたちを数名、受け入れている」

先生の話を聞いたとき、ぼくはデイヴィッドをちらりと見た。デイヴィッドは古い木製の机をじっと見つめ、指で机の上に輪を描(えが)いていた。もう二年以上、両親からの連絡(れんらく)がとだえているという。デイヴィッドと友だちになったころ、ぼくは何度か、ご両親から手紙は来たかい、と訊(き)いたことがあった。

それから少したったある日、デイヴィッドからこう言われた。「手紙のことはもう訊かないで、バーティ」

赤いノートを閉じる。部屋のなかを見まわしてノートを隠す場所を探す。二台の子ども用ベッド、小さな本箱、隅(すみ)に立てかけた自転車。結局、ノートをウィルのベッドのマットレスの下にすべりこませた。

パジャマを脱(ぬ)いで服に着替(きが)えてからキッチンをつま先立ちで通り抜(ぬ)ける。夜勤明けの父さんを起こさないように。そしてLRの引き綱(づな)をつかむ。

そろそろデイヴィッドがユダヤ教の会堂であるシナゴーグへ朝の祈(いの)りを捧(ささ)げにいく時間になるけれど、ほんの二、三分でいいから、どうしてもデイヴィッドと話がしたい。デイヴィッドを受け入れた里親のご夫婦(ふうふ)はベリック・ストリートの端(はし)っこで靴屋(くつや)を営んでいる。家族は店の上階で暮らしている。店が閉まっているときは、ドアをノックするよりもデイヴィッドの部屋の窓に小石をこつんとぶつけるほうが手っ取り早い。

小石を投げると、デイヴィッドが窓をあけて顔をのぞかせた。「ヘイ、バーティ。どうした?」

「ハイ。えーっと。ちょっと訊きたいことがあって。デイヴィッドは暗号にくわしい?」

デイヴィッドはにやりと笑った。「多少は知ってるよ。大部分はシャーロック・ホームズの本の受け売りだけど。ホームズは「踊る人形」のなかで暗号を解いてる」デイヴィッドは頰杖をついて声を低めた。「それで、どうして知りたいの？　トレンチャード・ハウスでなにか小耳にはさんだのかい？　ふたりで取り組めそうな事件があった？」

ぼくは首を振った。「ちがうよ、そういうんじゃない」それから口ごもる。道のまんなかで秘密諜報員について話すのはいい考えではない気がする。「暗号のことについてもっと知りたくなっただけ」

ぼくがいきなり暗号に興味を持ちはじめたなんて話、デイヴィッドはたぶん信じていない。「ごまかしたってだめだよ、バーティ。きっと、未解決の事件、つまり本物の謎を見つけたんだね。明日は店を手伝わなきゃならないから、月曜日にホームズの暗号の本を学校に持っていって、きみに貸してあげる。暗号についての勉強はその本を読むまでおあずけだよ！」

ぼくはさようならのあいさつがわりに手を振り、次はどうするか考えながら家へ向かって歩きはじめた。ノートがほんとうに秘密諜報員のものなら、指揮所に持っていって隊長たちに引き渡すべきだろう――それか、父さんに。そして、ノートの中身はもう見てはいけない。

でも、ノートをどうこうするまえにやるべきことがある。

「さあ、家に帰ったら朝食だよ、ＬＲ。そのあとで謎のアメリカ人の女の子を探しにいこう」

スパイへの道　その1

換字式暗号

換字式暗号とは、通常のアルファベットの各文字をべつのアルファベットの文字に置き換える暗号のこと。置き換えたものを〝暗号アルファベット〟と呼ぶ。置き換えのルールとして、決められた数だけアルファベットをずらすという方法がある。また、鍵となる言葉やフレーズをもとにしてアルファベットを置き換え、まったく意味をなさない、文字の羅列で作成された暗号文を解読する方法もある。〈スパイへの道　その1〉では、提示されたヒントの答えとなるワードの最初のアルファベットを暗号アルファベットの〝A〟とし、以下、B、C、D……と順番に並べていく。たとえば、ヒントの答えが〝S〟ではじまる場合、次のようにアルファベットを置き換えて暗号文を解読していく。〝S〟はすべて〝A〟に置き換えられ、順番に〝T〟が〝B〟になり、〝U〟が〝C〟になる。手はじめに〝A〟からはじまる通常のアルファベットを順番どおり書きだし、その下に暗号アルファベットをあてはめて書いていくとわかりやすいだろう。ただし、単語と単語のあいだにスペースは入らない。

問題：次の暗号文を解いてみよう。

q n g w c i z m j m q v o e i b k p m l q b q a m a a m v b
q i t n w z g w c b w j m i e i z m w n q b

ヒント：一九四四年一月、連合国遠征軍最高司令官がロンドンに到着した。目的はフランス上陸作戦の指揮をとり、ヨーロッパ各地に侵攻（しんこう）しているナチス・ドイツ軍を一掃（いっそう）すること。この最高司令官につけられたニックネームの最初のアルファベットが、暗号アルファベットの〝A〟になる。
べつの本やインターネットで最高司令官について調べて、彼（かれ）のニックネームを見つけてもいい。また、このあとの物語や、本の最後にある〈用語、できごと、歴史上の人物のまとめ〉のなかで見つけてもいい。

ひとつ言っておくと、この物語を理解するために暗号を解読すべし、というわけではない。でも、いつの日かスパイになろうとあなたが思っているなら、暗号解読に挑戦（ちょうせん）してみてほしい（そうそう、答えは本の最後にある）。

6

ぼくはこの事件で正しい道を進んでいるかもしれないし、まぼろしを追って道を誤っているかもしれない。だが、すぐにどちらかわかるはずだ。

——シャーロック・ホームズ・シリーズ「緑柱石の宝冠」より

兄さんのウィルが三歳のとき、おじいちゃんは自分の本棚からシャーロック・ホームズの短編集を抜きとって兄に与えた。ぼくの最初の記憶は、ウィルが語る偉大な探偵の冒険を暗いなかで寝ころがって聞く、というものだった。

そんな記憶も手伝って、ぼくはデイヴィッドが大好きなんだと思う。いっしょにいるといつでもウィルの顔が頭に浮かぶ。デイヴィッドに教われば探偵にだってなれるかもしれない。スパイになるには、うーん、どうしたらいいんだろう——小さな赤いノートに書かれていることしかわからない。

「いますぐ、あのアメリカ人の女の子と話をしなくてもいいんじゃないかなあ」ぼくはLRに言った。「話すまえにこっそりあとをつけてみるとか。まあそれには、彼女を見つけなきゃならないんだけど」

いま歩いているのはブロードウィック・ストリート。父さんから聞いた話では、ここはかつてはブロード・ストリートと呼ばれていたらしい。シャーロック・ホームズとはべつの種類の〝探偵〟

が活躍したことで有名な通りだ。「一八五四年、ロンドンでは疫病のコレラが大流行した」とまえに父さんが話してくれた。「当時、コレラの原因は汚れた空気だと考えられていた。誰もがそう信じていたが、ジョン・スノウという医師だけはちがった。現在ちょうどトレンチャード・ハウスが建っているあたりの井戸の水を使うと、人びとはコレラにかかってしまうと彼は考えた。水中のコレラ菌を発見するための顕微鏡すら持っていなかったが、ドクター・スノウは証拠を集め、汚染された井戸がコレラの発生原因だと証明した」

　父さんはロンドンの歴史について語るのが大好きだ。先週、同じ場所を何度もパトロールしてあきないのかと訊いたところ、父さんは口ひげの端っこを引っぱりながらどう答えるか考えていた。そしてこう言った。「いいや、ちっともあきないよ。ロンドンの街を歩いていると、過去にここに住んでいた人びとの魂にふれられる気がするからね。だからこそ、ヒトラーにロンドンを破壊させるわけにはいかないんだ」

　トレンチャード・ハウスに帰りつくと、ＬＲはぼくを引きずるようにして廊下を進んでいった。それもそのはずで、ちょうど父さんが朝食をとっているところだった。食べているのは、乾燥させた卵を粉末にしたエッグパウダー。ぼくはとてもじゃないがエッグパウダーを飲みこめない。見ただけでオエッとなる。父さんはソーセージも食べているけれど、これだって味は厚紙みたいなもの。材料はなんなのか、こわくて訊けない。

「おお、ちょうどよかったよ、バーティ。おまえのぶんもつくっておいた」トーストはこげていて、お茶は生温い。父さんは料理があまりじょうずじゃない。料理は母さんの担当だったから。

　父さんがお茶のカップごしにこっちを見る。頬がこけて、やつれて見える。「昨日の晩、おまえが外出しているあいだに、勤務が終わって帰ってきた。そうしたらたまたま目に入ったんだよ、おまえの民間防衛隊のヘルメットが、隅にある犬用の毛布の下にあるのが」そこでひとつ咳払いをする。「空襲時における伝令係というのは、軽い気持ちでできる仕事じゃないんだぞ、バーティ。危険な目にあうおそれもあるんだ。入隊を許したときに言ったことを――」

「わかってるよ、父さん。わかってるってば！　ほんとうにごめんなさい。伝令係になってはじめての空襲だったから、サイレンが鳴りだしたとたんに胸がどきどきしてしまって。いくら探してもヘルメットは見つからなくて、遅れたくなかったからなしで出動した」ぼくは一気にしゃべった。父さんがふたたびしゃべりはじめるまえに、こう付け加える。「かわりに鍋を頭にかぶっていった」

トーストからこげたところを削りとる。ＬＲが小さくクーンと鳴いて、待ちきれないといったふうにお尻をもぞもぞさせる。トーストの半分を投げてやると、ＬＲは後ろ足で立ってキャッチし、ひと口でぺろりとたいらげた。

　わが家の愛犬がどんなにかわいくても、父さんは気をそらされなかった。「ホーク隊長はおまえがやってきたのを見ても、あまりうれしくなかっただろう。規則どおりにヘルメットをかぶっていなかったんだからな。それで、なにごともなくすんだのか？」

「ハノーヴァー・スクエアの近くで〝インシデント〟が一件あった。でも、隊長は誰も被害にあっていないと言ってた」

「ほかになにがあった？」父さんはそう訊いて、ナプキンで口ひげの端をふいた。

〝父さんは知ってる〟とぼくは思った。すでにふたりの若い巡査と話をしたにちがいない。「えーっと、うん、道に倒れている女の人を見つけた。勤務についていた巡査はジミー・ウィルソンとジョージ・モートンだった。でもふたりが現場に駆けつけたときには、女性は消えていた。ほんの数分間、気を失っていただけみたい」そこで口を閉じ、ジョージが〝バーティが嘘をついた〟とかなんとか、父さんに告げ口したんじゃないかと考えた。「ぼく、ほんとうに女の人を見たんだ」

父さんはだまってなにかを考えている。目の下にクマができている。ずいぶんやせたし、疲れてもいるようだ。戦争のために警察の人員が不足しているせいで、通常よりも多くの勤務をこなしているからだろう。そのうえ、トレンチャード・ハウスの管理人としてあらゆることに責任を負っている。水道設備の修理から、ダンスに夢中になって帰りが遅くなり、翌日は寝坊して仕事に遅刻する若い警察官の面倒まで。

父さんはみずから好き好んで必要以上の仕事をせっせとこなしているのかもしれない。ときどき、そんなふうに考える。いっしょに食事をとるとき、ぼくらはたいていだまってすわり、トーストにのった豆やおいしくもないゆでたキャベツをじっと見つめている。

「今日の午後、母さんとウィルに会いに列車でサリーまで行ってくる」と父さんが言う。「いっしょに行かないか、バーティ。クリスマス休暇以来、ふたりとは会っていないだろう。ウィルもずいぶんよくなった。おまえに会いたがっていると思うよ。もちろん、母さんも」

「それが、行けそうにないんだ、父さん。次回はきっと行くよ。ターナー先生から歴史の宿題を出されちゃって。それと……えーっと、昨日の晩、防空壕の近くでアメリカ人の女の子が手袋を落として。なんとかその子を見つけたいと思ってる」口いっぱいのまずいエッグパウダーを吐きだすみたいに嘘をつく。「アメリカ人が住んでいるのはどのあたりか、父さん、知ってる？　遺失物取扱所みたいなところへ持っていってもいいかなって思ったんだけど」

父さんがひと口お茶を飲む。質問には時間をかけて答えるのがいつものやり方だ。ＬＲが父さんの横に行き、上を向く。まんまるの目を父さんの皿からけっして離さない。父さんがパンの耳を放る。「おまえは食いしんぼうだな、さあ、お食べ。そうだな、アメリカ軍の関係者のほとんどは、メイフェアのアメリカ大使館に近いグロヴナー・スクエアあたりのオフィスビルに集まっている。いやでもアメリカ製のジープが目に入るよ。将官たちを街のあちこちへ運ぶためにずらりと並んで待機しているから。最高司令部もあそこに本部を置いている。遺失物取扱所だったら、ブルック・ストリートのホテル〈クラリッジズ〉に行ってみたらいいかもしれない」少し間をおいてトーストの端っこをLRに放ってからつづける。「そうだ、グロヴナー・スクエアには興味深い歴史があるんだよ」

ぼくは生温いお茶をカップに注ぎたした。父さんがしゃべりはじめたら、じっと耳を傾けるしかない。

「アメリカの第二代大統領のジョン・アダムズは、一七八五年からほぼ三年間、グロヴナー・スクエアに住んでいたんだ」

ぼくは天井を仰いだ。「とても興味深い話だね、父さん。でもターナー先生のクラスでは、それよりはるか昔の西暦四三年に起きた、ローマ帝国の皇帝、クラウディウスによるブリテン島の征服について学んでいるところなんだ」

「そうか、まあ、とにかく、そのころからずっとグロヴナー・スクエアのあたりにはアメリカ人が集まっているんだよ――そうだ、アダムズが住んでいた家にはたしか銘板が張られているはずだ」

「そろそろ行かないと。〝そっち〟はまたの機会に」

「ずいぶんと生意気なことを言うようになったな、バーティ。母さんがいないからといって――」

「ごめん」父さんが小言をつづけるまえにさえぎる。それから皿とカップをシンクまで運び、ドアのそばのフックに掛かっているジャンパーに手をのばした。

「自分のジャンパーをどこにやったんだ、バーティ」心なしか父さんの声が鋭くなっている。

「わ、わからない」〝わからない〟というのはほんとうだ。

「こっちを向きなさい、バーティ」厳しい口調で父さんが言う。

父さんのほうを向く。心臓の鼓動が速まる。

「わたしはおまえの願いを聞いた。民間防衛隊への入隊を許し、犬を引きとった」父さんが一語一語はっきりと話す。

ぼくはびくっとした。LRをどこかへやってしまうと脅しているんじゃないよね?

「今度はおまえが求められたことに応える番だ」父さんの話はつづく。「伝令係として民間防衛隊に入隊させたとき、わたしは隊員がとるべき態度についての話をし、おまえはかならずそうすると約束した。覚えているか?」

「はい、覚えてます」ぼくは小声で答えた。「きちんと義務を果たし、信頼されるよう努力し、それと……人には敬意を表さなければならない」

「防衛隊の仕事中はもちろんだが、家においてもそうでなくちゃな」父さんが手で髪をととのえながら言う。「おまえも知ってのとおり、わが家では厳しい日々がつづいている。わたしはおまえになにひとつ新しいものを買ってやれない。それでも辛抱して乗り越えていってほしい。それと、悪いがそのジャンパーは着ないでくれ。ウィル用に今日サリーへ持っていく」

ふたりでだまったままフックに掛かっているジャンパーを見つめた。片方の袖山がほつれているので、ピンでとめなければならないだろう。

「ごめんなさい、父さん」ぼそぼそと謝る。「もっと一生懸命にやる」

べつのフックに掛かっている古いコートをつかんで着る。袖が短すぎて手首が丸見えだ。はずしてあったＬＲの引き綱をもう一度首輪にとめてからドアへ向かう。

「なにか忘れてはいないかい、バーティ」

なにかを忘れている？　「えーっと、ああ……手袋だね。だいじょうぶ、持っているから」ズボンのポケットをぽんぽんとたたき、急いで外に出る。いろんなことをもっとうまくやらなくては——話が嘘っぽく聞こえないようにするのもふくめて。

いま振りかえってみて、ほかのところにももっと注意を払うべきだったと思う。例のノートのことだけど。講義についてのメモが書かれたページには目を通したのに、この部分は見落としていた。

仕事で秘密裏にどこかへ行くときは、自動的かつ日常的に予防措置を講じ、ひそかに監視されるのを極力防ぐようにすること。

〝日常的な予防措置〟か。髪を隠すよう野球帽をかぶっていくべきだった。ぼくの髪はロンドンバスと同じくらい鮮やかな赤い色をしている。それに、人目をあまり引かないよう、ＬＲを家に置いていくべきだった。あとひとつ、あたりにもっと注意を払うべきだった。

ぼくは自分が監視する側だとばかり思っていた。ひそかに監視されているだなんて、考えてもいなかった。

7

気づかぬうちに簡単に監視されるような場所を歩いたり、ぶらついたりしないこと。

――SOEマニュアル

最初の任務：ミル・ストリートへもう一度行く。前夜の暗闇のなかでなにかを見落としていなかったか確認したい――倒れていた若い女性について知る手がかりになりそうななにかを。消えたあの女の人が秘密諜報員かどうか、たしかめる決め手になるものを。

でも行ってみたところで、寒い日に歩くロンドンのほかの路地と似たり寄ったりだった。LRはゴミ容器のまわりをくんくんと嗅ぎまわっている。「それはきみ用ではないよ、お嬢さん。〝ブタに与える食べ残し〟と書いてあるだろう」

LRは首をかしげている。どうしてブタのほうが自分よりも地位が上なのかと質問しているみたいに。〝ブタは食べ残しをもらえるのに、なんでわたしはもらえないの？〟

ぼくはにこっと笑い、こう言った。「いいかい、よく聞くんだよ、リトル・ルー。きみはまちがってもブタにはなりたくないだろう。ブタはやわらかいベッドに寝かせてもらえない」ベーコンやソーセージのことを話すのはやめておいた。

最後にもう一度通りを見やる。なにからなにまで、まったくふつうに見える。そして心のなかでつぶやく。〝昨日は暗くて見逃したかもしれないけれど、少なくともいまはどこにも血のあとはない〟

次に、ハノーヴァー・スクエア寄りのとなりのブロックへ向かい、〝インシデント〟が起きた場所を見た。ほとんどの建物は爆撃を受けずにすんでいるけれど、ある店舗の壁が破壊されていた。

ぼくは足をとめ、不発弾がないか確認しつつ道に落ちているがれきを集めている一団をながめた。

ふと、肩に手が置かれた。くるりと振りかえると、ジョージ・モートン巡査が立っていた。「そんなにびくつくことはないだろう、バーティ。爆撃が再開されたせいで不安になっているのかい？」

ぼくは数歩、後ろにさがった。でもＬＲはうれしそうな声をあげながらジョージにタックルし、彼の脚に跳びついて鼻をふんふんさせ、尻尾を振っている。どういうわけか、ジョージはＬＲのお気に入りだ。「いきなり肩をたたかれてびっくりしただけだよ。ジミーはいっしょ？」

「ジミー？　今日は非番だよ」ジョージがぶっきらぼうに言う。「おれたちはいつでもいっしょに働いているわけじゃない。ありがたいことに」

「ふたりは友だちなんだと思ってた」

ジョージは首を振り、顔をそむけた。「おれは……いや、なんでもない」

ジミーを好きじゃない人なんている？　でも、まあ、そもそもジョージはフレンドリーとは言いがたい。「ジョージは不愛想だが悪いやつじゃない」とまえに父さんが言っていた。「根は陽気で仕事熱心な男のはずだ。ダンスが大好きで、以前は仲間うちでも人気があった。ジョージは警察をいったんやめて入隊した。だが、一九四〇年のダンケルクの戦いのあとは……」

「ダンケルクでなにがあったの？」

「浜にいてこれから撤退するというときに、ジョージは爆弾にやられて右の頬を吹っ飛ばされた」

父さんが説明してくれた。「彼はいまだに心に闇をかかえている。その闇に完全に食われてしまわねばいいんだが」

　ジョージはジミーやほかの巡査たちと土曜の夜のダンスに出かけることはない。みんなが外出しているあいだはいつも官舎の受付業務につき、傷を隠すように頬杖をついて窓口で本を読んでいる。そのジョージがいま、顔を近づけてくる。「もっとよく見たいかい？　これくらい近づけば見えるかな？」

「ごめんなさい……じろじろ見るつもりはなかったんだけど」ぼくはぼそぼそと言った。「ただちょっと思っただけ。傷は……まだ痛むのかなって」

「ああ、そのことならほっといてくれ、バーティ」ジョージがきっぱり言う。「ところで、どこへ行くんだい？　消えた謎の女性を探すとか？」

「ううん、ちがうよ……ぼくは……グロヴナー・スクエアへ行くつもり。あのあたりを見てみようと思って。アメリカ人兵士がたくさんいて、そこらじゅうにジープがあって、すごくにぎわっているって聞いたから」

「上陸作戦の準備をしているんだと思うよ」とジョージは言い、目の前に積まれたがれきに目を向けた。「もう時間の問題だ」ふたたびこっちを見る。「大規模な作戦になるだろうとみんな言っている。すでにイギリスじゅう、どこもかしこも兵士と物資であふれている。思うに、集まった人間のなかにはヒトラーの仲間もまぎれこんでいて、作戦の詳細を知るためにかなりの金をばらまいているだろうな」

「作戦の詳細って、最高機密なんじゃないの？」ノートで読んだ内容を思いだしながら訊く。

「そうだよ。でも、途方もない大作戦を秘密にしておくのはそう簡単じゃないだろう。金の力を甘く見ちゃだめだ」

「金?」ぼくは顔をしかめた。「機密を売って金をかせぐ人がいるかもしれないってこと?」

「そうだ。裏切り者や二重スパイがロンドンにいる可能性は充分にある」ジョージが声を低くして言う。父さんと同じように目の下にクマができている。巡査たちはみんな睡眠不足なんだろう。「なにがあっても、おれは驚かない」

ジョージは背をかがめてLRの耳をなでた。そのあとでごろりと仰向けになったLRの腹をさすった。「LR、ほんとおまえ、犬に生まれてよかったなあ。しっかり伝令係の子の面倒をみるんだぞ。また道に倒れている人間に出くわすかもしれないからな――死んでいるにしろ、生きているにしろ」

その場を離れたあとも〝機密を売る〟という話が頭から離れなかった。自分の身に起きたことでジョージは怒りをためこんでいて、一種の復讐として母国を敵視している、なんてことはありえるだろうか。

昨夜のできごとを思いかえしてみる。ジミーはミル・ストリートの入口で待っていた。一方でジョージはせまいミル・ストリートからひとりであらわれた。もしかして、あの女性のあとをつけていた？　赤いノートを探していた？　ノートには機密っぽいことが書かれているみたいだし。

だめだ、そんなふうに考えちゃいけない。ジョージ・モートンは巡査で、勲章を授与された退役軍人なのだ。それに、機密を売っているとしたら、みずから進んでそのことをしゃべるなんてありえないだろう。いや、しゃべるかも？　ぼくは首を振った。ノートのせいで、みんながみんな裏切り者のように思えてくる。しかも、ぜんぶがぜんぶ、想像の産物というわけでもない。現にノートは実在するのだから。

頭のなかで考えがぐるぐるまわっているうちに、メイフェア地区にある広々としたグロヴナー・スクエアに着いた。自分がここにいるのはなんだか場ちがいな気がする。メイフェアはソーホーにくらべるとずいぶんと上品っぽい。

ここでは誰もが忙しそうに動きまわっている。いくつもの建物でパリッとした制服姿の男の人たちが出たり入ったりしている。何台ものジープがうなりをあげて行ったり来たりしている。ジープがとまったかと思うと、運転手がさっと降りてきてドアをあけ、上官に向けてきびきびと敬礼する。アメリカ赤十字社の青い制服を着てナースキャップをかぶった女性も何人か見かけた。

「どうしてここが〝リトル・アメリカ〟と呼ばれるかわかったよ」とぼくはLRに言い、しばらくいっしょに歩きまわったあと、広場の北側にある誰もすわっていないベンチを見つけて腰をおろした。「軍関係の人たちはたくさんいるけれど、子ども連れの家族とか、一般の市民はそんなにいないね」

紺色のコートを着た謎めいたアメリカ人の女の子もいない。

LRがピンクの舌を出し、ぼくの靴の上に腰をおろした。ぼくは少しのあいだふとももの下に手を突っこんで温めた。みんな忙しすぎてすわっている暇もないようだ。空は灰色で曇りがちな天気だからなおさら無人のベンチが目立つ。そんなとき、ひとりの男が近くのベンチにすわっているのに気づいた。黒いコートを着ている。顔は新聞で隠れていて見えない。

「まえはね、ウィルがよくシャーロック・ホームズの話を聞かせてくれた。そのなかのひとつでホームズがこう言うんだ。現実に存在しているものを追っているのか、まぼろしを追っているのかわからないって」ぼくはLRに言った。「あの女の子は幽霊みたいなまぼろし――想像の産物なのかもしれない」

いや、まぼろしじゃない。証拠（しょうこ）だってある。赤いノートという証拠が。たしかにあの子は実在しているけれど、こっちの方角へ走っていったからといって、探したらすぐに見つかると考えたのはちょっと浅はかだったかもしれない。このあたりに住んでいるのだろうか。それとも旅行客かなにかで、ホテルに泊（と）まっているとか。とはいえ、戦争中にロンドンに遊びにくる旅行客がいるだろうか。いや、いない。大西洋にはたくさんのドイツのUボートがうろついていることを、誰もが知っているはずだから。

あくびが出る。今日は指揮所で待機する当番になっている。父さんに言われたことを思いだす。伝令係をつづけたければ、きちんと義務を果たさなければならない。そのためには家に帰って歴史の宿題をやり、民間防衛隊員として働くための用具一式がそろっているか確認すること。スパイのまねごとをしてロンドンの街をほっつき歩いていちゃいけない。

「行こう、LR」グロヴナー・スクエアの北の端（はし）っこから〈クラリッジズ〉の前を通ってブルック・ストリートを東へ向かう。

〈クラリッジズ〉のなかにちらりと目をやると、きらきらした廊下（ろうか）と高級な服を着た宿泊客（しゅくはくきゃく）の姿が見えた。万が一父さんに訊かれたら、ドアマンに女の子の手袋（てぶくろ）をあずけたと言おう。そう考え、またしても良心がちくりと痛んだ。通りを渡（わた）って、ブリッツのときの爆弾（ばくだん）が直撃（ちょくげき）して骨組みがむきだしになった建物を見る。なかはいまだになにもなくがらんとしていて、雷（かみなり）にあたって裂（さ）けた木を連想させる。

何歩か歩いたところでLRが立ちどまり、ある建物の出入口のあたりのにおいをくんくんと嗅ぎはじめた。ぼくは通りを背にして立ち、時計店のなかをのぞきこんだ。看板にはこう書いてある。

ハンフリー親方の時計店
チャールズ・ハンフリー
一八九四年創業

店のショーウインドウには、爆撃で大きなガラス片が吹き飛ばないように、テープが格子状に貼ってある。それでもテープとテープの隙間から、光を受けて輝く年代物の時計を見ることができる。

ぼくは店のなかをじっと見つめた。杖を持ったおじいさんがいて、並んでいる時計のほこりを払うたびにもじゃもじゃの白髪が揺れている。ぼくはにこりとした。おじいさんはテープを指さして肩をすくめた。こう言っている声が聞こえてきそうだ。「なにがあろうと、わたしは店をあけつづけるよ」

おじいさんは奥へ行ってしまったけれど、ぼくは並べられた時計をずっとながめていた。文字盤が月のように金色に輝くさまに、ついうっとりとしてしまう。そのときとつぜん、首の後ろがなぜかチクチクしだした。次の瞬間、ガラスに映った影がさっとよぎるのが見えた。足音も聞こえた。

ぼくはウインドウを見つめたまま、動けなかった。すぐ後ろの明るい通りを歩く男の姿が映っている。黒いウールのコート。両手をポケットに突っこんでいる。腋の下に新聞をはさんでいる。黒髪で、帽子はなし。

たんに散歩をしている男性とも考えられるけれど、なんとなく見覚えがある。そうだ、数分前に見た、グロヴナー・スクエアのベンチで新聞を読んでいた男だ。それだけじゃない。ほかにもなにかあったような……

その場に立ったまま、身体をゆっくり移動させる。輝く時計をひとつひとつ、じっくり見ているといったふうに。男の顔をちらりとでもいいから見る機会をうかがう。ああ、どうしよう、男がこっちを見ている――ＬＲのことも。

この男に会ったことがある。ぼくはふいに気づいた。昨夜の空襲のときに見かけた、しかめっ面の若い男――あのときもこっちをじっと見つめていなかったっけ？　もしかして、いまかかえている謎のどこかにあてはまる人物なのか？　ぼくらを尾行しているとか？

ぼくのことを覚えているだろうか。いや、どうだろう。ふと、ノートに書いてあった、スパイとして守るべきルールその１が頭に浮かんだ。**つねに背景にとけこめ。**リトル・ルー。男は確実にＬＲのことは覚えているだろう。犬であふれかえっているロンドン――それは言いすぎかな――のなかでも、ＬＲはつねに目立っているだろうから。

そうだ、昨日の晩に男がおそらく気づいていなかったことがひとつある。ノート。あのときノートはＬＲの足もとにあって、ふわふわの毛におおわれた足先に隠れて見えなかったはずだ。

〝もう、いいかげん、勝手に話をつくりだすのはやめな〟とぼくは自分に言い聞かせた。最初はジョージに関して想像をめぐらせた。そしていまは、見も知らぬ男に関してあれこれ考えている。

この男性がアメリカ人の女の子やミル・ストリートの女の人となんらかの関係があるという証拠はひとつもない。たしかなのは、アメリカ人の子が立ち去った数分後にこの男性がマドックス・ストリートにあらわれたということ。もしかしたらあの子を追っていたのかもしれない。ミル・ストリートからやってきたとも考えられる。

〝ただの偶然だ〟とふたたび自分に言い聞かせる。そうそう、たんなる偶然。

リトル・ルーとぼくは歩きだした。しばらくは男の姿は消えていた。でもハノーヴァー・スクエアの近くまで来たとき、また首の後ろがチクチクしはじめ、ぼくは振りかえって後ろを見た。

あの男が道路の向こう側にいた——ぼくを追っているみたいに。

胃がきゅっと締めつけられた。なんだか吐き気までしてくる。こっちが足をとめたと同時に、あっちも立ちどまっている。あとをつけるつもりで、こっちが歩きだすのを待っているんだろうか。

LRの引き綱を引っぱってふたたび歩きはじめた。今度はゆっくりと。頭のなかでパズルのピースをはめこんでみる。この男はどこにはまるんだろうか。ジョージの話では、ドイツ軍に機密を売りたがっている者たちがいるらしい。ロンドンにも二重スパイがいるかもしれないという。

機密。ノートに暗号みたいに記されたやつは機密なのかもしれない。秘密諜報員が具体的になにをしているのか知らないけれど、きっとあのノートには重要な機密がつまっているにちがいない。

次々と考えが浮かぶ。もしかしたら、この男はアメリカ人の女の子と若い女の人がいっしょにいるところを見かけて、いまはノートを追っているのかもしれない。こいつがあの女性を気絶させたのだとしたら？　彼女がノートを持っていないことに気づいて、女の子のあとを追ったとも考えられる。

アメリカ人の子はグロヴナー・スクエアのほうへ走っていった。男は彼女を見つけようとして、ぼくと同じく、今日グロヴナー・スクエアの近辺に来てみたのかもしれない。

そこで考えなおす。〝いや、すべてぼくの想像にすぎないのかもしれない〟そうだとしても、このままままっすぐ家に帰るのはまずい気がする。まずは、あいつにつけられていないことを確認しなくては。ひとまず、このまま歩きまわってみよう。人通りの多い道を選んで歩くにしても、どこへ向かうかは決めておいたほうがいい。さて、どこへ行こうか。

ベイカー・ストリート。ぼくはベイカー・ストリート二二一番地へ向かった。シャーロック・ホームズはベイカー・ストリート二二一Ｂ番地に住んでいた。もちろん、この番地は実在しない。わかってはいたけれど、デイヴィッドとぼくは去年の夏にこの番地だとされる場所へ行ってみた。そこには銀行があった。ふたりで入っていくと、なかにいた人が説明してくれた。シャーロック・ホームズあてにたくさんの手紙が届くので、銀行は秘書を雇(やと)って、来た手紙に返事を送っているという。

　少しのあいだ立ちどまる。ぼくは腰を落としてＬＲをなでた。「あの男がぼくらを監視しているかどうかは、ほんとうのところわからない。でももしそうなら、なんとかして形勢を逆転させなくちゃ」

　ＬＲがわくわくしているみたいに首をかしげて見つめてきた。ぼくはノートに書かれていた監視についての教えを思いだそうとした。「いいかい、ぼくらのこれからの行動について説明するよ。まず、あの男をまく。次に、ぼくらのほうが監視する側にまわる。つまり、あいつが獲物(えもの)になるんだ。ＬＲが獲物のリスを追いかけるときのように」

　リトル・ルーは鋭(するど)くひとつ〝ワン！〟とほえた。しきりに鼻をくんくんさせ、さかんにあたりを見まわしはじめる。おっと。〝リス〟はまずいたとえだったかも。

「まあ、落ちついて」ぼくはＬＲにそう言って引き綱を引っぱった。「さあ、行こう」

8

監視(かんし)されていると思っても……（中略）……気づいたそぶりを見せてはいけない。

——SOEマニュアル

スパイへの道はけわしい。こまごましたことまで考えなきゃならない。朝に読んだノートの〝監視〟についての内容を思いだしてみる。とくに、監視されていると気づいたときにどうすべきかについて。

少なくとも一カ所は人の多い場所へ行く。
目的地へまっすぐに行ってはいけない。
さりげない態度で自然にふるまうこと。

それならできそうだ。まずは、通行人であふれている大通りを歩けばいい。いまは土曜の午後。みんな買い物に出て、肉や卵やパンを手に入れるために配給手帳を持って列に並んでいる。まっすぐ家に帰るかわりに、ベイカー・ストリートをめざして大きな通りをぶらぶらと北へ歩くなんて、わけなくできる。三点目に関しては、子どもが犬を散歩させているのは、これ以上ないくらいさりげなくて自然だよね？

犬を散歩させていれば、歩くのも立ちどまるのも自由自在だ。ＬＲといっしょに早足で数ブロック歩く。それから立ちどまってＬＲにそこらじゅうのにおいを嗅（か）がせる。小さな公園に入って棒切れを見つけ、ＬＲがあきるまで何回か投げる。遊びに費（つい）やした時間は二分。猟犬（りょうけん）のスパニエル犬とはいえ、この子はレトリバー犬みたいに棒切れをくわえてもどってくるのがたまらなく好き、というわけでもない。

約二十分が過ぎ、散歩をよそおうネタが尽（つ）きはじめた。ときおり振（ふ）りかえっては、男のようすを盗（ぬす）み見る。男はまだあとをついてきている。もしかしたら、ぼくらと同じほうへ向かっているだけかもしれない。

ノートに書きとめられていた訓練のようすをもっと読んでおけばよかった。いっそのこと持ってくるべきだったかも。でも持ってきたところで、あんまり意味はなかっただろう。「ヘイ、獲物（えもの）くん、ぼくが次の項（こう）を読んでいるあいだ、ちょっと待っててくれない？」と呼びかけるわけにはいかない。

本物のスパイになるためには、もっと記憶力（きおくりょく）をきたえる必要がありそうだ。いとこのジェフリーみたいにならなくちゃいけない。ジェフリーは学校で優秀賞（ゆうしゅうしょう）をもらっては自慢（じまん）するようなやつだけど。デイヴィッドはそういうところがないから好感が持てる。クラスでいちばん頭がいいのに、それを鼻にかけてほかの子を見下したりしない。

そうこうするうちにリージェント・ストリートに出て、ぼくは幸運に恵（めぐ）まれた。すぐ横の歩道脇（わき）にバスが来てとまり、寒さのなかで大勢の人たちが押（お）しあいながら少しずつ前へ進み、バスに乗って家まで帰ろうとしている。

〝チャンス到来（とうらい）！〟とぼくは思った。ＬＲを抱（だ）きあげ、「すみません」と小声で言いながら無理やり乗車待ちの列に割りこむ。たくさんの頭や帽子にじゃまされて、男からぼくの姿は見えづらくなっているにちがいない。

乗車口まで来たところで列を離れ、停車しているバスの前の道を横断する一団のほうへ走った。うまいぐあいに一団のまんなかあたりにまぎれこみ、背が高くて横幅もある紳士にくっついて道路を渡る。紳士にぴたりと張りついて歩いたものだから、相手は困惑顔を向けてきた。すりにねらわれたと思ったのかもしれない。もしくは犬がきらいなのかも。ぼくはにっこり笑って、古いコートの内側にLRを押しこんだ。

ついさっきまで、ぼくは犬を散歩させていた。いま、男が目をこらして人ごみのなかにぼくを見つけようとしても、目印となるスパニエル犬の、毛がふさふさの足はどこにも見えないはずだ。

道路を渡りきり、目の前の建物のなかにすべりこむ。つま先立ちして道路の向こう側を見やる。男がいた。反対側の歩道を先へ先へと歩いていく。どうやら、ぼくらが道路を渡ったところを見逃したらしい。よし、男をまいた！

「やったね、LR」と小声で言う。「仮にあの男がぼくらをつけていたとして、いまは犬と男の子はバスに乗ったと思ってるよね、きっと。まあ、あくまでも〝仮に〟の話だけど。さあ、今度はぼくらが追う番で、あの男が獲物（quarry）だ」そこでにやりとする。「あいつをQと呼ぶことにしよう」

すごくいい気分だ。ぼくはもうすでにスパイになるための一歩を踏みだしている。

いつまでもよろこびにひたっている暇はない。人ごみにまぎれてあっさりとQをまけた。次はQがどこへ向かったのかさぐらなくては。目下の任務に全神経を傾け、観察者になるためのヒントを思いだしてみる。

反対側の道を歩くほうが望ましい。よし。これはすでにやっている。

監視対象と自分のあいだになにかをはさむこと。つまり、つねにほかの人たちの後ろについていろ、ってことだな。通りには買い物客がたくさんいるから、簡単、簡単。

監視対象の特徴を記憶すること。そうすればあとになって人物を特定できる。これもだいじょうぶだろう。もうすでにあの男をじっくり見ているのだから。気づいた特徴は以下のとおり。耳は大きく、額は高くて山なり。鼻は長めで髪は黒い。目は誰の記憶にも残りそう――澄んでいて、眼光が鋭い。いや、だめだ、こういう特徴の人はいくらでもいそうだ。ロンドンのこの地域だけでも、男性の半分くらいは黒髪で、黒いコートを着ている。

ＬＲが腕のなかでもぞもぞしているけれど、おろして歩かせるわけにはいかない。おろせば、通りすがりの人が足をとめ、ＬＲの長いまつげと小さなかわいらしい鼻をほめ、いつまでもおしゃべりをつづけるだろうから。

Ｑが店に入り、小さな包みを持って出てきた。次の交差点で左に曲がり、オックスフォード・ストリートに出る。途中で北へ向かい、ポートマン・スクエアとベイカー・ストリートのほうへ進んでいく。

ぼくらはいまベイカー・ストリートにいる――行こうと思っていた場所に。乳母車を押してぼくの前を歩いていた女性が、立ちどまって赤ちゃんの毛布の位置をなおしはじめた。ぼくはその脇を通りすぎようとした。女性がぼくの腕のなかにいるＬＲを見て小さく歓声をあげる。「まあ、女の子かしら、こんにちは。ほんとにかわいらしい！」

〝まずい、まずいよ。まいったなあ〟ぼくは笑いながらあわてて言った。「えっと、そちらの赤ちゃんもかわいいですよ。では、よい一日を」

ぼくは乳母車の横を小走りで通りすぎた。ここまで来てQを見失いたくない。通りの向こう側を見ると、ちょうどQがオフィスビルらしき建物のなかに入っていくところだった。

あわてて後ろへさがり、近くの店に入って身を隠す。入口付近には爆弾が落ちてきたときに火災が広がらないようにするための砂袋が積んであり、そこでリトル・ルーをおろして砂袋のにおいを嗅がせた。

オフィスビル自体はどこにでもあるふつうの建物に見える。灰色の石造りで、六階建て。目が窓に吸い寄せられる。二階の窓に男の人の顔がぼんやりと見えた。その人が外に目を向けたので、気づかれちゃまずいと思いさらに後ろにさがる。もう一度見やると、男性の姿は消えていた。窓が暗くなっている。まだ夕暮れまでには間があるけれど、灯火管制のためにカーテンを引いたのだろう。

一度にいろんなことが起きて頭が混乱していたが、あれは絶対にQだとわかった。ぼくの獲物がいまあそこにいる。五分待ってみても誰も出てこない。もっとよく見るためにビルに近づいてみることにする。現在地はベイカー・ストリート六四番地。ビルに張られた小さなプレートには〈相互勤務調査局〉と書かれている。ぼくは顔をしかめた。いったいこれはどういう意味?

LRといっしょに突っ立っていると、キリッとした顔の黒い犬が近づいてきた。飼い主をさかんにドアのほうへ引っぱっている。LRは身体をこわばらせたが、黒い犬はほかの犬には興味を示さず、ビルのなかに入ることだけを考えているらしい。太くて黒い尻尾を振り、ドアのにおいを嗅いで、低い声でクーンと鳴いた。

さっきのぼくと同様に、犬の飼い主らしき女性がプレートをまじまじと見ている。「あら」と小さな声で言う。「じゃあ、ここが、あの人の仕事場なのね」

「なんとおっしゃいました?」ぼくはそう訊いた。LRはぼくの脚の後ろに隠れようとしている。

そのとき、ドアがあいた。ぼくはリトル・ルーをすばやくかかえあげてくるりと身体の向きを変え、ビルから離れて靴屋のウインドウをのぞいた。こっちの顔を見られないように注意しながら、後ろをちらりと見やる。出てきたのはQではなかった。Qよりも年上っぽい男性だった。

「ジュリア、ここでなにをしているんだ?」男性がきつい口調で言う。

「同じ質問をお返ししますよ」と女性が答える。彼女の顔は見えないけれど、声に驚きがまじっているのがわかる。「ここはどういう場所なんですか?」

「きみは知らなくていい。ところで、どうやってここまでたどりついたんだ?」

「あれこれさぐりを入れたわけじゃありませんよ、そういうふうにお考えになっているなら言っときますけど。ヒーローがここまでわたしを連れてきたんです。この子、道順を知っていて。あなたが仕事場に連れていっているからでしょうけれど」

それ以上、聞くつもりはなかった。ぼくは首をすくめながら小走りでその場を離れた。次の角で右に折れてドーセット・ストリートに入る。ここから人気のない脇道をいくつか抜ければソーホーへもどれる。

「LR、ぼくさ、スパイみたいな考え方をしはじめているかもしれない」ささやきかけてから、LRを下におろす。「あの男性の奥さんは自分のご主人が働いている場所を知らなかったようだね。どうしてご主人は奥さんにないしょにしているのかな」

ほんのちょっとのあいだだけそれについて考えた。答えは明白。相互勤務調査局は戦争と関係があるにちがいない。

赤いノートにあった言葉がふいに頭に浮かんでくる。SOEの諜報員はベイカー街遊撃隊と呼ばれることがある。知ってのとおり、ベイカー街遊撃隊とはシャーロック・ホームズが情報収集のために使っている、路上に住むボロをまとった子どもたちの一団だ。もちろん、われわれの本部がベイカー・ストリートにあることにも由来しているが、建物に表示されている名称からは、そこがＳＯＥの本部だとはわからないようになっている。

　相互勤務調査局はＳＯＥ、つまり特殊作戦執行部（Special Operations Executive）の隠れ蓑なのだろうか。

　身体が震え、お腹がグーグー鳴る。何時間も立ちっぱなしだったような気がする。ようやくブロードウィック・ストリートに出る。トレンチャード・ハウスに入ろうとしたところで、こっちに向かって走ってくる足音が聞こえた。次の瞬間、腕をがしっとつかまれた。

「あれはどこ?」耳に甲高い声が飛びこんでくる。「あなたが持っているのはわかってる」

9

監視する場合は、つねに監視対象の一歩先を行くようにしなければならない。

――ＳＯＥマニュアル

ぼくはさっと身体の向きを変えた。口があんぐりとあく。「きみ！」

彼女が着ている紺色のコートには見覚えがあった。いまはナップザックを持っている。まっすぐな茶色い髪があごのあたりまでのびている。

「そう、わたし」アメリカ人の女の子はあきれたように天を仰いだ。目はＬＲと同じで茶色くてまんまるい。昨日の晩よりもだいぶフレンドリー、というわけではなさそう。「ずっとあなたのあとをつけてた。あなたが住んでるところまで連れていってくれると思って」そこで地団駄を踏む。「あれを返して」

「あれって？」時間をかせぐためにとぼける。さっきまでは、つけてきた男をまき、逆にＱと名づけたそいつのあとを追ってベイカー・ストリートまで行って鼻高々になっていた。そのあいだずっと、この女の子に尾行されていたってわけか。

なんというドジなスパイ。

「わかってるくせに。もちろん、あのノートのこと」アメリカ人の女の子が腕を組みながら言う。「あなたがぶつかってきたときになくしたのはたしかだから。ポケットから落ちたのもわかってる。

絶対に、あなたが持ってるはず」

彼女の声から必死な感じが伝わってくる。〝確信はないんだ〟とぼくは気づいた。「じゃあ、まずは、そこになにが書いてあるか言ってみて。そうすれば、ほんとうにきみのものだとわかる——」

「やっぱり持ってるんだ！」彼女がこっちの言葉をさえぎる。

ぼくは認めることにした。「うん、持ってるよ」

女の子が手を突きだした。「それなら、いますぐ返して」

「えっと、だめだ。返せないよ」自分で自分の答えに驚く。もちろん彼女も驚いているはず。

「だめって、どういうこと？」彼女が声を張りあげる。「あなたのじゃないでしょ。あなたとはぜんぜん関係のないものだし」

〝それが、あるんだなあ〟とぼくは思った。真実が見つからないうちは返せない。そこで話題を変える。「ほんと、びっくりだよ。どうやってここまでつけてきたの？」

「そんなの、難しくもなんともなかった」女の子は笑みを押し殺しながらきっぱりと言った。「昨日の晩はまっくらってわけでもなかった。あちこちで炎があがっていたし、サーチライトが空を照らしてて、あなたの髪が燃えてるみたいに見えた。あたりまえだよね——電話ボックスとおんなじくらい赤いんだから。そういう髪の男の子を人ごみのなかで見つけるのは、めちゃくちゃ簡単」

次からは絶対に帽子をかぶらなきゃ。さもないと、背景にとけこむのに失敗する。

「それにね、もちろん、そのわんちゃん」今度は女の子の顔に笑みが浮かぶ。ぼくはＬＲをちらりと見る。ＬＲはアメリカ人の女の子が昔からの友だちだとでもいうようにふるまっている。

「くわしく話してあげる。ノートをなくしたと気づいてすぐに、あなたが持っているにちがいないと思った」女の子が話をつづける。「メイフェアの民間防衛隊の指揮所で訊けば、あなたのことを誰（だれ）かが知っているかもしれないと考えた。それで、わたしは指揮所に行こうとした。でもグロウナー・スクエアであなたとわんちゃんを見かけた」そこで肩（かた）をすくめた。「あとは簡単だった」

簡単！　Qのあとを追っているとき、ぼくは簡単だなんて思いもしなかったのに。

LRが女の子の脚（あし）に跳（と）びついた。女の子は腰（こし）をかがめてLRの頭をなでた。「また会えたね。なんていう名前？」

「ルーっていうんだ。『クマのプーさん』に出てくるカンガの子どもと同じ名前。この子は女の子だけどね。もともとの飼い主が児童図書館の司書だったんだ。ぼくらはリトル・ルー（Little Roo）って呼んでる――略してLR」

思わずため息が出た。LRは見た目はキリッとしていないし、名前だって〝ヒーロー〟みたいにカッコよくて勇敢（ゆうかん）っぽいものじゃないけれど、ぼくはLRを愛している。とはいえ、かわいい犬を連れて歩くと、スパイ稼業（かぎょう）がものすごくやりにくくなる。その点を注意するルールがあったよね？

人目につくものを持ちはこぶな。

「あなた、今日は人目につかないように歩いていたでしょ。それでも、横でちょこちょこと小走りしているリトル・ルーはずっと見えてたよ」女の子が話しつづける。「ベイカー・ストリートの建物の前で足をとめたのも、わたしはちゃんと見てた。あそこに住んでいるのかと思ったけれど、あなたはまた歩きはじめてここへ来た」

女の子の言葉に心が重くなる。ぼくは思わず声をあげそうになった。〝きみはQのことを知らないじゃないか！〟そう、そのとおり。彼女はLRとぼくのあとをつけてきたけれど、ぼくの獲物（クオリー）には気づきもしなかった。

女の子はすぐそばまで近づいてきて、トレンチャード・ハウスへつづく道に立ちはだかった。声が真剣な感じにもどる。「ここ、警察署みたいだね。警察に……あのノートを警察に渡してもらっちゃ困るんだけど」

「そんなことしないよ」

「ところで、あなたはここでなにをしてるの？」

「えーっと、ぼくはここに住んでるんだ」ぼくは正直に答えた。

「住んでる？」彼女の眉がつりあがる。「警察署に？　それってつまり、部屋が独房ってこと？」

「そういうんじゃない」ぼくらがトレンチャード・ハウスのまん前で話をしているあいだにも、何人かの若い巡査たちが帰ってきたり、出ていったりした。「ここは独身の警察官用の官舎なんだ」ぼくは説明しはじめた。「父さんが巡査部長で、ここの管理人も兼ねている」

「お父さんにノートのことを話した？」

ぼくは首を振った。「ううん。誰にも話してない」これはほんとうだ。デイヴィッドには暗号について訊いたけれど、ノートのことはなにひとつ話していない。

ジミー・ウィルソンがのんびりとした足取りで歩いてきた。「やあ、バーティ。午後のひとときを楽しんでいるかい？」ぼくは手を振った。ジミーはウインクしてアメリカ人の女の子をしげしげと見てから、トレンチャード・ハウスに入っていった。

「いまのがあなたの名前？　バーティっていうのが」

「そう。ぼくはバーティ・ブラッドショー」

「なら、バーティ・ブラッドショー、わたしは待ちくたびれたんですけど。いまノートを持ってる？」

「ああいうものをやたらと持ち歩かないよ。いいかい、あれをきみに返すと約束する。でも……でも、あれがきみのものだということを、きっちりたしかめたいんだ。すぐ近くにゴールデン・スクエアっていう小さな公園がある。そこできみと話をしたい」

女の子はくちびるを噛(か)んだ。しびれを切らしてとんでもないことをするかもしれない。ぼくのポケットのなかに手を突っこむとか、トレンチャード・ハウスへ駆(か)けこんでいって、ぼくの部屋のドアを無理やり押(お)しあけ、ノートを取りかえすとか。とにかく、誰かが、たとえばジョージ・モートンとかがやってくるまえに、この場を離(はな)れたかった。女の子と話しているのを見られたらからかわれるに決まってる。

そしてなによりも、ぼくは考える時間がほしかった。

ぼくがＱを追っていたことにこの子が気づいていなかったのなら、ぼくの推測はあたり、ということになる。つまり、この子はまだ子どもだから秘密諜報員(ちょうほういん)じゃない。

スパイ学校へ行っていたのはこの子じゃない。ノートもこの子のものじゃない。でも彼女はノートの持ち主を知っているという気がしてならない。その点をぼくははっきりさせたい。

パート2

獲物(えもの)が飛びだした

さあ、ワトスン、早く！　獲物が飛びだしたぞ。

——シャーロック・ホームズ・シリーズ「アビー荘園」より

スパイへの道　その2

シーザー暗号（シフト暗号）

問題：次の暗号文を解いてみよう。

k a g w z a i y k y q f t a p e i m f e a z e t q d x a o w t a x y q e

このタイプの換字式暗号は、古代ローマの政治家ジュリアス・シーザー（ユリウス・カエサル）の名からとってシーザー暗号と呼ばれている。シーザーは手紙にこの暗号を使うことを好んだ。別名、シフト暗号。ヒントの答えを見つけたら、まずは通常のアルファベットを順番どおりに書きだす。次に、Aを起点として、見つけた答えの数を、右へ移動しながら数える（Aそのものは数にふくめないこと）。数えた先のアルファベットが暗号アルファベットの先頭になる。

たとえば、ヒントの答えがアメリカの独立記念日の月と日を足した数だとしよう。独立記念日は七月四日なので、7と4を足し算すると11になり、11数えた先のアルファベットを見つける。こうして〝L〟が暗号アルファベットの先頭になり、通常のアルファベットの〝A〟に該当することになる。〝M〟は〝B〟となり、あとは同じようにあてはめていく。わかりやすくするために、表を用意しておいた。

通常	A	B	C	D	E	F	G	H	I	J	K	L	M	N	O	P	Q	R	S	T	U	V	W	X	Y	Z
暗号	L	M	N	O	P	Q	R	S	T	U	V	W	X	Y	Z	A	B	C	D	E	F	G	H	I	J	K

ヒント：このメッセージを解読するための数字は、ネプチューン作戦（フランス上陸作戦の正式作戦名）がおこなわれた月と日を足し算したもの。Dデイ（フランス上陸作戦の決行日）をこの本のなかで探してもいいし、ほかの本やインターネットで見つけてもいい。

注意してほしいのは、解読したメッセージには文字と文字のあいだのスペースはなく、どこで切れるかは自分で推測する、という点。これはわざとそうなっている。そうしておけば、解読するのが少しだけ難しくなる。

10

防空壕内のレンガ造りの区画を歩きながら、恐怖について、そしてすべての人間の心に存在する、完全なる破壊に対する抵抗について、わたしはなにごとかを学んだような気がした。

——エレノア・ルーズベルトのロンドン訪問についてのコラム集『マイ・デイ』一九四二年十月二十七日

「ぼくは名前を名乗った。それで、きみの名前は？」ゴールデン・スクエアに向かってせまい道をいくつも抜けていく途中でぼくは訊いた。

「エレノア。エレノア・シェイ」

「アメリカの大統領夫人のエレノア・ルーズベルトと同じエレノア？」

「そう。エレノア・ルーズベルトにちなんでつけられたの」

エレノアをちらりと見る。背はぼくと同じくらいの高さ。いくらなんでも、スパイになれる年じゃないだろう。「えっと、その、きみは十二歳くらい？」

「いいえ」エレノアが怒ったような声で言う。「七月で十三歳になった。わたしは愛国的な日に生まれたの。アメリカの独立記念日の七月四日に。だからわたしはつねにエレノアで通してる。エリーとかエラとかネルとかじゃなく。いつでもエレノア」

「仰せのままに。いつでもエレノア、だね」

エレノアは一瞬、笑顔を見せたが、すぐに引っこめた。「バーティ、道でぶつかったとき、ついけんか腰な態度をとっちゃってごめんね。父に、おまえは暴走列車みたいに人をはねとばしそうになるときがある、って言われる。白状すると、昨日の晩に家に帰ってノートをなくしたって気づいたとき、わたし、自分を責めた。眠れなかった」

エレノアが少しかわいそうになった。天井を見つめ、何度も寝返りを打つときの気持ちはわかるから。

「おーい、ちょっと待ってくれないか。靴ひもを結びなおしたいんだ」とぼくは言った。「リトル・ルーの引き綱を持っていてくれる？」

「いいよ！　わたし、動物が大好き」とエレノアが答える。「とくに猫。でも犬も好き。おばあちゃんが猫を飼っていて、ビアトリクスっていう名前なんだ。ビアトリクス・ポターからとったの。ビアトリクス・ポターっていうのはね――」

「ビアトリクス・ポターが誰だかは知ってる」相手の言葉をさえぎって言う。「ぼくはイギリス人だよ。小さいときからポターのピーターラビットの物語を読んでる」

ぼくはＬＲを見つめた。自分で名づけたら、この子の名前はもっとへんてこになっていたかも。ウサギの三姉妹のひとりから名前をとったりして。たとえば、モプシーとか。

だまって歩いているうちにゴールデン・スクエアに着いた。そろそろ本題に入らなければ。

「あのさあ」ベンチにすわりながら言う。引き綱を返してもらい、ＬＲはぼくの足もとに腰をおろす。「わかるよ、あのノートをなくして、どうしてきみがあわてているか。ぼくは中身を少し読んだからね」

「中身を読んだ？」エレノアが声を荒らげる。「でも……あなたには読む権利はないはず」

「たまたまだったんだよ。最初は、どこかに名前が載っているかなと思って。どんな内容かわかったら、読むのをやめられなくなって」

エレノアはくちびるを噛んでいたが、なにも言わなかった。それで、はっきりした。エレノア自身は中身を読んでいない。〝なにが書かれているか、まったく知らないんだな〟とぼくは思った。

ジョージ二世像の頭にハトが数羽、とまっている。ＬＲはパンを探してベンチの下に鼻をこすりつけている。

ぼくはひとつ息を吸いこんだ。「エレノア、きみがノートを落としたのはわかっている。でもだからといってノートがきみのものとはかぎらない。ほんとうのところ、ノートは誰のものなんだい？」

エレノアはコートのポケットに両手を突っこんだ。質問に答えるつもりはないらしい。「なんで……なんであなたに言わなくちゃいけないの？」こっちを見もせずに言う。本人が話したくないことを、ぼくは聞きだそうとしているのかもしれない。

「ノートの持ち主を探す手伝いができるかもしれないと思って」とぼくは言ってみた。「きみが手助けを必要としていたら、だけどね」

エレノアはなにも言わない。ふと、リトル・ルーにボールを取ってくる遊びを教えようとしていたときに父さんに言われたことを思いだした。「ボールをぽとりと落としてほしいなら、リトル・ルーの口をこじあけるようなまねをしてはいけない。そんなことをしたら、この子はボールをくわえたまま、絶対に離そうとしないだろう。なんでも〝無理やり〟はよくない」

だから、しつこく訊くのはやめて、べつにどうでもいいという感じで話すことにした。まずは肩をすくめる。「きみには手助けとか必要なさそうだね。こっちとしては、少しくらい話してくれてもいいんじゃないかなって思っただけ。ほら、ぼくがいなかったら、きみは完全にノートをなくしていたかもしれないわけだし」

「お言葉ですけど、あなたがいなかったら、そもそもノートをなくしたりはしなかった」

言いかえす言葉を考えていると、エレノアがふーっと息を吐きだした。「まあ、いいか。あなたなら話してもだいじょうぶそうだし。だいじょうぶだよね、警察署に住んでいるんだから」

その点は、なんとも言えない。

「あなたの推測はあたってる」エレノアが話しつづける。「あれはわたしのじゃない。でも……ああ、だめ、言えるのはそれだけ」

ぼくは慎重に言葉を返す。「あのノートがたいせつなものだってことはわかるから、いまだって持ち歩いてない。きみは中身を読んでいないんだよね？」

「読んでない」エレノアが答える。「一語も。わたしは……ある人から、しばらくのあいだ持っていてくれって頼まれただけだから。しっかり保管してって。少ししたら……」

「少ししたら？」

今度はエレノアの口調が慎重っぽくなる。言葉を選んでいるみたいに。「少ししたら、持ち主が取りにくる」

ぼくはもうひと押ししてみた。「持ち主さんは昨日きみにノートをあずけたの？　空襲の直前に？」

エレノアがびっくり顔でこっちを見る。「ちょっと待って。なんでそんなことを訊くの……」

「エレノア、あのノートは黒髪の若い女の人のもの？」

「わけがわからない」エレノアが声をしぼりだすように言う。「どうしてそれを知ってるの？」

「昨日の晩、その女の人を見たから。きみが走っていってしまったあとで」

「その人と話をした？」

ぼくは首を振った。「ううん、話はしていない」

「じゃあ、なんでノートが彼女のだと思うわけ？　ほんと、わけがわからない」

「えーっと、ＬＲがノートを見つけて、ぼくはそれをポケットに入れた。きみが走っていったあとにね。それからＬＲはいきなり走りだした。マドックス・ストリートをちょっと入ったせまい脇道にぼくを連れていったんだ――路地って言ったほうが正しいかな」

「それで？」

なんだか声に出して言うのがこわくなった。「そのとき……路地に入ったとき、若い女の人を見つけたんだ」

「その人、なんて言ってた？」

「なにも言わなかった。道に横になってた」ふたたび慎重にしゃべる。「なんでかはわからないけど、たぶん倒れたんだと思う。なにが起きたのか、ぜんぜんわからなかった。ああ、心配しないで――死んではいなかったから」あわてて付け加える。「でも……気絶しているみたいだった」

「気絶！」エレノアがくりかえす。「それで、いまはだいじょうぶなの？　どこにいるの？」

「そこが問題なんだよ。えっと、ぼくは彼女に自分のジャンパーをかけた。そのあとで自転車に乗って、応援を呼びに指揮所に行った。路地にもどってみると……彼女は消えていた」

「消えた」エレノアが見つめてくる。「もう、ますますわけがわからない。彼女の身になにが起きたの？」

「わからないんだ。今朝、手がかりを探しに路地に、つまりミル・ストリートに行ってみた。あの女の人、自力で起きあがって、どこかへ行った可能性もある。エレノア、彼女が誰か教えてくれれば、なにかの助けになるかもしれない」

　エレノアは首を振った。

　今度はこう訊いてみる。「彼女はきみのお姉さん？」

「ちがう。わたしの姉じゃない」

　そこで長い間（ま）があく。このままなにも言わないつもりなんだろうか。少しして、どうやら心を決めたように見えた。エレノアはため息をついた。ずっと息をとめていたとでもいうように。「わかった。ぜんぶ話す。でも、ほかの人には絶対にしゃべらないって約束して」

「約束する」

「彼女の名前はヴィオレット・ロミ。二十三歳、だと思う。わたしのフランス語の家庭教師だった。去年の年明けにはじめて会って、それから教えてもらっていた。でも春になって家庭教師をやめ、そのあとは何カ月も連絡（れんらく）がなかった」

　〝フランス語の家庭教師……〟ぼくはノートの内容を思いだしていた。ノートの持ち主は現場へ出るために訓練を受けていた――よその国へ行くために。ナチスに占領（せんりょう）されている国へ。それって、もしかしてフランス？

「ヴィオレットはフランス出身なのかい？」そこでふと思いだす。ノートには〝ママ〟のかわりにフランス語の〝ママン〟が使われていなかったっけ？

　エレノアがうなずく。「そう、生まれたのはパリ。ひとりっ子だって言ってた。お父さんの話は聞いたことがない。お母さんが亡（な）くなったあとロンドンに来たんだって。うちの父がわたしの家庭教師としてヴィオレットを雇ったの。こっちに来たとき、クラスのほかの子にくらべて、わたしがフランス語でずいぶん遅れをとっていたから」

「ヴィオレットのことはよく知ってた？」

　エレノアはまたうなずいた。「ヴィオレットとは週に二回、会っていた。わたしもひとりっ子。ロンドンに来た最初のころは、すごく心細かった。ヴィオレットは……まあ、友だちって言ってもいいと思う。わたし、ヴィオレットを助けるためならなんでもする」

「ヴィオレットと再会したのはいつ？　つまり、彼女がきみの家庭教師をやめてからってことだけど」とぼくは訊いた。ひとつひとつ、事実を確認していこう。仮にヴィオレットが諜報員になるための訓練を受けてフランスへ渡ったとしたら、どうしてロンドンにもどってきたんだろう。なぜエレノアに秘密のノートをあずけたんだろう。

「昨日再会するまでは、もう何カ月も会っていなかった」とエレノア。「午前中にドアの下にメモがさしこまれていて。ヴィオレットが午後に会おうって誘ってくれたの。わたし、胸がわくわくした！　久しぶりに会って、リージェント・ストリートでウインドウショッピングをした。でも、ヴィオレットのようすはなんだかいつもとちがってた」エレノアは立ちあがり、ベンチの前を行ったり来たりしはじめた。

「どうちがっていた？」

「うーんと、まずは見た目かな。ヴィオレットはおしゃれで、いつもすてきだったのに、昨日会ったときはまえよりもやせたみたいだったし、着ている服はくたびれていた。それに態度もどこかおかしかった」エレノアの口からどんどん言葉がこぼれでてくる。

　ぼくは顔をしかめた。「どういう意味？」

「えーと、わたしはね、お互いに近況を伝えあうんだと思ってた。お茶を飲みにいったりして。でも、ヴィオレットはほかのことで頭がいっぱいって感じで。〝いままでどうしてた？〟みたいな質問はほとんどしてこなかった。こっちからいまどこに住んでいるのかって訊いても、答えようとしなかったし。すぐに話題を変えちゃって」

「ふたりでリージェント・ストリートをいっしょに歩いただけ？」

エレノアはうなずいた。そして少しのあいだ目を閉じた。昨日会ったときのようすを頭のなかで再現しているのかもしれない。「ヴィオレットはずっときょろきょろとあたりを見て、振りかえったりしていた。ショーウインドウの前に立ったとたんに、ほかのものを見たいとかなんとか言って、いきなり走りだして通りを渡ろうとしてた」

ぼくはハッとして息を吸いこんだ。

「どうしたの？」エレノアが訊いてくる。

「なんでもない」

なんでもないじゃないよ。おそらくヴィオレットはノートにあったヒントを実践していたんだろう。ちょうど今日、ぼくが獲物を追っていたときにやったように。**反対側の道を歩くほうが望ましい**。ヴィオレットは誰かを尾行していたのだろうか。それとも、尾行されていたのを気にしていたのか。ぼくらは少しのあいだだまりこくった。「エレノア、ノートをきみにあずけるとき、ヴィオレットはなんて言ったの？」

「うーん、あのときはもう遅い時間になってたから、わたしはそろそろおばあちゃんちに帰らなくちゃってヴィオレットに言った。あっ、父とわたしはいまおばあちゃんの家に住んでるの」エレノアが説明を加える。「そのときヴィオレットがわたしにあずかってほしいものがあるって言いだして。一週間くらいでいいからって。すーっと近づいてきて、わたしのコートのポケットにノートをすべりこませた」

「ノートになにが書いてあるのか、彼女は言わなかった。たいせつなものだからわたしにあずけたいって言ってた」エレノアは少し間をおいて、あたりを見やった。「それからヴィオレットは小さい声でこう言ったの。〝木曜日の夕方。わたしはそのときのために罠を仕掛けた。お願いだから、それを保管してて……万が一のために。遅くとも金曜日までにわたしから連絡がなかったら、そのときは……〟」

「そのときは？」ぼくはつづきを聞きたくて、つい大きな声を出した。どんな罠をヴィオレットは仕掛けたんだろう。本人は行方不明なのに成功するんだろうか。それとも誰かにじゃまされた？

　身体に震えが走る。ベンチにすわっていて寒くなったからじゃない。ぼくはふたたび訊いた。

「それで、そのときは？」

　エレノアはぼくのとなりにふたたび腰をおろした。「ヴィオレットがそう言ったとき、ちょうどサイレンが鳴りだした。いきなり大勢の人が押し合いへし合いしはじめて、ヴィオレットとはぐれちゃったの。わたしはおばあちゃんのうちに帰ろうとした。その途中であなたにぶつかったってわけ。ほんと、どう考えていいかわからない」エレノアが話をつづける。「バーティ、あなた、ノートを読んだんでしょ。この数カ月、ヴィオレットがなにをしていたか、ノートに書いてあった？」

「うん。書いてあったと思う」ノートの内容を聞いて、エレノアは驚くだろうか。「ヴィオレットがきみの家庭教師をやめたのは、秘密諜報員になる訓練を受けるためだったらしい」

　エレノアは思ったより驚かなかった。小首をかしげてなにやら考えている。「ヴィオレットはロンドンで諜報員として働いているかもしれないってこと？」

ぼくは首を振った。「いや。わからないけど、そうじゃないみたいだ。ナチスに占領されているヨーロッパのどこかの国でだと思う。おそらくフランスなんじゃないかな、ヴィオレットはフランス語を話すから。でも、書いてあるのはそれだけじゃない」まわりに誰もいないのに声をひそめる。「ノートの中身をぜんぶ読んだわけじゃないから、わからないことがたくさんある。あとのほうのページは、アルファベットがずらずらと並んでいるだけなんだよ——意味をなさないアルファベットが。ちんぷんかんぷんかんぷんなんだ」

「ちんぷんかんぷん」エレノアがくりかえす。「それって、暗号かなにかってこと?」

ぼくはうなずいた。「うん。まさに暗号」

「そのうえヴィオレットは行方不明。襲われて負傷したか、誘拐されたのかもしれない。なんらかのトラブルに巻きこまれたかと思うと、バーティ、わたし、すごく心配」エレノアはこぶしを握りしめた。「ヴィオレットの身になにが起きたのか、もう少し手がかりがあれば」

「ヴィオレットはきっとだいじょうぶだよ。歩いて家に帰ったのかもしれない。いま住んでいるところについてなにか言ってた? 友だちといっしょとか、部屋を借りているとか。もしかしたら、ホテルに泊まっているのかも」

エレノアは首を振った。「まえは小さな部屋を借りてひとりで住んでいた。でも、そこの正確な住所はわからない。いまはどうしているか……見当もつかない」

「じゃあ、昨日の夜、ヴィオレットが家にたどりついたかどうか、たしかめようがないね」ぼくは顔をしかめた。不可能とは言わないけれど、ヴィオレットを見つけるのはかなり難しそうだ。べつの考えが頭に浮かぶ——ヴィオレットが下宿屋かホテルに部屋を借りていたとしても、偽名を使っているかもしれない。

エレノアがため息をついてこっちに顔を向ける。「結局のところ、あなたがわたしにぶつかってくれてよかったのかもね、バーティ。あなたに会ってノートを落としていなければ、ヴィオレットになにがあったのか、わたしには想像もつかなかっただろうから。それにしても、ヴィオレットの身になにかあったのだとしたら、計画がどんなものだろうと、失敗は避けられないかもしれない。木曜日まではあと五日しかない……」エレノアの声がだんだんと小さくなる。

「ぼくらでなんとかできるかもしれないよ」ぼくは身を乗りだした。「罠がどんなものか、ヴィオレットがいまどこにいるか、ぼくらで突きとめよう。だいじょうぶ、きっとできる。ぼくに手伝わせて」

　エレノアが口を開きかけた。そのとき空気を切り裂くように、音が高くなったかと思うと低くなる、不気味な空襲警報のサイレンが鳴りだした。ＬＲが身体をぶるぶるっと震わせたあと、小さな鼻先を空に向けて〝ウォー、ウォー〟と遠ぼえのような声をあげた。また、はじまった。

11

諜報員は背景にとけこみ、周囲の人間と同じようにふるまわねばならない。

——ＳＯＥマニュアル

空襲警報のサイレンを聞いて、ぼくは思わず立ちあがった。「前回の爆撃から二十四時間もたっていないのに。今晩は指揮所に待機する当番なんだ。いったん家に帰って自転車を取ってこなくちゃならない。ヘルメットも」

「リトル・ルーはわたしにまかせて」とエレノア。「メイフェアの指揮所の場所はわかってる。そこで落ちあいましょ。そうすれば時間を節約できる」

「でも……」

「だいじょうぶ。リトル・ルーはわたしを好きみたいだし」エレノアはＬＲの引き綱をつかんだ。「この子を盗んだりしないから」

迷ったけれど、それも一瞬だった。今回は遅れるわけにはいかないし、かごにＬＲを乗せていなければより速く走れる。「わかった。自転車さえ取ってくれば、指揮所までは五分もかからない」

「さあ、行きましょう、リトル・ルー！」エレノアが歩きだし、ＬＲはそのあとを小走りでついていった。

官舎の部屋には誰もいなかった。父さんはもどってきていない。ぼくはヘルメットをかぶり、懐中電灯をつかんだ。キッチンの灯火管制用のブラインドをおろす。そうしておけば、父さんが帰ってきて電気をつけても明かりは外にもれないだろう。ドアから外へ出かかったところで、はたと気づいてすばやくメモを書き残した。

受付窓口にはジミーがすわっていた。週末は巡査全員が交代で電話を受けることになっている。ぼくは「今夜は土曜のダンスはお休み？」と声をかけた。

「休むわけないだろ」ジミーはにやりと笑った。「ジョージに頼んだんだ、このあと当番を代わってくれって。彼はダンスは好きじゃないから。出かけるまえに空襲が終わってくれればいいんだが。きみの年がもうちょっと上だったら、きみもあのかわいらしいお友だちを連れてダンスにいけるのにね。ところで、おれはまえに彼女に会ったことはあったかな？」

「ないと思うよ。それじゃあ、行ってくるね」

ジミーが手を振って言う。「気をつけなよ、バーティ」

〝今回は前回みたいなまねはしない〟ぼくは心のなかで誓い、懸命にペダルをこいだ。〝隊長にほめられるようがんばる〟あたりは暗くなりつつあり、お腹がグーと鳴る。そういえば、今日は朝食をとってからはなにも食べていない。

空襲警報のサイレンが人をせかすみたいに、甲高くなったり低くなったりして不気味に鳴り響いている。人びとが通りを足早に行きかっている。たぶん家のなかのモリソン・シェルターか裏庭のアンダーソン・シェルターへと急いでいるのだろう。公共の防空壕か地下鉄の駅へ向かう人もいるにちがいない。

指揮所に駆けこむと、イタ隊長が笑みを浮かべて迎えてくれた。「ああ、バーティ、思ったより早かったね。それにしっかりヘルメットをかぶっている。そうそう、きみが手はずをととのえてくれたとおり、われらがミス・シェイがきみの救助犬を連れてきているよ」

われらがミス・シェイ？「隊長は……隊長はエレノアを知っているんですか？」

「少しね。彼女はPDSAのボランティアなんだ。傷病動物援護会（People's Dispensary for Sick Animals）の。PDSAは空襲で爆撃された家から動物を救出する活動をしている。われわれは頻繁に彼らと連携しているよ」

「エレノアはどこにいますか？　それと、LRは？」

「ちょうどいま〝インシデント〟の現場に送りだしたところだ」机の上の電話がいきなり鳴りだした。イタ隊長が片手をあげる。「ちょっと待ってくれ」

イタ隊長が電話に応対し、メモをとる。「了解。ありがとう」通話を終えてこっちを向く。「救急車の手配センターからだった。さて、きみにやってほしいことを伝えよう。バークレー・スクエアにある家に爆弾が直撃した。現地で救出にあたっているチームにこう伝えてくれ。救急車の出動が少し遅れているが、手配はすんでいるから待っていてほしいと」

「承知しました。現地には二、三分で行けるはずです」そこまでは半マイルもない。

「わたしもできるだけ早く状況を確認しにいく。時限式爆弾や焼夷弾には気をつけてくれ」イタ隊長が警告する。ひとたび焼夷弾が落ちれば、あたりは火の海になる。火災といえば、そう、一九四〇年十二月二十九日のできごとがすべてのロンドン市民の記憶に刻まれている。その日、セント・ポール大聖堂は献身的な消火隊のおかげで焼失をまぬがれた。

自転車に乗っているあいだ、風を受けて両耳をぱたぱたさせているリトル・ルーが目の前にいないとへんな感じがした。飛行機のブーンという音や、高射砲のドーン、ドーンという音が聞こえてくる。空に向けて放たれる高射砲はロンドンの街じゅうに配備されている。

今回の空襲が昨晩のと同じく短時間で終わりますようにと願う。ブリッツのときは、ひと晩じゅうつづく空襲にさらされても、救急車の運転手、消火隊、民間防衛隊、救助ボランティアは自分たちの任務をまっとうした。彼らはがれきの下から人びとを救いだし、火災と闘い、負傷者を病院へ救急搬送した。命を落とした人もいた。

少なくとも、今夜ぼくはヘルメットを持っている。

爆弾が直撃した場所は簡単に見つかった。二階建ての片側が吹き飛ばされている。いまだにほこりと煙が空気中に充満している。

自転車をとめていると、エレノアが駆け寄ってきた。〝ＰＤＳＡ救助隊〟と印刷されたヘルメットをかぶっている。一日じゅうナップザックに入れて持ち歩いているのだろう。エレノアはぼくよりもしっかり用意ができている。

「リトル・ルーはどこ？」

「ああ、バーティ、リトル・ルーは救助隊に頼まれて彼らの手伝いをしている」走りまわっているのに加え、寒さのためにエレノアの頬は紅潮している。「一階にいた子どもがふたり、お母さんといっしょになかに閉じこめられてるの」エレノアに引っぱられるようにして建物のほうへ急ぐ。

「ごめんね。バーティが来てからリトル・ルーを行かせたかったんだけど。あの子の姿をバーティにも見てもらいたかった！　すぐにでも救助活動に加わりたがってた。現場では身体ががっしりした救助隊の男の人たちがいっしょだからだいじょうぶだって。みんな建築関係の仕事をしていて、家がどんなふうに建てられているかよく知っているって」

ぼくはゴクリとつばを呑みこんだ。「いっしょにいてやりたかった。あの子は……あの子はすごく小さいから」

ぼくらはできるだけ身体を寄せあった。待つだけの時間がはじまる。無限にも感じられる時間が。十分……十五分……二十分。空襲警報解除のサイレンが鳴った。そのあとで人びとがぞろぞろと集まってきた。近くの家から出てきたとなり近所の人たちや、防空壕から家に帰る人びとが立ちどまって崩壊した建物を見ていた。

寒いなかでみんな身を寄せあい、ささやき声で言葉を交わしあっている。こういう現場では物音を立てたり、大声でしゃべってはいけない。生存者が立てる音を救助隊が聞きとらなきゃならないから。がれきにうもれた人のうめき声や泣き声、生存者が発見されたときの興奮気味な叫び声が聞こえるのを、ぼくらはみんな待っている。

「リトル・ルーを連れていった男の人が、この子は救助犬には見えないなあって言ったの。だからわたし、言ってやった」エレノアがささやき声で言う。「ＬＲはブリッツのときに活躍した有名な救助犬のリップやレックスと同じくらい優秀なんですよって。リップやレックスみたいな救助犬については、ＰＤＳＡで訓練を受けたときに学んだ」それから気まずそうにぼくの腕をぽんぽんとたたく。「ごめんね、バーティ。わたし、不安な気持ちになるとついべらべらしゃべっちゃう」

「いいよ、べつに」ぼくはてのひらに爪を食いこませた。胃がぎゅっと締めつけられる。つま先立ちになって、玄関ドアがあったらしき場所にできた穴に目をこらす。「救助隊は子どもたちがどこにいると考えてるの？」

「近所の人たちの話によると、この家にはキッチンにモリソン・シェルターがあるらしいの」エレノアが小さな声で言う。「問題は、これ以上建物が崩壊するまえに閉じこめられた人を助けだせるかどうかってことだと思う」

なかから男性の声が聞こえた。「そこ、気をつけろ！」

そのあとで〝痛い〟と叫ぶ甲高い声が聞こえてきた。

12

燃えるがれき、立ちこめる煙、すさまじい熱、消火ホースから噴きだす水を恐れず、この犬は驚異的な知性とずば抜けた決断力を発揮し、懸命な努力をつづけて、うもれた被害者のもとへ導いてくれるにおいを追いかけていった。

——傷病動物援護会(PDSA)よりディッキンメダルを贈られた民間防衛隊の救助犬、レックスに対する賛辞

「リトル・ルー!」ぼくは身を乗りだした。

エレノアがぼくの腕をつかむ。「さがっていなきゃだめ。救助隊のチームはかならずリトル・ルーを連れてもどってくる。だからいまはがまんして」

ぼくはエレノアの手を振り払い、前へ進んだ。でもそれほど先まで行けなかった。紺色の作業服を着てランプを持った、がっしりした身体つきの救助隊員が、建物の入口付近に立ちふさがって片手を突きだした。「ぼうや、落ちつきなさい。これ以上、市民の負傷者を増やしたくない」

ぼくは後ろへさがった。ドアがあったところにぽっかりあいた穴に目が吸い寄せられる。穴の向こうにバラバラになった家具、壊れた乳母車、子ども用のブーツが見える。今日の午後は、家族そろって外出していたのかもしれない。若いお母さんが食料を手に入れるために配給切符を持って長い列に並んでいるところを想像する。

現実は……ぼくはハッと息を呑んだ。救助に役立つとはいえ、いざ救出するとなると犬はいつでもあとまわしだ。

「救助は進んでいるかい？」イタ隊長が小さな声で訊いてきた。いつの間にか後ろに来ている。肩にまわされた腕は力強くて温かい。

「こんにちは、隊長」救助隊員が風防つきランプを持つ手を替え、イタ隊長と握手した。「子どもふたりと母親を救出している最中です。スパニエル犬が、彼らがいる場所までの通路を見つける手助けをしてくれました。いまはがれきを取り除いているところのようです」

「負傷者はいるのかい？」イタ隊長は通りのほうを指し示した。「救急車がさきほど到着した。待機させておくよ」

「まだ確認はとれていません」救助隊員が答えた。崩れたレンガから出たほこりを目もとからぬぐうと、救助隊員の大きな顔に汚れのあとが残った。「空襲はもうないんじゃないかと思っていたんですけどね、隊長。あとどれくらいロンドンが持ちこたえられるか、わたしにはもうわかりません」

「われわれは必要なだけ持ちこたえる」イタ隊長は断言した。「それに潮目は変わってきている。連合国軍がフランスへ上陸すれば、彼らがすぐさまヒトラーの軍隊をベルリンへ追い払ってくれるよ」

救助隊員が今後の予定について質問し、ふたりはくわしい話をするために歩み寄った。後ろにイタ隊長がいなくなると、ぼくはとたんに寒気を感じた。隊長たちが交わす言葉が聞きとれなくなり、ふしぎなことが起きた。耳に入ってくる声がふいに甲高くなって、遠くから聞こえるようになったのだ。

お腹がへっているせいかもしれないと考えているうちにめまいがしだし、身体が熱くなったかと思うと急に冷たくなった。一瞬、涸れた井戸の底に吸いこまれていくような感じがしたあと、次には頭から氷水をかけられているみたいな感じがした。水はどんどんたまっていき、あごにまで達して、ついには口をおおうまでになった。これでは息を吸うのもひと苦労だ。

いろんな光景が頭に流れこんでくる。ぼくはふたたびあの場にいた。まえに住んでいた家に。鼻を突く火薬のにおいや、燃える木材のにおいがする。崩れたレンガから舞いあがるほこりがのどと鼻をふさぐ。音も聞こえてくる。高射砲が発射される音、飛行機のブンブンとうなる音、壁や柱が崩れる音。

恐ろしげな叫び声。自分が叫んでいる声だ。

本物の音やにおいじゃないと頭ではわかっている。数をかぞえてみる。まえは数をかぞえれば現実にもどれた。〝いち、にい、さん。いち、にい、さん〟それから自分の身体が揺れているのに気づき、胃が痛みだした。

「バーティ！」名前を呼ばれるのが聞こえ、誰かにがしっとつかまれる。「バーティ！」

目を開く。父さんがいる。ぼくの頭に手をやり、顔を下に向かせる。「下を向くんだ、バーティ、気を失うまえに。ほら、息を吸って、吐いて。ゆっくりと、気持ちを楽にして。そうだ。いいぞ、その調子だ。こうしていれば、すぐに気分がよくなるからな」

十分後、世界がぐるぐるまわるのがとまり、まっすぐに立てるようになった。

エレノアがすぐとなりに立っている。なにもしゃべらずに。そしてぼくの手にドーナツを押しこんだ。ぼくはつぶやくようにお礼を言い、ありがたく思いながら少しずつ食べた。

しばらくして、ぼくをまんなかにはさんでエレノアが父さんと握手をした。「こんばんは、ブラッドショー巡査部長。バーティのお父さまですよね。わたしはエレノア・シェイと申します。バーティといっしょにボランティアをしています」

〝いっしょに？〟とぼくは思った。エレノアをちらりと見やったけれど、彼女は父さんを見てにっこりと笑っている。

ちょうどそのとき、崩れた建物のなかから叫び声が聞こえてきた。さっきイタ隊長と話をしていたたくましい身体つきの救助隊員が、ロープを手にがれきのなかに消えた。

だがすぐにもどってきた。「なかにいるのはわれわれが誇るもっとも優秀なチームの面々です。スタンはしぶといスコットランド人で、トミーはけっしてあきらめない男。いまはゆっくり動いています。あわてて動いて梁を崩壊させたりしたらたいへんですから」

ぼくは息を呑んだ。「リトル・ルーの声が聞こえた」と父さんに言う。「けがなんかしていなきゃいいんだけど」

父さんがぼくの肩をぎゅっと握る。「だいじょうぶだ、あの子はタフだから。そのうち出てきて、家に帰ってお茶を飲みたがるさ」

「父さん、母さんやウィルはどうだった？」なんとか言葉をしぼりだす。身体の震えはとまり、原因不明の胃の痛みもおさまっていた。でも父さんはまだぼくの肩に腕をまわしている。

「元気だったよ。ウィルの気分も落ちついている。医者はよくやってくれていて、なにもかも期待したとおりにうまくいっている」

「ぼくがここにいるって、どうしてわかったの？」

「おまえのメモを見たあと、指揮所に行ってみたんだ。そこでホーク隊長に会って、おまえをこの現場に行かせたと聞いた。もう少しの辛抱だ、バーティ。救助隊がかならず全員、救出してくれる」

　近所の人たちがあちこちで数人ずつ集まって心配顔を浮かべている。月明かりの下、パジャマ姿で寒さに震えている人もいる。ブリッツのあいだは、ぼくらはみんな、もちろんおとなもパジャマの上にコートを着て、逃げ場所を探して通りを歩いていた。空襲があるたびに、長い夜になるのを覚悟して、地下鉄の駅に向かう人もいれば、公共の防空壕をめざす人もいた。翌朝、みんな家に帰った。空襲の夜が明けたあと、学校は十時まではじまらないのがふつうだった。

　そのころのぼくのパジャマは赤かった。いまは青いやつだ。朝ベッドの上に放ったまま学校へ行って帰ってくると、リトル・ルーがパジャマで寝床をつくっているところに出くわす。ぼくはそのようすをじっとながめる。リトル・ルーは前足を使ってていねいにパジャマで円をつくる。仕上がりに満足すると、いかにも寝心地がよさそうなところで身体を丸める。

「トミーが出てきた！」ボランティアの救助隊員が大声を出した。

　土とほこりにまみれた男性があらわれた。片手に女の子の赤ちゃんと、もう片方に身をくねらせている男の子を抱きかかえている。イタ隊長が走っていって、幼い男の子を受けとり、待機している救急隊員の女性にあずけた。

「ママあああ！」男の子が泣き叫ぶ。「ママはどこおおお」

　それに応える女性の声が聞こえてくる。「ママはここよ、スウィートハート。あなたのすぐ後ろ」

　ふたりめの救助隊員が出てきた。片方の腕で足を引きずる女性を支えている。この隊員がたぶんスタンだろう。もう片方の腕にもぞもぞ動くものをかかえている。彼はにやりと笑い「このふわふわした子の飼い主は誰だい？」とスコットランドなまりで呼びかけた。

「ぼくです！」ぼくは両腕をのばしてＬＲを受けとった。「この子はだいじょうぶですか？」

「前足をちょっと切っただけだ」スタンはまたにやりと笑った。まわりでは近所の人たちがいっせいに前へ出て、救出されたお母さんを救急車に乗せるのに手を貸している。「ずいぶんとおもしろい顔をしているなあ。でも、この子は絶対にあきらめず、ちゃんと赤ちゃんと子どもを見つけてくれたよ」

「そうですか、ありがとうございます」ぼくは涙声になった。ＬＲが尻尾を盛大に振っている。鼻をくーんと鳴らしてぼくの顔をなめ、あごの下に鼻先をうずめる。ＬＲは温かくてやわらかくて、なにより生きている。前足がぼくの首筋にかかる。「この子はだいじょうぶみたいです。家に帰ったらもう一度よく見てみます」

「そうしなさい、バーティ。今夜はよく働いたね――きみもリトル・ルーも」とイタ隊長が言う。そしてエレノアにうなずきかける。「まずは、エレノアを家まで送ってあげてくれ」

　ぼくは父さんをちらりと見た。

「まだ元気が残っているようだったら行っておいで、バーティ。家でお茶とトーストを用意して待っている。救急箱も見つけておかないとな。わたしがリトル・ルーを家に連れていこうか？」

　父さんがこっちを見ながら笑う。横に広がった口ひげが震えている。今朝は、もっとしっかり義務を果たさなかったらリトル・ルーをよそにやるぞと暗に脅してきた。いまでも父さんはそうするつもりでいるんだろうか。父さんだってリトル・ルーを家族の一員とみなしているはずなのに。

　ぼくは笑みを返した。「だいじょうぶだよ、父さん。足にけがをしているといけないから、ＬＲをかごにいれて自転車を引いていく」

「おやすみなさい、イタ隊長」エレノアがイタ隊長と握手する。「えーと、それと、ひとつお願いがあります。バーティはある宿題に取り組んでいて、わたしに手伝ってくれと言ってきました。だから、今週、指揮所の小さな会議室を放課後に使わせてもらえませんか」

もう少しのところで口があんぐりとあいてしまうところだった。〝エレノアはいったいなんの話をしているんだ？〟

「もちろん、いいよ」イタ隊長が答える。「火曜日の午後は定例の会議があるけれど、それ以外は使ってもかまわない。ところで、なんの手伝いをするんだい？」

エレノアがなんと答えるのか気になり、ぼくは彼女を見つめた。エレノアは考えこむこともなく、すぐに答えた。「バーティの宿題は本に関するものです」はきはきと言う。「わたしの父は文学部の教授なんです。アメリカのコネチカット州にある大学の。わたしは父から多くのことを教わりました」

父さんの顔がパッと明るくなった。「きみのお父さんはロンドンでも文学を教えているのかい？」

「えーっと、教えていません。いまは戦略情報局で働いています」そこで肩をすくめる。「戦争に関係する仕事をしているみたいです」

〝戦略情報局だって？　それはいったいなんなんだ？〟相互勤務調査局と同様に、とってつけた名前のように感じる。なにかを隠すための。

エレノア・シェイはスパイじゃないかもしれないけれど、彼女の父親はそうなのかもしれない。

ぼくはとっさにそう思った。

13

諜報員（ちょうほういん）は……どんなに重要または親密な関係にある人間に対しても、必要以上にしゃべってはならない。

——SOEマニュアル

「送ってくれるなんて、やさしいんだね、バーティ。でもうちはそんなに遠くないの。バークレー・スクエアのちょっと先だから」歩きだすと同時にエレノアが言う。

ぼくは顔をしかめた。「〝やさしい〟なんて思ってもいないくせに。さっきはよくもぼくをダシに使ってくれたな、エレノア」

「えっ？」エレノアの口もとがぴくぴくしているのがわかった。

「〝えっ〟じゃないよ。ぼくをのけ者にして、ひとりでさっさとイタ隊長と話をまとめて。それじゃなくても、ぼくはイタ隊長からぼんやりしている忘れんぼうと思われているのに。ホーク隊長よりもやさしいイタ隊長ですら、そう思ってる。ホーク隊長がぼくにがまんしてくれているのは、ただLRが好きだからってだけなんだ」

「それはお気の毒に」エレノアは手をのばしてLRの耳をそっとなでた。「リトル・ルー、あなたはみんなに好かれているんだね。それはそうと、バーティ、さっきは急いでいろんなことを考えなきゃならなかったの。だって、わたし、決めたんだもん」

「決めたって、なにを？」ぼくは〝なにを言いだすんだ〟と警戒しながら訊いた。

「わたし、あなたを信用することにした」

「それは、まあ、ありがとう。だからどうだっていうんだい？」

「あなた、まだノートを返してくれてないでしょ。でも覚えているよね、ノートのことは誰にも言っちゃいけないし、あなたのお父さんや隊長に渡してもだめってこと」

「言わないし、渡さないって言ったじゃないか」

「わかってる。けどさ、あなたは警察署に住んでいるわけだし」

「言っただろ、あそこは警察署じゃないって！」

「バーティ、あなたって、からかいがいのある人だね」エレノアがにやりと笑う。「さっきはごめんね、学校の宿題でバーティには手伝いが必要だなんて話を押しとおしちゃって。あのときのバーティ、なんだか心ここにあらずみたいに見えたよ。顔は白くなってたし。だからね、思ったの、怒らせれば、動揺している原因がなんであろうと、気持ちがこっちに向くんじゃないかって」

「なにがあったかは話したくない」ぼくはつぶやくように言った。

「いいよ、話さなくても。個人的なことを訊くつもりはないから。わたしたち、べつに友だちになる必要もないし。わたし、友だちづきあいは苦手だから」

「ぼくもだよ」デイヴィッドはべつだけど。

「友だちの話はおいとくとして……今日、空襲がはじまるまえに話していたことだけど」とエレノアが切りだす。「ヴィオレットが罠を仕掛けた理由は、ノートのどこかに書いてあるんじゃないかな。たぶん暗号で。暗号を解けるかどうか、ためすくらいはしなくちゃ」

「わかった。じゃあ、ぼくらはパートナーだ――シャーロック・ホームズとワトスン博士みたいな。

シャーロックはぼくだな」

「そんなのずるい」エレノアが大声をあげた。「わたしもシャーロックがいい」

LRがいきなりほえだした。〝ワン！　ワン！〟

ぼくはつい笑ってしまった。「リトル・ルーもシャーロックがいいみたいだね」LRの巻き毛の頭をなでてからエレノアのほうを向く。「ぼくの父さんはもうずいぶん長いあいだ警察官をやってる。事件を捜査(そうさ)したりはしないけど、パートナーを信頼(しんらい)することがたいせつだっていつも言ってる。ぼくはノートを警察に渡したりしないよ、その点については心配しないで」

「じゃあ、ノートのことはほかの誰にもしゃべらないよね？」

「ああ、言わないよ。約束する」うん、絶対に言わない。

けれどほんとうのところ、ぼくはエレノアにすべてを話していない。たとえば、暗号についてちらっとデイヴィッドに訊いたこととか。獲物(クオリー)――ぼくがQと呼んでいる男――をベイカー・ストリートまで追っていったこととか。どうして隠(かく)しているのか、自分でもよくわからない。でもそれもしかたない。頭の隅(すみ)に浮(う)かんだある考えが気になってどうしようもないのだから。

Qがよからぬことをたくらんでいると思えてならない。ヴィオレットが姿を消した夜にぼくは彼(かれ)を目撃(もくげき)している。一方で、もうひとつべつの可能性もある。仮にQが相互(そうご)勤務調査局の人間でヴィオレットのあとを追っているのだとしたら、**ヴィオレット**がよからぬことをたくらんでいる可能性もある。

とにかくいまはなにもわからない。

ヘイズ・ミューズの角を曲がったところで、ぼくはふいに立ちどまった。ここはミル・ストリートみたいに古くてせまい路地だ。Qのことが頭に浮かぶ。物陰にQが隠れているかも、と考えると身体が震えた。

「どうしたの？　なんで後ろを振りかえってばかりいるの？」エレノアが小声で訊いてくる。

「なんでもない」〝ブロードウィック・ストリートまでもどったぼくを、Qはつけてきていただろうか。いや、そんなことはありえない〟ぼくは自分に言い聞かせた。〝こっちがベイカー・ストリートまでつけていったのを、Qは絶対に気づいていなかったんだから〟

　エレノアが二階建ての建物を指さした。「あのアーチ型の玄関ポーチの向こうにわたしの部屋があるの。メイフェアのこのあたりにはしゃれた家があちこちに建ってる。でもおばあちゃんの家は昔は馬小屋だったんだよ。そうだ！」エレノアはナップザックの脇のポケットに手を突っこみ、ナプキンに包まれたものを引っぱりだした。「もうひとつドーナツを持ってるのを忘れてた。ちょっとつぶれてるけど」

〝ウー……ウォン！〟自転車のかごの縁にあごをのせていたLRがすっと身体を起こし、尻尾をびゅんびゅん振りはじめた。

「おやつをもらえるほどの働きをしたって、自分でもわかってるんだね」とエレノアが言う。「わたしね、アメリカ赤十字社の移動販売の女性からいつもドーナツを買うんだ」

　エレノアはドーナツを三つにわけた。LRは身を乗りだし、とがった小さな歯でドーナツにぱくりと食いついた。

「行儀よくしなよ！」ぼくはぴしゃりと言った。

「この子はお腹がへってるの、かわいそうに。今夜はがんばって働いたね。食料はぜんぶ配給制だから、LRに食べさせるのもたいへんでしょ」エレノアが訊いてくる。それから通りの隅にある

〝ブタに与える食べ残し〟用のゴミ容器を指さす。「こういうの、どこでも見かける。ドッグフードは手に入れられる？」

「ううん、ＬＲはぼくらが食べるものを食べてる。だからうちでは食べ残しは出ない。戦争がはじまったころ、大勢の人が自分んちのペットを殺した。政府がそうするようにすすめたから。ロンドン動物園では毒ヘビも殺された。爆撃されたあとヘビたちが逃げだすといけないからって」

「ヘビがかわいそう！」エレノアはＬＲの鼻と自分の鼻をこすりあわせた。「ほんと、よかった、リトル・ルー、あなたがここにいてくれて」

「ぼくもそう思うよ。この子と散歩に行くと、いつもかならず通りを行く人が足をとめてＬＲをなでて、自分のペットについて話しだすんだ」

つい先週のこと、ひとりの男性がぼくを呼びとめて、十分間ほど自分が飼っていた年とった猫のソフィについて話した。「ソフィはあんまりなついていなかったけれど、わたしたちは彼女を愛していた」と。べつの女性は飼い犬のことを涙ながらに語った。「わたしたちはうちのかわいい、かわいいマイケルを軍に渡したの。食べさせてやれなくなったから。いまマイケルはこの国に尽くしている。でももう二度とあの子には会えないと思う」

別れぎわにエレノアがさようならのあいさつをした。「バーティ・ブラッドショー、あなたがわたしにぶつかってくれてよかった。月曜日の放課後、指揮所で会いましょう。ノートを持ってきてね」

「持っていくよ。おやすみ、いつでもエレノアの、エレノア」

エレノアが笑う。「おやすみなさい、ワトスン」

そう言って、エレノアはなかへ走っていった。

14

監視（かんし）とは、本人に知られずに誰（だれ）かを観察下に置くことである。

――SOEマニュアル

日曜日

昼近くの午前中、歴史の教科書は床（ゆか）に投げだされている。誰が西暦（せいれき）四三年に起きたローマ帝国（ていこく）のクラウディウス帝によるイングランド侵攻（しんこう）なんて気にかける？　ぼくが心配しているのはヒトラーの侵攻のほうだ。

教科書のかわりに、ウィルのベッドのマットレスの下からヴィオレットのノートを取りだして読みはじめた。ＬＲはぼくの足の上に寝（ね）そべり、足を温めていてくれる。二、三分ごとに鼻をクーンと鳴らし、いびきをかき、はあはあと息を切らす。ときどき足をぴくぴく動かす。昨日の救助の夢でも見ているのかもしれない。

キッチンから声が聞こえてきたとき、最初は巡査（じゅんさ）が来て父さんに質問をしているのかと思った――そういうことはよくあるから。数分後、ぼくの部屋のドアが勢いよく開いた。あわてて毛布の下にノートを突（つ）っこんだすぐあとに、いとこのジェフリーが入ってきた。

ジェフリーはベッドに跳（と）びのってきて、リトル・ルーを抱（だ）きあげた。「元気かい、かわいこちゃん。昨日、子どもたちを助けたんだってな」そう言ってからこっちを向き、目にかかったブロンドの髪を後ろになでつけた。「起きろ、このなまけ者！　がんばって働いたのはリトル・ルーだけだろ」

「寝てなんかいないよ」ぼくはぶつくさ言った。重ねた毛布の下のさらに奥へノートを押しこむ。

「おまえの父さんからぜんぶ聞いたよ」ジェフリーは話しつづけながら、ＬＲの足の具合をていねいに調べている。足はふさふさの毛におおわれていて、皮膚までたどりつくのはなかなか難しい。「この子の足の裏は傷ついていないし、足を引きずってもいないって言ってた。それを聞いて安心したよ」

　ＬＲがジェフリーのポケットのにおいを嗅ぎはじめると、ジェフリーは大笑いした。「なんでもお見通しだな。今朝、列車のなかで食べようと思っていたビスケットをきみのためにとっておいたよ」ぼくに向かってにやりとする。「この子からはすごく好かれている。おまえからはそれほどでもないけどな、バーティ」

「好きとかきらいとか、わかってないよ、ＬＲは」ぼくはぶつぶつ言った。

　でもほんとうはわかっている。ＬＲはジェフリーが大好きだ。ぼくは同じ気持ちにはなれないけど。ジェフリーはひとつ年上で、ぼくより頭ひとつぶん背が高い。なんでもじょうずにこなす。スポーツでも、学校の勉強でも。つまりは、完璧。ジェフリーのお母さんでぼくのおばさんのミルドレッドにとっては、まさにパーフェクトな息子。

「ところで、なんでうちにいるの？」

「母さんがロンドンで買い物をしたいって言って。それでついていくことにしたんだ。さあ、バーティ。グロヴナー・スクエアまで散歩しよう。アメリカ軍の将校に会えるかもしれない」

ブロードウィック・ストリートでぼくらはいったん官舎にもどってきたジミーとジョージにばったり会った。ジェフリーはまえにもふたりに会ったことがあるので、礼儀正しくあいさつをした。そういうのもまた、ジェフリーらしいところ。ミルドレッドおばさんによると、二歳のときにすばらしい礼儀作法を身につけたとか。

「また会えてうれしいよ、ジェフリー」とジミーが言う。「名門のストランド・スクールに通ってるんだっけ?」

「はい、ストランド・スクールがあるサリーに祖母がいるんで、母とぼくは祖母の家に住んでいます。それと……」ジェフリーがこっちをちらっと見る。「バーティの母親と兄のウィルもいまはサリーにいるんです。ウィルの療養のために。すぐ近くにアメリカ軍の巨大な野営地があって、友人といっしょによくそこへ行ったりします。兵士がヘルメットをかぶらせてくれるんですよ。〝上陸作戦〟についても話してくれるし」ジェフリーの青い目が輝く。「最大の機密ですよね。誰もがいつ、どこでおこなわれるか知りたがってます」

　ジミーとジョージがアメリカ軍についてジェフリーにいろいろと訊いているあいだに、ぼくはその場を離れた。LRがおもしろそうなもののにおいを次々に嗅いで、ぼくを引っぱっていく。ちなみに、LRにとっておもしろそうなもの、という意味。

「さあ、行こう」ジェフリーが少したってから追いついてきて言った。同時に後ろを振りかえり、ふたりの巡査がトレンチャード・ハウスに入っていくのをじっと見つめた。「あのさ、こんなことを言いたくないけど、ぼくは彼のことはあんまり好きじゃない。どうしてかはうまく言えないけれど」

　ぼくはうなずいた。ジェフリーと意見があうなんてびっくりだ。「ジェフリーの言いたいことはわかるよ。彼は顔の傷のせいでそうとうつらい思いをしているんだろうな」

「いや、ぼくはジョージのことを言ったんじゃないよ。あんまり好きじゃないのは、ジミーのほうだ」

「ジミーだって？　どうして？　彼はいい人だよ」

ジェフリーは肩をすくめた。「さっき言ったとおり、どうしてかはうまく言えない。でも、ＬＲはおんなじふうに感じている。おまえは気づかなかった？　ジミーがそばに寄ると、ＬＲは彼から離れるか、おまえの脚の後ろに隠れる。まあ、つまり、リトル・ルーはバーティよりも的確に人の性格を見抜くってわけだ」

　ぼくは顔をしかめた。「ジェフリーの学校はまえはロンドンにあったんだよね。もう二度とロンドンにもどってこなきゃいいと思うよ、ほんとに」

「あはは、ほんとはおまえ、ぼくが恋しいんだろう、バーティ・ワーティ」古いニックネームで呼ばれて、ぼくはまた顔をしかめた。ジェフリーはにやりと笑い、肩にパンチをくりだしてきた。

「そうだ、ＬＲの引き綱を持ってもいいか？」

　ふたりでだまって歩くなか、ＬＲはいかにもうれしそうにジェフリーのとなりを小走りで進んでいった。ふいにジェフリーが口を開いた。「たまに笑ったって、死にゃあしないよ、バーティ」


　アメリカ軍の将校には会えなかった。でも、ＬＲにとってはもっとわくわくするような出会いがあった。

　グロヴナー・スクエアの北側にあるアメリカ軍司令部の近くを歩いているとき、ジェフリーがいきなり立ちどまった。こちらに向かってアメリカ軍の制服を着た男性が歩いてくる。いや、歩いてくるというより、元気いっぱいの小さくて黒いスコティッシュ・テリアに引っぱられてくる。犬は駆け寄ってきてLRのにおいをくんくんと嗅ぎ、LRはあいさつがわりにほえ、丸っこい尻尾を振っている。

「テレックを許してやってくれ。この子はよその犬とじゃれあうのが大好きなんだ」アメリカ人の将校が親しげな笑みを浮かべて言った。

「うちの子はいつもほかの犬をいやがるんですけどね」とぼくは言った。

「もちろん、この子もよその犬とじゃれあうのが好きですよ」とジェフリー。「さっきも話していたんです、彼女は的確に性格を見抜くって。そちらのわんちゃんは、かの有名なテレックですよね?」

「ああ、そうだよ。この子は飼い主のドワイト・D・〝アイク〟・アイゼンハワー将軍と同じくらい人気があってね」男性が笑いながら言う。

「テレックっていうのは、将軍が飼っている犬なんだ」ジェフリーが説明してくれた。「このわんちゃんについては新聞で読みました」

「そうだろうな。テレックは有名で、将軍といっしょにどこへでも行くんだ。最近では、北アフリカとイタリアでの軍事作戦のあいだも、テレックはわれわれといっしょにいた。ごく短期間のアメリカへの帰国時にもわれわれはテレックを連れていき、そのあとアイゼンハワー将軍はフランス上陸作戦の最高司令官としての任務のため、ロンドンにもどってきた。その際、テレックはこの国の検疫所にとめおかれた。でもいまはそれも終わり、将軍はほっとしている。さてと、この元気なお嬢さんはどなたかな?」

「この子の名前はリトル・ルーです」とぼくは答えた。「テレックみたいに世界じゅうを旅してまわったりはしませんが、昨日はチームの一員として、爆弾が落ちて崩れた家から子どもふたりと彼らのお母さんを救出しました」

「そうなのかい？　リトル・ルー、きみに敬意を表さなきゃな」将校はそう言って敬礼した。「きみはテレックよりも戦争遂行のための努力をうんとしているんだね。この子はラグマットと芝生の区別もつけられそうにない。それでもね、テレックは将軍をいつでも幸せな気分にしているんだ」グロヴナー・スクエアの北の端に建つ大きな建物のほうを見てうなずく。「さあ、もう充分に散歩した。そろそろ二〇番地にある司令部にもどるよ。では、ごきげんよう」

将校とテレックが去っていくのを見ながら、ぼくはジェフリーに訊いた。「あの犬がアイゼンハワー将軍の飼い犬だって、どうして知ってたの？」

ジェフリーは肩をすくめた。「アメリカ人の兵士たちはいつでもアイクと彼の犬の話をしているんだ。あの将校がアイクの補佐官のハリー・ブッチャーだってことも知ってるよ。ぼくのうちの近くに訪ねてくれれば、そういう情報を得られる。ぼくたちがまわりにいても兵士たちは気にしないからね。彼らはフレンドリーだ。毎週チョコレートをくれたりする」そこで声を低くする。「おまえだって歓迎されるさ。ほんとだよ」

ぼくは答えなかった。数分間ぼくらはだまって歩いた。ふいにジェフリーがふたたび口を開いた。「バーティ、家族に会いにサリーへ来なよ。いつまでも兄さんやおふくろさんを避けているわけにはいかないだろ」

「誰かにそう言えって言われたの？」そんなことを訊く自分が信じられなかった。

「いいや、でもぼくの言うとおりだろう。あれからもうずいぶんたった。隠れたままではいられないよ、バーティ。自分を責めるな。ほかの誰もおまえを責めてはいないんだから」

ぼくは首を振った。「そんなことない」

「そんなことあるよ。そりゃあ、最初はそうじゃなかったかもしれないけど、いまはそうだ。ウィルはずいぶんと回復した。リハビリなんかで忙しくしながらも、家庭教師をつけて遅れを取りもどしている。ぼくらはいつもいっしょに勉強してるんだ」

ぼくは話題を変えた。「もうそろそろ帰ろう」ＬＲの引き綱をつかみ、歩調を速める。

兄さんを愛していないわけじゃない。母さんが恋しくないわけでも。でもウィルの顔の傷を目にしたり、足を引きずり、片腕をなくしたのに気丈にふるまおうとするウィルを見たりすると、ぼくはこう考えずにはいられない。〝ぼくのせいだ。これはぜんぶぼくのせい〟ジェフリーには言えないけれど。

それにウィルと母さんがぼくを許してくれるとは思えない。自分でも自分自身を許せないのだから。

15

暗号はメッセージを記号に変えるひとつの方法だ……暗号を解く鍵を持たない者にとってはなんの意味もなさない。

――ＳＯＥマニュアル

月曜日

「ミスター・ブラッドショー、心ここにあらずのようだが？」ターナー先生が定規で机をピシャリとたたき、ぼくは椅子から跳びあがった。「われわれはみんな、きみの答えを待っているんだがね」

「すみません、先生。質問を……質問の内容をもう一度言ってもらえますか？」デイヴィッドをちらりと見ると、彼はあくびをするふりをしながら、声を出さずに口だけ動かして答えを教えてくれようとしている。

「ロンドンがつくられたのは西暦何年で、その当時はなんと呼ばれていたか」ターナー先生が言う。

「何年かまえにすでに習ったと思う。先週の宿題にも出ていたはずだ」

ぼくは記憶をかき集めた。デイヴィッドが指を五本、かかげている。「えーっと、その、つくられたのは西暦五〇年で、名前は……うーんと……」

ターナー先生が咳払いをして、ぼくの発言をさえぎった。「どうやら、ミスター・グッドマン、きみは答えたくてうずうずしているようだな。そうすれば友を助けられるからね」

「この街はロンディニウムと呼ばれていました」デイヴィッドが慎重に答える。頬が紅潮している。デイヴィッドはクラスのなかで目立つのをとてもいやがるし、自分のせいで誰かがとばっちりを食うのも好きじゃない。「ロンディニウムは、ローマ軍のイングランド侵攻の約七年後に、テムズ川の岸辺につくられました」


今日の最後の授業だった歴史が終わり、ふたりで廊下に出るとデイヴィッドが腕にふれてきた。

「ごめんね、バーティ。ぼくはきみを助けたかっただけなんだ。しっかり覚えておかなくちゃね。ターナー先生はなにごとも見逃さないってことを」

「ほんとだね。こっちこそ、ごめん、ぼくが答えられていればよかったんだ。ちゃんと知ってるんだよ、答えは。ただ……」

「バーティ、今日はなんだか一日じゅう、へんだった」

「疲れているだけ。週末に空襲が二度もあったから」廊下を歩いているときに、男子生徒がデイヴィッドの肩にぶつかってきた。ぼくは反射的に視線をあげ、ぶつかってきたのが誰かたしかめた。

「いいんだよ、バーティ。わざとやったわけじゃないと思う。ぼくの問題なんだから、かわりにけんかなんかしないで」

「わかってる」ぼくはくちびるを噛んだ。この手の話をするのをデイヴィッドはいやがる。でも、しょっちゅう似たようなことが起きる。何人かが集まってひそひそ話をする。胸のあたりに〝たまたま〟誰かのひじがあたる。


やられるのはいつだってこっそりと、先生が、とくにターナー先生が見ていないとき。ターナー先生が教壇にもどってきた初日に、先生は自分の考えをはっきり口にした。「このクラスにおいては、いじめや反ユダヤ主義的なふるまいは許されない」と。「首相のウィンストン・チャーチルが言ったように、われわれはいま〝怪物じみた独裁国家を相手に〟戦争を遂行している。そのためにイギリス国民の男性たちは命を捧げている。彼らの犠牲をむだにせずにすむかどうかは、わたしたちにかかっている」

デイヴィッドが立ちどまってナップザックのなかに手を突っこんだ。そして一冊の本をさしだした。「シャーロック・ホームズの本を持ってきた。これからうちに来て、読むかい？　暗号についてぼくが知っていることを教えてあげるよ」

「今日はだめなんだ。ごめん。えっと……いまから指揮所へ行かなきゃならなくて」ぼくはしゃがんで自分のナップザックに本をしまい、同時に小さな赤いノートがきちんとなかにあるかもう一度たしかめた。

立ちあがると、親友の心配そうな顔が目に入った。ウィル以外では、デイヴィッドはぼくが知るなかでいちばん勇敢な人だ。ヴィオレットのノートについて話したら、手を貸すと言ってくれるだろう。デイヴィッドが助けてくれれば、ほんとうにありがたい。

でも誰にも言わないとエレノアに約束してしまった。

エレノアはマドックス・ストリートの指揮所の前で待っていた。「リトル・ルーは？　あの子を連れてくるんだと思ってた。足のけがはだいじょうぶ？」

「あの子はだいじょうぶだよ。今日は学校からまっすぐ来たんだ。さすがに学校にまではＬＲを連れていけない」

エレノアの顔が曇る。「なーんだ。あの子のために余ったドーナツを持ってきたのに。ああ、でもバーティが家に持って帰ればいいか」

なかに入り、ホーク隊長が声をかけてきたので、ぼくはエレノアを紹介した。「えーと、イタ隊長から、今日の午後、会議室で宿題をやってもいいとの許可をもらっています」

「使ってもかまわんよ」とホーク隊長。「きみが学校の勉強をする気になってくれてうれしいよ、バーティ。さて、わたしは出かけてくる。新たにはじまった空襲についての会議でイタ隊長と合流する予定だ」ホーク隊長は十七、八歳くらいの若い女性を手招きした。「きみたち、こちらはエスター副隊長だ。いまここで最終訓練を受けている」そこでウインクする。「彼女はもっとも優秀な隊長から学びたいそうだ」

　エスター副隊長が笑う。「優秀なだけでなく、もっとも謙虚な隊長から」

　エレノアが進みでて握手する。「お会いできてうれしいです。これからずっとこちらの指揮所に勤務する予定ですか?」

「いいえ、自宅があるイーストエンドにもどる予定よ。ご存じでしょうけれど、あのあたりはブリッツでひどい被害を受けた。わたしは自分が住む地域のためにできるかぎりのことをしたいと思っている」エスター副隊長が付け加える。「そうそう、お茶をいれるところだったの。あなたたちもいかが?」

「いただきます」ふたり同時に答えた。ぼくはこう思っていた。〝もっとも優秀な〟隊長たちが、金曜の夜に初出動したときのぼくの失態をエスター副隊長に話していませんように、と。

「誰とでも握手するって、いったいどういうことだよ」ぼくはぶつぶつとつぶやいた。エスター副隊長が湯気が立つマグカップをふたつ持ってきてくれて、ちょうどドアを閉めたところだった。

「きみはぼくのいとこのジェフリーよりひどいよ。昨日いっしょに散歩していたときに、ジェフリーはたまたま出会ったアメリカ人将校と、これ見よがしに礼儀正しくおしゃべりしていた。最高司令官の補佐官とかいう人と」

　エレノアは身をかがめてナップザックのなかをさぐり、くぐもった声で言った。「おとなといっしょにいることに慣れているだけだと、自分では思う。父がどこへ行くにもわたしを連れていったから。でもね、わたしをロンドンに連れてくるのはいやがった。ほんとうなら、わたしはいまロンドンにはいないはず。でも父にお願いしたの、寄宿学校にはやらないでって」

　ぼくはだまりこんだ。エレノアのお母さんについて訊きたいけれど、知りたがり屋だと思われたくないし、自分の母親についての質問には答えたくない。

　エレノアは目の前のテーブルにペンケースと紙を置いた。ペンケースをあけて鉛筆を取りだし、なにやら考えごとをしながら、指と指のあいだで鉛筆をくるくるとまわす。それからようやくしゃべりだした。

「うちの両親はずいぶんまえに離婚した。だから母にはあまり会っていない。祖母――父のお母さん――がロンドン出身で、それで父は折れて、わたしをここへ連れてきてくれた。ふたりでロンドンへ来たけれど、父は祖母の家の離れで暮らしている。せまいアパートメントみたいなところに。わたしは母屋のほうに祖母と住んでいる」

「どうして？」

「機密を保持するために……父の仕事は戦争に関するものだから。文学者は情報分析に長けているんだと思う。だから父は採用されたみたい」

「分析？」

　エレノアは肩をすくめた。「ドイツ軍の動きをあきらかにする一方で、こちらの計画を隠そうとしていると思う。重大な機密を。父の話によると、戦略情報局（OSS）でいっしょに働いている同僚（どうりょう）のなかには、アメリカに残してきた奥（おく）さんたちに自分の仕事についていっさい教えていない人もいるんだって」

〝奥さんたち〟という言葉に反応して、ぼくは土曜日の午後のできごとを思いだした。あのとき、ベイカー・ストリートにある建物から出てきた男性は、入口に奥さんと大きな黒い犬がいるのを見てびっくりしていた。奥さんのほうも夫を見てびっくりしているようだった。

「エレノア、ヴィオレットがきみのお父さんと、お父さんの仕事について話していたことはあった?」とぼくは訊いた。

「いいえ、ヴィオレットは父とはほとんどしゃべらなかったし、彼女がいきなり家庭教師をやめたとき、父はわたしと同じくらい驚（おどろ）いているようだった。演技だったかもしれないけれど」

「レジスタンスにかかわっている人物と知り合いだとか、そういう話をヴィオレットがしたことはあった?」

「いいえ。でもヴィオレットにはボーイフレンドはいた。本人の話では、ジェイっていう名前のとってもハンサムな人で、ふたりでよくダンスをしにいっていたらしい。知り合いについては、それくらいかな」エレノアはペンケースからもう一本、鉛筆を取りだして、ぼくに寄こした。「ヴィオレットはあんまり自分のことを話したがらなかった。わたしは友だちだと思っていたけれど、ヴィオレットにとってわたしは友だちでもなんでもなかったのかも。教え子としか思っていなかったのかもしれない」

〝それか〟ぼくは心のなかでつぶやいた。〝ヴィオレットは誰かになにかを言うのを禁止されていたのかもしれない〟けれども彼女はある意味、機密保持の決まりを破った――ノートに記録することで。答えの一部は、たぶんノートにある。

エレノアと目があう。「読む覚悟はできてる。ノートを持ってきた？」

ぼくはうなずいてナップザックのなかをさぐり、テーブルの上にノートを置いた。エレノアはしばらくノートを見つめたあと、一本の指でふれた。ノートが目の前にあるのが信じられないとでもいうように。

ぼくは手をのばしてノートを開いた。「最初のほうのページには、ヴィオレットが訓練時の講義から学んだことがメモ書きされてる。監視や破壊工作、正体を隠して生活することなんかを学んだらしい。パラシュートを使ってどうこうする、みたいな箇所もある」

「パラシュート？　それって、よその国へ人を送りこむ方法？」

ぼくはまたうなずいて、そのページを見つけた。それを声に出して読みはじめる。


今日はパラシュートについて学んだ。着地したあと、まずパラシュートを隠さなければならない。石などの重しをつけて湖や川へ沈めてもいい――もしくは、うめるか。ただし、やるのは夜間。泥や汚れが身体につかないようにすること。

パラシュートをうめなければならない場合の穴のサイズを指導員から教わった。長さ二フィート、幅二フィート、深さ二フィート六インチ。できるだけ自然に見えるよう、葉や枝でおおうこと。うめたあと、自分の靴が汚れていないことを確認するのがたいせつ。なにか掘るものを使った場合の道具の処理方法について、指導員はとくに言っていなかった。それについては明日、訊いてみよう。

エレノアが大きく息を吐いた。「とてもじゃないけど信じられない。大空へヴィオレットが飛びだすところなんか想像もできない。だって彼女はとってもエレガントなんだもの。ドレスアップしてダンスをしにいく話を祖母とわたしによくしてくれた。祖母からは、ヴィオレットみたいにならなくちゃね、あなたはいつも髪はぼさぼさで、服を泥で汚してばかりいるからって言われた。それで、パーティ、ヴィオレットはほんとうにパラシュートでフランスに降り立ったの？」

「うん、そうだと思う」最後のほうまでノートをぱらぱらとめくっていく。「たぶん、そのときから暗号を使いはじめたんだと思う――フランスに降り立って、フランスのレジスタンスのために働きはじめたときから」

「さっそくはじめましょう」エレノアは言い、わけのわからないアルファベットの羅列を見つめた。「これは厳密には〝サイファー暗号〟と呼ばれるものだと思う。昨日の晩、父に暗号について訊いてみたの。父の話によると、〝コード暗号〟と〝サイファー暗号〟のふたつをひとくくりにして〝暗号〟と呼ぶ人がいるけれど、このふたつはちがうものなんだって」

「どういう意味？」

エレノアはアルファベットの羅列のページを開いて指をさした。「ほら、並んでいるアルファベットを見て。支離滅裂でぜんぜん意味をなしていないけど、見ただけで秘密のメッセージがこめられていることはわかる。こういうのが〝サイファー暗号〟と呼ばれるもの。これがサイファー暗号の一種の換字式暗号だとしたら、あるアルファベットをべつのアルファベットに置き換えることで、意味のある文ができあがる。もちろん、ほかにも暗号の種類はあるけれど」

「〝コード暗号〟っていうのは？」

エレノアは鉛筆の端っこを噛んだ。「父は自分は専門家じゃないって前置きしてから、〝コード暗号〟について教えてくれた。〝コード暗号〟っていうのは、ぱっと見たかぎりでは、言葉や文字、つまり文自体は意味をなしている。ところが、その文には隠された意味があって、暗号を解読する鍵となるものがないとほんとうの意味はわからない」

ぼくは顔をしかめた。「どうもよくわからないなあ」

「えーっと、たとえばの話、わたしたちのどちらかが〝犬が迷子になった〟と書いたら、それは〝自分には危機が迫っている〟という意味になるって、まえもってふたりで決めておくわけ。わたしがパーティに〝図書館でシャーロック・ホームズを読みましょう〟というメモを残したとする。ふたりのあいだでそれは〝指揮所で会って、ノートについて調べましょう〟という意味だと事前に決めておく、という感じかな」

「その場合、〝シャーロック・ホームズ〟がノートをあらわし、〝図書館〟が指揮所をあらわすってこと？」

「そのとおり。でも〝コード暗号〟っぽいものはヴィオレットが書き残した暗号のなかには見られない。アルファベットの羅列は言葉をあらわしてはいないから。つまり、ヴィオレットは〝サイファー暗号〟のシステムを使っているんだと思う」

「〝サイファー暗号〟の解読の仕方をどうやったら見つけられる？」

エレノアは肩をすくめた。「わたしにわかるのはね、パーティ、これが〝サイファー暗号〟だってことだけ。解読するには推測するしかなさそう」

「それだと長い時間がかかってしまいそうだな。ぼくらには数日しか残っていないのに」デイヴィッドの顔が頭に浮かぶ。デイヴィッドがここにいたら、たぶんいくつかアイデアを出してくれるだろう。

「ひとまず、やってみるしかないね」エレノアはそう言ってノートを手に取り、暗号の最初のページを開いた。「ここからはじめましょ」

ふたりでアルファベットの上にかがみこむ。ぼくはどうはじめるべきかもわからなかった。エレノアがなにかを走り書きしているのが目に入った。「わかったの？」

「わからない！」とエレノア。「もう、だまって集中して」

ぼくらはしばらくだまりこんでいた。ぼくはバラバラのアルファベットをなんとか意味のある文にしようとした。ぜんぜん、だめだった。

「いくつかのアルファベットごとに区切ってくれていればなあ。なんらかの言葉をあらわすみたいに」とぼくはぶつくさ言った。「どうやってみても、意味をなしそうにない」

「解読するのにもっといい方法があるんだね、きっと」エレノアが言い、鉛筆を投げだした。「これじゃあ、時間のむだ。何週間もかかっちゃう！」

「いい考えがあるんだけど」ぼくはそう言って、ナップザックからデイヴィッドの本を取りだした。

エレノアが題名を声に出して読む。「『シャーロック・ホームズの復活』。この本と暗号解読と、どういう関係があるの？」

「友だちのデイヴィッドがこの本を貸してくれたんだ。このなかに暗号についての話があるらしいんだけど……この際それはどうでもいい」そこでひとつ息を吸いこむ。「言いたいのは、仲間に加わってくれってデイヴィッドに頼むべきだってこと。デイヴィッドはコードだろうがサイファーだろうが、とにかく暗号について読むのが好きだし、シャーロック・ホームズの大ファンなんだ。彼なら暗号の解読方法についてなにかアイデアを持っていると思う」

「でも……それってつまり、ヴィオレットのことをほかの誰かに言うって意味でしょ」エレノアはいかにも決めかねているという感じ。

「そうだけど。木曜日までに解読したいんなら……」

「わかった。ただしデイヴィッドとかいう子には、秘密は絶対に守ってもらわなきゃ」いったん間(ま)をおき、エレノアがつづける。「バーティはその子を信用しているの？」

「うん、信用している。デイヴィッドはぼくの友だちで、友だち同士は互(たが)いに信用するもんだろ」

パート3

ヴィオレット

ほとんど訓練を受けていない者がなぜ重大な職務をまっとうすべく送りだされるのかという問いに対しての唯一(ゆいいつ)の回答は、次のとおり。職務はまっとうされねばならないのに、送りだすべき人材がほかにいないから。

——SOE研究家、リタ・クレイマー

16

見知らぬ人間があたりをうろついていないか、つねに警戒(けいかい)すること。家を出るときはとくに注意を払(はら)うべし。

——SOEマニュアル

火曜日

「エレノア、こちらがデイヴィッド」ぼくらはいま、カーゾン・ストリートの〈ヘイウッド・ヒル書店〉の前にいる。今日の午後は指揮所の会議室を使えないので、エレノアと相談してここで落ちあうことにした。

予想どおり、エレノアは手をさしのべてデイヴィッドと握手(あくしゅ)をした。「バーティの話では、あなたはシャーロック・ホームズの専門家で、暗号についてくわしい、バーティの友人だそうね。だから、あなたを信用することにした」

「えーっと……その、ありがとう」デイヴィッドがつぶやくように答え、首を少しだけかしげた。目にかかったつやつやした黒髪(くろかみ)を払いながら言う。「はじめまして。アメリカ人にはあまり会ったことがないんだ。でも、エドガー・アラン・ポオの小説を読むのは好きだよ」

杖(つえ)を持った年配の男性が書店から出てこようとしている。その後ろには若い女性。出入口のいちばん近くにいるデイヴィッドが駆け寄ってドアをあけた。「足もとに気をつけてくださいね」

ふいに、ぼくはその男性が誰か気づいた。「あなたはブルック・ストリートにある時計店のご主人ですね！　ぼく、お店のウインドウに並んでいる年代物の時計を見るのが大好きなんです」

「たまたま〝ハンフリー〟という名前だから、時計店を開くのが運命のように思えてね。そうは思わないかい？」年配の男性はにやりと笑った。

どういう意味なのかわからなかったけれど、とにかくぼくはにっこりと微笑んだ。

「ここにいるわたしの娘がもう引退しろとしつこく言うんだが、わたしはがんこじいさんでね。それに、働くのが好きなんだ」

「ぼくの養祖父もそうです」デイヴィッドがひかえめに話に加わる。「養祖父はロシア出身で、故郷を離れてきたんです……ユダヤ人に対する大規模な迫害のせいで。それでベリック・ストリートで靴屋をはじめて、いまでもほぼ毎日、店をあけています」

デイヴィッドはローゼン家の人たちに引きとられて幸運だったと、まえに話していた。デイヴィッドと同じく列車でドイツを離れた子どもたちのなかには、寄宿学校へ送られたり、キリスト教徒の家族に引きとられたりした子もいた。そういう子たちはユダヤ教の教えを実践するのは難しかっただろう。

「きみはお店をしっかり手伝っているんだろうね」とミスター・ハンフリーは感心した口調で言った。そのあとでぼくに目を向け、杖を振りあげて民間防衛隊のバッジを指した。「きみはボランティアか」

今日は忘れずにバッジをつけてきた。報告することがあって、晩の早い時間に指揮所に寄る予定だから。念のため、ナップザックにはヘルメットと懐中電灯が入っている。「民間防衛隊で空襲時における伝令係の仕事についています」そこでエレノアを手振りで示す。「エレノアはアメリカ出身です。彼女はＰＤＳＡのボランティアとして働いています——傷病動物援護会の」

「聞いたかい、リディア」ミスター・ハンフリーは笑みを浮かべて後ろにいる若い女性のほうを向いた。「アメリカはこの国を守るために、お若い女性たちを送りこんでくれている。おかげで今夜はいままでよりもぐっすり眠れそうだ」

「わたしもあなたのお店を知っています」エレノアがちょっとうわずった声で言う。「店名を〈ハンフリー親方の時計店〉にした理由もぴんときています」

そうだろう、エレノアならきっと知っている。

「小説家のチャールズ・ディケンズが〈ハンフリー親方の時計〉というタイトルの定期刊行誌を出版していたんですよね。まえに父といっしょにあなたの店の前を通ったとき、父はこう言っていました。いまはロンドンで戦争遂行のために働いているが、アメリカに帰ればわたしはイギリス文学を教える教師だからね、と」

ミスター・ハンフリーは声を立てて笑った。「アメリカ人がいなければ、わたしらはどうなってしまうんだろうね。われわれと同じくらいイギリスの小説家を愛しているアメリカ人がいないと。わたしたちは彼らなしではなにひとつなしとげることはできないらしい」そこで身をかがめ、秘密めいたささやき声で付け加える。「アイゼンハワーに指揮をまかせていれば、フランス上陸は時間の問題だろう。さてさて、それはいつで、どこでなのかな。それを誰もが知りたがっている」

ホーク隊長がまったく同じことを言っていた。ジョージも、ジェフリーも。ヴィオレットは機密保持の重要性を記していた。すべてがフランス上陸にかかっているらしい。言ってみれば、ぼくらはみんな、それに巻きこまれている。

「そう、上陸は間近だ」ミスター・ハンフリーが立ち去りぎわに声も高らかに言う。「わたしは一歩も引かずにそれを見届けるつもりだよ」

温かくて居心地のよさそうな書店に足を踏み入れながら、ぼくはミスター・ハンフリーの言葉についてじっくり考えていた。エレノアが店員に頼みごとをしているあいだ、デイヴィッドとふたりでじっと待つ。エレノアは大声でしゃべらないと約束するから二階で一時間ほど宿題をやらせてほしいと交渉していた。

「店員がだめって言うとは思えないな。エレノアはなんというか……一度決めたらてこでも動かない女の子っぽいから」デイヴィッドが小声で言う。ぼくはにやりと笑ってうなずいた。

エレノアがもどってきて、二階へ行くよと合図した。ぼくらはナップザックを上下に揺らしているエレノアのあとにつづいた。「オーケーが出た。誰かのじゃまになったらどくってことが条件で。それほど広くはないから」

半分ほど階段をのぼったところでエレノアが振りかえった。わくわくしているのか、目を輝かせて低い声で言う。「わたしが誰と話しているか気づいた？　なんとあの書店員さん、ナンシー・ミットフォードだった」

デイヴィッドと目くばせを交わしてから、小声で訊く。「えっと、ナンシー・ミットフォードって誰？」

「かの有名なミットフォード姉妹のひとり。宮中で王族に拝謁を賜ったことだってあるんだから。そしてなによりも、彼女は本物の小説家」エレノアは階段を一段抜かしであがっていく。

「アメリカ人の女の子って、みんな彼女みたいなのかな」デイヴィッドがひそひそ声で訊いてきた。

ぼくは首を振った。「みんながみんな、エレノアみたいだとは思えないな」

「あなたたち、ふたりでわたしのうわさ話をしてるの？」エレノアが階段のいちばん上から見つめてくる。「お願いだから、時間をむだにしないで。わたしたちにはやるべきことがあるんだから」

ぼくたちは隅っこの床に腰をおろした。エレノアは身体をもぞもぞさせてコートを脱ぎ、大きく息を吸いこんだ。まるでバラの香りを楽しむみたいに。「たぶん父の影響だと思うけれど、わたし、書店とか本とか物語とかが大好きなの。おとなになったら、新聞社で働くのもいいな」

「事件記者とかは？」デイヴィッドが訊く。「新聞社なら、ぼくはそっちがいいな。探偵が関係してくるものならなんでも好きなんだ」

「それもいいかも。ねえねえ、ネリー・ブライって聞いたことある？　もう亡くなったけれど、有名なアメリカ人ジャーナリスト。探偵みたいに身分を隠して潜入取材とかしていたんだよ」エレノアはナップザックのなかをさぐって筆記用具を取りだした。「精神を病んだふりをして精神病院に入り、入院患者に対するひどい待遇を暴露したというネリーに関する記事をまえに読んだの。わたしもそういう調査をやってみたい。それか、アーニー・パイルみたいにあちこち飛びまわる従軍記者になりたい」

「従軍記者か」デイヴィッドが小首をかしげてくりかえした。「ぼくらが実際に仕事につける年齢になるまで、そうだな、あと五、六年かな、この戦争がつづくと考えているの？」

ぼくは首を振った。「ありえないよ。ぼくらはナチスを負かすんだ。いとこのジェフリーの話では、郊外で何千人もの兵士が訓練にはげんでいるそうだよ」

エレノアが紙を用意して、鉛筆を手渡してきた。「ほんとうに人間は戦争をやめるつもりがあるのかなって思うときがある。祖母がまえの大戦の話をしてくれた。ものすごくたくさんの人が死んで、あの戦争を〝すべての戦争を終わらせるための戦争〟と呼んだ人もいたんだって。それからいくらもたっていないよね？　なのに、また……」

「食料の配給や灯火管制のカーテンや爆弾がなかったときのことをほとんど思いだせない」とぼくは言った。戦争はロンドンの冷たくて濃くて湿った霧のようだ。服をとおして肌や身体にしみこんできて、最後は心臓まで冷たくなってしまう。

「ロンドンに到着した一九三九年の一月、ぼくは八歳だった」デイヴィッドが低い声で言う。「宣戦布告の八カ月前だった。でも戦争はすでにはじまっていた。少なくともぼくらやほかのユダヤ人の家族にとっては」

エレノアが手をのばし、デイヴィッドの腕にそっとふれた。「たいへんだったね」

少しのあいだ、ぼくらはだまりこんでいた。ぼくはこんなことを考えた。どうして戦争がこれほど大きく、巨大な波が浜に襲いかかるみたいになったのか。なんでぼくらは砂粒みたいにかきまわされ、押し流されているのか。遠くから運ばれてきた爆弾がどういうわけかぼくらの家を直撃し、ぼくの兄さんを殺しかけた。デイヴィッドは家族と離れ離れにさせられた。エレノアはべつの国で暮らすはめになった。

それにヴィオレット。ヴィオレットは逆巻く波のなかに飛びこむと決意した。

ぼくは小さな赤いノートを取りだして、輪のまんなかに置いた。「そろそろはじめよう」

エレノアがデイヴィッドを見た。「ヴィオレットや……ほかのこともぜんぶ、バーティから聞いた？」

「うん。ここに来る途中の道でバーティが話してくれた。暗号を解かなくちゃいけないとぼくも思う。どういうものかはわからないとはいえ、ヴィオレットが罠を仕掛けているのなら、なおさら。

彼女の身になにが起きたのか、答えはおそらくこのなかにある」

〝手遅れにならないうちに答えが見つかりますように〟とぼくは思った。

「デイヴィッド、中身を見てみて」エレノアがノートを手に取り、デイヴィッドに手渡した。

みんなが押しだまるなかでデイヴィッドはページをめくっていった。「これはどう見てもサイファー暗号のようだね。つくったのはもちろんヴィオレットで、解読するのはかなり難しそうだ。ふつうの文にあるような、言葉と言葉を区切るスペースがないから。パターンを見つければ解読しやすくなるだろう。あとは何度もくりかえし使われている言葉を見つけるか。〝a〟とか〝the〟とか〝I〟とか」

「わたしたちで解読できる？」エレノアはその一点を知りたがっているようだ。

「いろいろためしてみよう。でも、いずれは本物の専門家の助けが必要になるかもしれない。にっちもさっちもいかなくなったときには」とデイヴィッドが答えた。「ぼくは助けてくれそうな人を知っている。里親の知り合いのベンジャミン・マークスっていう人で、書店を経営している。ユダヤ教の安息日であるサバトのあとにみんなでおしゃべりをしていたとき、養父がね、ぼくが探偵小説の大ファンだってことをミスター・マークスに話したんだ」そこで声を低くする。「ミスター・マークスの話では、彼の息子さんのレオは、子どものころに暗号について学びはじめたんだって。ミスター・マークスはウインクして言っていた。〝あの子はとてもかしこい。みなさんにはこのごろこの話ばかりしているんだがね、レオは労働省につとめているんだよ〟って」

「へえ。〝労働省〟は正体を隠すためのつとめ先だったりして」とぼくは言った。「その書店まで行ってみて、レオに会えるか訊いてみようよ。どう思う、エレノア」

エレノアは首をかしげた。「いいと思う。でもいまはとりあえず自分たちでがんばってみましょ。

それに、木曜日よりまえにヴィオレットがわたしに会いにきて、ノートを返してって言うかもしれない」

「じゃあ、エレノア、きみのお父さんに協力してもらうのはどうかな」

「だめ、それはだめ。ヴィオレットはわたしにノートを託したんだから。父がわたしの言うことを真剣に聞いてくれるかどうかもあやしいし。〝エレノアはいつでも『少女探偵ナンシー』といったナンシー・ドルーものばかり読んでいる〟って父には思われているから」

「ヴィオレットはどうしてきみのお父さんに直接、協力を求めにいかなかったんだろう」とデイヴィッドは言って考えこんだ。

「なにかが起きて、ヴィオレットはためらったんじゃないかな」ぼくはそう言い、エレノアをちらりと見た。

「ヴィオレットは味方まで疑っていたかもしれないってこと？」デイヴィッドが眉をつりあげる。

「その可能性はある――わからないけど」とぼくは返した。ジョージが言っていたことをどうしても思いだしてしまい、こう付け加えた。「ロンドンに裏切り者や二重スパイがいるかもしれないだろう」

デイヴィッドが鼻で笑う。「パーティ、ここはイギリスだよ！　そんなことあるはずない」

「デイヴィッド、あなたの言うとおりかもしれない」とエレノアがゆっくりとした口調で言う。

「でもね、いま言えるのは、ノートにあるすべての暗号を解くまでは、たしかなことはひとつもないってこと。もしくは、ヴィオレットがふたたびわたしに連絡を寄こすか、彼女の身になにが起きたかわたしたちが突きとめるまでは」

デイヴィッドが〝どう思う？〟という目を向けてきた。エレノアはあれこれ考えすぎだと思っているらしい。ぼくはなにも言わなかった。頭に浮かんだもうひとつの可能性を持ちだしたくなかったから。ヴィオレット自身が裏切り者になって、ドイツ軍のために働きはじめた、という可能性を。記録に残してはいけないことが、暗号のなかに隠されているかもしれない。

「わかったよ」デイヴィッドがノートを見る。「あれこれためすまえに、まずは分析してみよう」

「分析？　どういうこと？」とぼく。

「暗号から一歩離れて、ヴィオレットになったつもりで考えてみるべきだってこと。彼女がどんな人物かをじっくりさぐってみよう。そうすれば、ヴィオレットが使っている暗号のシステムを解く手がかりが得られるかもしれない」とデイヴィッドが説明する。

「よし、わかった」ぼくはエレノアのほうを向いた。「きみはヴィオレットを知っている。彼女はきちんとした人？」

　エレノアは鉛筆をくるくるとまわし、それをじっと見つめている。「だらしない人じゃない――少なくとも外見は。口うるさい人でもない。たとえば宿題のできが悪かったとしても、やりなおせとは言わなかった。きちんとしていたかどうかは、まあふつうかな」

「あっ、そうだ。ぼくはきみらよりも中身をたくさん読んでいる」ぼくはノートを手に取って、ぱらぱらとめくってみた。「内容の大部分はヴィオレットが学んだことについてだった。それがおもしろくて夢中になっちゃって、ほかはあんまりちゃんと読んでないんだけど……」ようやく目あてのページを見つける。「ほら、見て！　英語でふつうに書かれた最後の書きこみがここで、その先は暗号になっている。この最後の部分に暗号を解読する手がかりがあるかもしれない」

「貸して。わたしが音読してあげる」とエレノア。ぼくはノートを手渡した。エレノアはひとつ息を吸って、読みはじめた。

17

最後の最後になって、わたしはこの日記をポケットにすべりこませた。持っていってはいけないのはわかっている。そもそも記録をつけたりしてはいけなかった。でも、わたしは起きていることをすべて覚えておきたい。いつの日か世界がちがうものになったときに、わたしの子どもや、年下の友人のエレノアとわかちあうために。あの子は自分自身の冒険(ぼうけん)を夢見ている。

「ヴィオレットはきみを友だちだと思っていたんだね、エレノア」とぼく。

エレノアはうなずき、よろこびで顔を輝(かがや)かせた。「あっ、ここ。ヴィオレットは次の段落で父のことを書いている」

最初にシェイ博士に志願したいと相談したとき、エレノアにはなにも言ってはいけないとくぎをさされた。そのあとで、博士は名前がひとつ書かれた紙きれを渡(わた)してきて、これから先はなにひとつ自分に話すなと警告した。だからわたしは面接についてはなにも話さなかった。おそらく博士はわかっていただろうけれど、家庭教師をつづけられない理由もわたしは説明しなかった。

シェイ博士にとってエレノアのような娘(むすめ)を育てるのは簡単ではなかったと思う。あの子はふつうの人が気づくよりも、もっとたくさんのことを見抜く。わたしがさようならも言わずにいなくなったのは、それが理由でもある。こちらがついた嘘を見抜かれるかもしれないと不安だったから。

　そして、そのときが来た。いまわたしは飛行場にいて、暗闇のなかで待機している。訓練を重ねた結果、ここにたどりついた。今夜以降、書くのはすべて暗号にする。この小さなノートはこっそり持っていよう。つかまる危険が迫ったら燃やすつもりだ。

　靴下、帽子、服、コート。占領下のフランスで暮らすのに適した衣類をそろえるのは、思ったよりも手間がかかった。下着についた英語のラベルははぎとった。戦争前にパリで買ったコートと帽子は運よくまだ手もとにある。

　靴選びがいちばんたいへんだった！　イギリス製の靴をはいていたら正体がばれてしまう。ドイツ人というのは、通りで自分の前を歩く人の靴を見ただけでどんな人物かわかってしまうという。時間はかかったけれど、ようやくばれずにすみそうな靴を見つけた。

　これからなりすます人物についての、もっともらしい経歴を頭にたたきこんだ。わたしはこの経歴を気に入っている。自分とは似ても似つかないから！　わたしがなりすますのは、赤ちゃん服や婦人用のブラウスやドレスの型紙を売る会社の販売員。一軒一軒、家をまわって、農家のおかみさんや街なかに住む女性たちを訪ねて歩く。

「実際に縫ってみせてくれ、なんて頼まれないことを祈るわ！」と、偽装についてのおおまかな説明を受けたときに冗談を飛ばした。すてきな服は好きだけれど、自分で服をつくるのは苦手。衣服のイラストが描かれたカタログや、フランス語で印刷された型紙もいくつか渡された。ドイツ人に呼びとめられたら、売り物としてそれらを見せることになる。

わたしが販売員の仕事につくのはべつの意味でも理にかなっている。そもそも女性は特殊作戦執行部で仕事をするのに適している。男性の若者のほとんどが兵士として戦地に赴くか、軍需工場で働いているいま、真っ昼間に若い男性が歩きまわっていたらドイツ人将校から疑いの目を向けられる可能性が高い。

　また、販売員の仕事は、モーリス（もちろん、ほんとうの名前ではない）のもとで働く伝令係という実際の仕事の隠れ蓑になるだろう。モーリスはフランスのレジスタンス組織〝マキ〟の、この地域をまとめる人物。

「モーリスは非常に頭がキレる。長くこの仕事についていて経験も豊富。信用してかまわない」指導員はそう言った。「とはいえ、ある程度までだが」

「どうして全面的に信用できないんですか？」驚いてわたしは尋ねた。

「つねに警戒を怠るなということだ」と指導員は答えた。「村には密告者がいるかもしれない。レジスタンス組織に敵方の諜報員が入りこんでいるとの情報もある。人びとは状況によって味方にもなれば、敵にもなる」

「あなたを信用してもだいじょうぶですか？」わたしは半分冗談のつもりで訊いた。

彼は顔をしかめた。「油断するなよ」

　モーリスはわたしが世話になるホストファミリーを見つけてくれた。ホストファミリーの隣人や友人たちには、わたしは彼らの遠い親戚で、将来的に大学へ通うための資金をためようとしているとの説明がなされるはずだ。わたしの現地での名前はマリー・ビヤール。マリーと呼ばれることに慣れなければ。わたしにはもちろんコードネームもあるが、ここには書かないことにする。

わたしの任務には、ロンドンへ週に一度、報告書を送ることもふくまれている。この地域における妨害工作とドイツ軍の動きについての報告書を自分で暗号化したのち、無線通信士のフィリップのところへ持っていく。

訓練では、さまざまな種類のコード暗号やサイファー暗号を学んだ。また、電報や新聞広告に使う、あらかじめ取り決められたキーとなるフレーズを教えられた。たとえば諜報員が〝結婚式で会えるのを楽しみにしている〟と電報を送るとする。これは実際には〝作戦は計画どおり進行中〟の意味になる。

新聞に載せる個人広告でいちばんよいのは、なにかをなくしてしまった、というフレーズ。よくない例をあげておく。どこそこの場所で自転車が売りに出されている、といった広告を載せたら、実際に買いにくる人があらわれるかもしれない！

わたしは八週間の訓練を終えた。想像していたよりも難しく、とくにダイナマイトなどの爆発物のあつかい方を覚えるのはたいへんだった。でも全課程のなかでいちばん恐ろしかったのは、パラシュートで降下する訓練だった。

それでも、どうにかこうにか、やりとげた。準備は万端。今夜――もしくは日付が変わった真夜中――明るい満月のもと、わたしはフランスのどこかの地に降り立つ。

エレノアはいったん間をおいて、見開いた目でぼくらを見た。「もう疑いの余地はないよね？ヴィオレットはパラシュートでフランスへ向かった」

「それも、夜に」とぼく。

「コード暗号についてヴィオレットが書きとめたことなんだけど」デイヴィッドが小声で言う。

「スパイが新聞広告に隠されたメッセージを載せてたなんて、ぜんぜん気づかなかったよ」

エレノアが目を皿にしてノートを見る。「英語でふつうに書かれているところがもう少しある。鉛筆で走り書きされている」

「飛行機のなかで書いたのかも」とぼく。「ヴィオレットはイギリス製のペンを持たせてもらえなかったんだろうね。ほんのささいなことから諜報員だってことがばれるみたいだから」

「エレノア、先を読んでよ」とデイヴィッドがうながす。

エレノアはふたたび読みはじめた。

いま、うるさくて、寒くて、いやなにおいのする飛行機のなかにいる。パイロットの後ろのシートにすわっているのはわたしひとり。だから、あと少しだけ書けそう。

搭乗する直前に飛行場で指示を受けた。まず驚いたことに、ボスが近づいてきてわたしと握手し、幸運を祈ると言った。「きみを信頼している」とも。

次に暗号技術の指導員が飛行機のタラップに立つわたしのところへ歩いてきた。「油断するなよ」と彼は言った。「諜報員があせるあまり、いいかげんに暗号を作成することがたまにある。すべての手順に従い、送信者本人のコードネームの記載を忘れるな。まえにコードネームなしで送ってきた諜報員がいて、絶対に忘れるなと叱るはめになった」情報の安全確保のため、諜報員はそれぞれが持つ独自のコードネームの記載を義務づけられている。

わたしはかならず言われたとおりにすると約束した。「覚えていらっしゃると思いますが、訓練では暗号作成が得意でした。パラシュートでの降下よりもずっとうまくできました」

飛行機が飛び立ってからもう一時間になる。イギリス海峡が月明かりを浴びて銀色に見えるけれど、ここから見るよりも海はずっと荒れているはずだ。いつか――そう遠くない、いつか――ヒトラーの支配から全ヨーロッパを解放するために、兵士を運ぶ何百もの船が海峡を渡るだろう。

流れる雲の合間に月があらわれては消える。パイロットが予定地の野原を見つけてくれるよう願う。指示の内容を何度もくりかえす。「その野原には池がふたつある。下を見て場所を見定め、水辺に近づきすぎていたらパラシュートコードを引くこと」

横にバッグがふたつある。衣類と生活必需品が入っていて、わたしが降下したあとでパイロットのひとりがバッグを落としてくれる予定。なかには爆発物と多額のフランス・フランも入っている。お金は賄賂として使われるほか、マキのメンバーたちの食費や宿泊費の一部になる。

窓の外では雲が切れて細くたなびいている。もうすぐ着地すべき場所の上空に到達するだろう。地上ではまっくらななかで川が銀色のリボンのように輝いているにちがいない。

いよいよだ。

18

腕のよい暗号技術者はじつにまれだ。

——エドガー・アラン・ポオ、〈暗号論〉一八四一年

エレノアが読みおえたとき、しばらくは誰もなにも言わなかった。ようやくぼくが咳払いをした。

「声に出して読んでもらうと、ヴィオレットが〝実在の人〟っぽく感じられるね」ぼくが見つけた、寒さのなかでひとり倒れていた若い女性と同じくらい〝実在の人〟に。

「ヴィオレットはこんな危険を冒したんだね」とエレノア。「監視されているかもしれないと思ってはいても、日を追うごとに、誰があやしいかわからなくなったんじゃないかな。友だちと内通者の区別がつかなくて」

「つねに不安をかかえながら正体を隠して暮らすのはとても勇気がいる」とデイヴィッド。「ドイツにいる両親のことを考えてしまうよ」そこでエレノアに説明しはじめる。「両親は安全のためにぼくをイギリスへ送りだした。本人たちは逃げられなかった。間にあわなかったんだ。恐ろしいことがドイツで起きた。一九三八年十一月のある夜、何千ものユダヤ人の商店が破壊され、焼かれた。それは水晶の夜と呼ばれた——割れたガラスが水晶のようにきらきらと輝いていたから。大勢のユダヤ人が逮捕され、移送された。殺された人たちもいた」

「デイヴィッドもこわかったでしょうね」とエレノア。

「うん。水晶の夜がきっかけになって、ぼくは八歳になる直前にイギリスへ送りだされた。列車は子どもでいっぱいで、二歳とか三歳の子どももいた」

「どうして自分がイギリスへ向かうのか、理解していた？」とエレノアが訊く。

「ううん、あんまり。両親がすごく心配しているのはわかった。当時ぼくはもう学校へは行けなくなっていたんだ。政府がユダヤ人の子どもを学校へ通えなくする法令をつくったために。あとから追っかけるって父さんは言っていた。でも、だめだった。そのあと九月に宣戦布告があって、もう絶望的になった」肩をすくめるつもりなのか、デイヴィッドはやせた肩をあげた。「いまあっちがどうなっているのかわからない。手紙も来ない」

長いことぼくらはだまりこくっていた。ぼくは目を閉じた。せつなくてたまらなかった。母さんが恋しくてしかたない。でも少なくとも、母さんにはまた会える。

少ししてデイヴィッドが顔をあげた。「ねえ、もうちょっと分析してみようよ。なにか思いつくことはあるかい、エレノア」

「うーん、読んでいて、いかにも日記だなって感じた」とエレノア。「ヴィオレットは自分のために記録を残したかったんだと思う」

「自分のためだから、複雑な暗号を使う必要はなかった」とぼく。「ほかの誰かが読むのを想定していなかったんで、手早く書けたんじゃないかな」

デイヴィッドの目が輝いた。「うんうん、いいところに目をつけたね、バーティ。シャーロック・ホームズに匹敵するよ。じゃあ、ヴィオレットがいつ、なにをしたのか、はっきりさせてみよう。エレノア、ヴィオレットがきみの家庭教師をやめたのはいつだったか、正確に思いだせる？」

「去年の五月のなかごろだった」エレノアが数ページまえにもどる。「えっと、訓練期間は八週間だったって書いてある」

「いいことを思いついた。すぐもどるね」デイヴィッドは勢いよく立ちあがり、階段を下へおりていった。

　デイヴィッドがどこかへ行っているあいだ、エレノアは文字どおりノートにかじりついていた。ぼくの頭には次から次へと疑問が浮かんできた。どうやらエレノアのお父さんはヴィオレットが諜報員になれるよう手を貸したらしい――少なくとも、最初の一歩を踏みだすときに相談を受けたようだ。それならどうして、ロンドンにもどってきたときにヴィオレットはエレノアのお父さんに連絡しなかったんだろう。心の底では彼を信用していないとか？

　デイヴィッドが一九四三年のカレンダーを持ってもどってきた。「きみの友だちのミス・ミットフォードが、なにかを送るときに包装紙として使うつもりでとっておいたんだって」そう言ってからカレンダーをめくっていく。「パラシュートで降下する夜は満月だったってヴィオレットは書いてたよね。訓練をはじめたのが五月のなかばだとすると、六月いっぱいと七月中旬までは訓練の期間にあたる。えーっと、カレンダーを見ると、そのあとの満月は七月十七日だったらしい」

「そこからなにがわかるの？」エレノアがふしぎそうな顔をする。

「えっと、もしかしたら、ヴィオレットが使った暗号の方式が推測できるかもしれない」デイヴィッドが説明しはじめる。「おそらくヴィオレットがフランスに着いたのは七月。イギリスにもどってくるまでにどれくらい時間がかかったかにもよるけれど、フランスには十二月くらいまではいたとする。日記をつけるのは、週一回か、月一回か」

「そっか！」エレノアはノートの暗号化された部分に目を向けた。ページをめくりながら、くちびるが数をかぞえているみたいに動く。それからふいに顔をあげた。「デイヴィッド、いいところに気づいたね。ちんぷんかんぷんな箇所（かしょ）は六つにわかれている。ほら、ヴィオレットは一本、線を引いてから、新しいページに書きはじめている。ちょっと先を見てみても、おんなじように書かれている」

「つまりヴィオレットは七月から十二月まで、月に一度、日記をつけていたと考えられるんだね」とぼくは言った。「それで？」

少しのあいだ、みんなだまっていた。デイヴィッドが最初に口を開いた。「エレノア、きみは日記をつけている？」

エレノアがうなずく。「週に一度か二度、つけている」

「どんなふうに書きはじめる？」

「そうだなあ、日付からはじめるかな」とエレノアが答える。「ヴィオレットの暗号システムは日付をもとにしていると考えてるの？」

「ためしてみてもいいと思う」とデイヴィッド。

ぼくはノートに書かれた最初の暗号文のページを開いた。はじめの数行をなにも書かれていない紙に書き写し、紙をかかげて三人で見られるようにした。

w q o b h p s z w s j s w v o j s p s s b v s f s
t c f b s o f z m h k c k s s y g b c k h v s a c c b
k o g g c p f w u v h h v s b w u v h w z o b r s r

エレノアが鉛筆（えんぴつ）を手に取った。「父は換字式（かえじしき）暗号について教えてくれた。もしかしたらヴィオレットは通常のアルファベットを暗号アルファベットに置き換えて暗号をつくったのかもしれない。たとえば日記をつけはじめた月の最初のアルファベットで暗号アルファベットがはじまるとか。具体的には、七月(July)に日記をつけはじめたとすると、暗号アルファベットは〝J〟ではじまる、つまり、通常のアルファベットの〝A〟が暗号アルファベットの〝J〟に該当する。そのあとは〝K〟以下のアルファベットに順番に〝Z〟まであてはめていって、〝Z〟まで行ったら〝A〟にもどって同じ手順をくりかえす」

「換字式暗号のなかには〝シーザー暗号〟と呼ばれるものもあるよ」とデイヴィッド。「暗号を解く〝鍵〟として数を設定し、その数のぶんだけアルファベットの順番をずらすんだ。ジュリアス・シーザーが将軍たちに手紙を書くときに使ったとされている」そこで首を振る。「それはともかく、残念ながら、ヴィオレットは〝July〟の〝J〟からアルファベットをはじめる方式を使ったんじゃないと思う」

「なんで?」エレノアとぼくが同時に言う。

「次の月は八月(August)だろう――暗号アルファベットは〝A〟でははじめられない。それじゃあ暗号にならないから」とデイヴィッドが説明する。

「ズバリ、そのとおりだ。デイヴィッドを誘っただけのかいはあるね」ぼくはからかい半分で言った。「ほかの考えはある?」

「そうだな、〝ずらす〟方式にはさまざまなやり方がある。さっき説明したシーザー暗号とか。ある数を暗号を解く〝鍵〟として、その数のぶんだけアルファベットをずらす。ヴィオレットは〝鍵〟として〝7〟を使ったかもしれない。ほら、〝July〟は七番目の月だろ。〝A〟を起点として数えるけど、〝A〟そのものは数には入れないから、暗号アルファベットは〝H〟からはじまることになる」

「よし、やってみよう」ぼくはアルファベットの羅列（られつ）をもう一度見た。

w q o b h p s z w s j s w v o j s p s s b v s f s
t c f b s o f z m h k c k s s y g b c k h v s a c c b
k o g g c p f w u v h h v s b w u v h w z o b r s r

ぼくは首を振った。「〝H〟が〝A〟だとすると、〝W〟は〝P〟になる。そうすると、この文は〝PJHUA〟ではじまることになる。まるで意味をなしていない」

「そうだね」とデイヴィッド。「ヴィオレットは日記をつけた日付をもとに暗号を作成したとも考えられるけれど、それだと、とてもじゃないけど的をしぼりきれない。はじめにもどって考えなおそう。大ざっぱでいいから、いろいろ仮説を立ててみようよ」

「さっきから考えている方式があるんだけど」とぼく。「ヴィオレットが月の名前の文字数を〝鍵〟にしていたとしたら？　たとえば、〝July〟はアルファベット四文字だから、ずらす数は４。〝A〟は抜（ぬ）かして〝B〟〝C〟〝D〟〝E〟。つまり〝E〟が暗号アルファベットの先頭にくる」

「じゃあ、それでためしてみましょう」エレノアがメッセージの最初のほうのアルファベットをいくつか変換（へんかん）させた。そして顔をしかめた。「だめ、まるで意味をなさない。どうしたって、ふつうの言葉として読めない」

「特定するのはたいへんだけど、ぼくはやっぱり、ヴィオレットは日付をもとにして暗号を作成したように思えるんだよな。シーザー暗号のもっと複雑なやつを考えだした、とか」とデイヴィッドが言う。「そうだ、ふたつのものをひとつにまとめたのかもしれない。ずらす数は、月の名前の文字数プラス月そのものの数字というふうに」

「よくわからないよ」ぼくは顔をしかめた。「どういう意味？」

「えーと、七月は〝July〟でアルファベット四文字だから4。そこに七番目の月だから7を足す。そうすると、ずらす数は――」

「11。そうすると、暗号アルファベットの先頭は……〝L〟になる。変換させてみるね」さっそくぼくはやってみた。またしてもまるで意味をなさない。「〝LFDQ〟だって。めちゃくちゃだ！ぜんぜん、だめ」

デイヴィッドがため息をつく。「やっぱり、専門家を見つけなきゃならないかも」

「待って！」エレノアが大声を出した。「わたし、もうひとつひらめいた」

19

諜報員は証拠となる書類、たとえば、名前や住所が載っているものを放置してはならないし、できるかぎり持ちはこぶのはひかえること。

――SOEマニュアル

エレノアはものすごく集中しているらしく、くちびるを嚙みながら一心になにかを書いている。

「エレノア、どうしたんだい」と恐る恐る訊いてみる。

「しーーー……ちょっと待って。少しのあいだだけ。ひょっとするとこれは――やった、解けた！」エレノアが晴れ晴れとした顔をあげる。「これはシーザー暗号。でもヴィオレットが暗号を解く〝鍵〟として使ったのは、七月は七月だけど、英語の単語じゃなかった。フランス語の〝juillet〟を使ったの。アルファベット七文字の。そしてそこに7を足した。七番目の月だから」

「ワオ。やったね！」とデイヴィッド。

「わたしがフランス語を使ったことを、ヴィオレットはきっとほめてくれる」エレノアはにこにこと笑っている。

「14ずらすんだね」とぼく。「つまり暗号アルファベットは〝O〟からはじまる」

〝O〟が先頭になる暗号アルファベットを使ってアルファベットをひとつひとつ変換させ、ヴィオレットのメッセージを解読していく。「うへー、これは時間がかかるなあ。でも最初のパートはできあがった。ほら」
ぼくは暗号文が書かれた紙をかかげた。

w q o b h p s z w s j s w v o j s p s s b v s f s
t c f b s o f z m h k c k s s y g b c k h v s a c c b
k o g g c p f w u v h h v s b w u v h w z o b r s r

変換させたものがこちら。

i c a n t b e l i e v e i h a v e b e e n h e r e
f o r n e a r l y t w o w e e k s n o w t h e m o o n
w a s s o b r i g h t t h e n i g h t i l a n d e d

「単語と単語のあいだにスペースがないと読みにくいね」とエレノアが言う。
「読みやすくなるよう、書きだしてみるね」一分後、ぼくは内容を書きだした。

I can't believe I have been here
for nearly two weeks now. The moon
was so bright the night I landed.

（ここに来てからほぼ二週間がたつなんて信じられない。着地した夜の月はとてもまぶしかった）

「つづけよう」とデイヴィッド。「ノートをまんなかに置いて、各自べつべつの段落を変換させれば、最初の書きこみをもっと早く解読できる」

少しして、ぼくらは作業を終えた。エレノアがペンケースからハサミを取りだし、それぞれが解読したところを切りとって、それを一枚の紙に正しい順序で貼りつけた。

「きみはいつでも準備万端だね」とからかい半分にぼくは言った。「さあ、読んでみて」

エレノアがひとつ咳払いをしてから読みはじめた。

ここに来てからほぼ二週間がたつなんて信じられない。着地した夜の月はとてもまぶしかった。

書くべきことがたくさんある。まずは現地に着いた晩について記しておく。降下自体は簡単だと思っていた。でもちがった。なにもかも計画どおりには進まなかった。この先も同じだろう。

雲が大きな満月とかくれんぼをしていた。それでも視界は良好で、パイロットが予定地の野原を見つけることができた。わたしは飛び降りた。暗闇のなかをただよっているあいだ、雲が大きなかたまりとなって迫ってきた。

土はやわらかく湿っていた。着地は簡単でほっとした。立ちあがり、パラシュートをたたんでいるときに雨が降りはじめた。いきなりの激しい雨だった。誰かがわたしを迎えにくることになっていた。低い口笛が聞こえるはずだった。でも雨と風のせいでなにも聞こえなかった。

ひとりきりだと気づき、石と低木でできている厚みのある生垣の陰に隠れた。忙しすぎて不安は吹き飛んでいた。たたんだパラシュートに石をつめ、池まで引きずっていって沈めた。

両手をこすりあわせて言った。「さようなら、パラシュート！」どういうわけか、わたしはくすくすと笑った。神経がピリピリしていた。それでも、故郷のフランスの土を踏んで気分は上々だった。

おかしなことに、訓練で学んだことが頭に浮かんでこなくて不安になった。そのとき指導員の声が耳のなかで響いた。「いいか、農民たちは警戒している。われわれはイギリスの諜報員で、破壊工作のための爆発物や彼らの土地への持ちこみが禁じられている無線装置を投下しつづけているのだから。疑いを抱いたドイツ人がパトロールであちこちを調べ、土のなかから一部露出したり、池に浮かびあがったりしているパラシュートを見つけたら、仲間が逮捕されるおそれが生じる」

自分の行動ひとつでほかの仲間が窮地に立たされると思うと、自然と用心深くなった。雨があがり、月がまた顔を出した。ぬかるんだ野原を歩きまわり、いっしょに投下されたふたつのバッグを探した。ようやく池のほとりに落ちているのを見つけた。あぶないところだった！　ほかの人物になりすますのに必要な型紙と注文用の帳面や衣類が、もう少しで池の底に沈むところだった。

片方のバッグには、輸送用にガンオイルをたっぷりぬった拳銃と、銃弾をつめた防水加工ずみの容器が入っているから、見つけたときにはほんとうにほっとした。これらの武器はマキのメンバーに届けられ、工場、線路、橋、資材倉庫での破壊工作に使用される。

バッグを引きずって野原を横切り、低木でできた厚みのある生垣のなかに隠した。わたしはへとへとに疲れてしまった。身体はすっかり泥にまみれていた。雨はやんでいたが、誰かがやってくる気配はなかった。

夜明けが間近に迫るころ、バッグはうめたほうがより安全だと考え、小さなスーツケースだけ持っていくことにした。必要なものを取りだしたあと、穴を掘りはじめた。運よく、柄が短いシャベルを支給されていた。石や素手で掘るのは無理だっただろう。

ようやく出発準備がととのい、これから住むことになる農家へ向けて歩きはじめた。シャベルを持っていくか迷った。最初は池のなかに投げ捨てたくないと思った。あとからどうやって土にうまったバッグを取りだせばいいかわからなかったから。でもすぐに考えなおした。いったん連絡がつけば、レジスタンスの仲間に会えて、彼らが道具類を用意してくれるはずだ。わたしはシャベルを池に投げ捨て、池の水で両手を洗った。

生垣の陰に入り、泥まみれのズボンを脱いで茶色のスカートと上着に着替え、髪の毛をまとめてお団子にした。そのあいだずっと、車の音がしないかと耳を澄ましていた。

今度はお金をどうするか迷い、下着のなかに隠した。つかまって調べられたら見つかるおそれはあるが、つかまらないように用心していればいいと思った。つかまるつもりはさらさらなかったけれど。

足もとを見た。もう少しで忘れるところだった。靴が泥だらけだ！　ささいなことから正体がばれるとの警告を思いだし、靴を脱いでつま先歩きで池までもどって、靴をしっかりすすいでからはきなおした。

　まわりが明るくなりかけたとき、低く鳴る口笛が聞こえた。案内役は遅れていただけで、途中でつかまったわけではなかった。わたしは彼にバッグをうめた場所を教えた。案内役によると、マキがバッグを取りにきて、安全が確認されしだい、残りのものを届けてくれるらしい。

　なんて長い夜！　でもわたしはやりとげた。

　ホストファミリーの夫婦は親切だった。わたしを働き者の若い女性、マリーとして迎えた。質問はいっさいなし。そのほうが安全だからだろう。

　ふたたびフランス語をしゃべれることがうれしくてしかたない。型紙の販売員としての新しい生活をはじめる準備はできている。けれど真の目的を忘れてはならない。

　自由を取りもどすために、わたしはここにいる。

20

警戒をゆるめてはいけないし、敵は眠っていると考えて油断するのはもってのほかだ。いつでもつねに敵に監視されていると思え。

――SOEマニュアル

指揮所に寄ったあと、ぼくはトレンチャード・ハウスの玄関ドアをあけた。最初に聞こえてきたのは、〝キャン〟という声。それから、どすっという音。そのあとで、鋭く〝ワン〟とほえる声と怒りをにじませたような低い声がつづく。「ざまあみろ。このやっかい者が」

すぐ後ろで玄関ドアが閉まると同時に、ぼくは廊下を走った。受付窓口のところで足をとめる。

「ジミー？」口をあんぐりとあけてジミーを見つめた。「いま……いま、ぼくの犬を蹴った？」

「落ちつけよ、バーティ。ブーツの先がちょっとあたっただけだ。あの犬がきみんちから出てきたんだ」ジミーは答え、ぼくを寄せつけまいとするみたいに両手を突きだした。「戦争がはじまったころに犬が殺されたのには理由があるんだよ。犬に与えるほどの食料はないからね。きみも学校が終わったらちゃんと家にいて、自分の犬の面倒をみろよ。暗くなるまでガールフレンドといちゃついてないで」

「いちゃついてなんかいないよ！」大声で言いかえしてから、ぼくは腰をかがめて毛がふわふわのLRを抱きあげた。LRはクーンと鳴き、首筋に鼻を押しつけてきた。震えている。だから、ぎゅっと抱きしめる。

「その犬はおれのビスケットをねらってたんだよ。さて、仕事、仕事。さっさとその子を連れていってくれないか?」

口を開いてもっとなにかを言ってやろうと思ったけれど、言葉はひとつも出てこなかった。

「さあ、行けよ、バーティ。そんなところに突っ立ってないで」

後ずさりながら、頰が紅潮するのがわかった。ぼくは犬のために立ち向かうほど強くない。

うちのなかは静かで寒かった。ぼくはつま先歩きでキッチンに入り、LRをそっとおろした。お腹がへり、身体は疲れている。古いコートをフックに掛け、ナップザックを床にどさりと落とす。中身は重かった。ヘルメットのほかに歴史の教科書が入っている。勉強しているあいだ、目をあけていられるかどうか自信がない。ぼくはため息をついた。ターナー先生から質問されるのはもうこりごりだ。

「ごめんね、LR。まえの家に住んでいられれば、蹴られることもなかったのに。こんなところ、大きらいだ。ここは家なんかじゃない。住むのがまちがっている」

でも、ここがぼくらの家。

テーブルには父さんがつくって、すっかりさめてしまったマカロニ・アンド・チーズと、ぼくあての走り書きのメモが置いてある。父さんはもう寝ている。早朝からはじまる二交代制の早番の勤務につくために。メモには追伸があった。〝バーティ、おまえが忘れずにヘルメットを持っていって、父さんはうれしいよ〟父さんはがんばっている。ぼくらはふたりともがんばっている。

父さんは寝るまえにLRを中庭へ連れていったはずだ。いっしょにもどってきたときに、ドアをしっかり閉めなかったにちがいない。リトル・ルーが受付窓口のあたりをうろうろしていたのは、とくに驚くことでもない。食べ物のにおい――それと、ビスケットの包み紙がカサカサ鳴る音――に反応したのだろう。最近、あの子はやかんが沸騰する音が食事の合図だということを覚えた。少なくとも、自分のぶんのトーストのかけらが出てくることを。

小さな皿を出して、マカロニ・アンド・チーズの半分を入れる。「さあ、お食べ、ＬＲ。お腹がへっているのに、ほんのちょっとでごめんね」

手に取ったフォークをマカロニに突きさし、冷たくなったチーズが少しでもからむように、皿のあちこちに動かす。しーんとしたなかで、壁の時計がチクタクと時を刻んでいる。昔の家のキッチンでは、時計の音が聞こえるほど静まりかえることはけっしてなかった。

いまでも昔の家のキッチンを思いえがくことができる。一枚の絵のように。音と動きがある映画のように。夏にはデイジーでいっぱいの古い花瓶がテーブルに置かれている。母さんがオーブンからスコーンを取りだす。口のなかに味がよみがえってくる。スコーンには甘いバタークリームか、田舎のおばあちゃんの庭から摘んだラズベリーの手づくりジャムがのっている。

「お父さんのぶんを脇によけておかなきゃね。そうしないと、あなたたちふたりがぜんぶ食べちゃうから」母さんが笑いながらウィルとぼくに言う。

その夜はなかなか眠れなかった。ヴィオレットはノートにべつのことも書いていて、それについて何度も考えていたから。〝諜報員は見える敵や見えない敵に囲まれている〟

ジミーを敵だと本気で考えたことは一度もなかった。たしかにジェフリーがジミーを好きじゃないことは知っていた。ジミーの陽気なうわべの下に隠れたなにかを、ジェフリーは感じとっていたのかもしれない。まえにもジミーに蹴られたことがあるとしたら、ＬＲが彼を見て尻ごみするのも当然だろう。

もっと突っこんで考えてみよう。ヴィオレットが行方不明になった金曜日の晩、ジョージとジミーのふたりが現場にいた。ジミーはこの謎にかかわっているのだろうか。

ジミーはホーク隊長とぼくが到着する直前に現場に着いた。あのとき、ぼくは訊きもしなかった。ジョージとふたりそろってトレンチャード・ハウスからやってきたのかと。ふたりのうちひとりが――もしくは両方が――ミル・ストリートの近くに早くから隠れていた可能性はあるだろうか。

エレノアによるとヴィオレットのボーイフレンドはジェイという名前らしい。ジェイが名前のジェイではなく、アルファベットの〝J〟だとしたら？　そう、ジェイムズとかジミーの頭文字の〝J〟、ジミー・ウィルソンをあらわす〝J〟だったら？

ベッドに沈みこみ、上掛けを引っぱって顔の上にかぶせ、頭のなかで考えが堂々巡りするのをとめようとする。ジミーはぼくが思っていたようないい人ではないのかもしれない。ジョージは自分の身に起きたことを苦々しく思っているかもしれない。だからといって、ふたりがドイツ側の諜報員だということにはならない。

ぼくはいつでもついつい想像をふくらませてしまう。小さいころは、シャーロック・ホームズは物語に登場する人物ではなく、実在の人物だと思っていたほどだ。

からっぽのベッドを見やる。つねに正しい道を教えてくれたウィルは、もういない。

21

取り決めておいた名前や言葉やフレーズを本文のなかに入れることで……あらかじめ準備しておいたメッセージを伝えることができる。たとえば〝ジョン〟という名前が本文に出てきたら、〝わたしは至急、身を隠す〟という意味になる。

――SOEマニュアル

水曜日

放課後、ぼくはLRを連れだすためにいったん官舎に寄った。昨日の夜みたいにLRがひとりでまた外に出るかもしれないと思うとゾッとした。デイヴィッドはまっすぐにエレノアが待つ指揮所へ向かった。それにしても、エレノアはデイヴィッドが指揮所にいる理由を隊長たちにどう説明するのだろう。〝パーティがわたしとデイヴィッドの助けを必要としているんです〟とかなんとか、エレノアなら言いかねない。

「遅れてごめんね。今日は父さんが二交代制の早番で」ぼくは会議室のドアをあけると同時に言った。「長い時間、LRをひとりにしておきたくなくて」

「わあ、リトル・ルー！ リトル・ルーを連れてきてくれたんだ。こんにちは、リトル・ルー」エレノアがうれしそうに言い、椅子から立ちあがった。LRは輪を描くみたいにくるくるまわってから、エレノアに跳びついて顔をなめ、そのあとでエレノアのナップザックへと直行した。

「LRはきみが大好きみたいだね、エレノア。でも、食べ物のほうがもっと好きかも」そう言ってデイヴィッドがにやりとする。「きみがそこに食べ物を入れているのを、この子はよくわかっているようだ」

エレノアは食べかけのつぶれたサンドイッチを取りだした。「ランチを少し、ちゃんととっておいたよ」そこでくるりとぼくらのほうを向く。顔つきがすっかり変わっている。「たしかに昨日はまずまずの成果をあげられた。でも、時間はどんどんなくなってる。明日、ヴィオレットが誰かを罠にかけるとしたら——」

「わかってるよ。成功するかどうかはぼくらにかかっている」とぼくは締めくくった。

「そう。だから……だからわたし、夜遅くまで起きてたの」エレノアはナップザックをあけ、昨日彼女が持って帰ったヴィオレットのノートとともに、紙を何枚か取りだした。

デイヴィッドが紙をちらりと見た。「わあ、先のほうまで日記を解読したんだね」

エレノアはにこっと笑った。「あんまり時間がなくて、八月ぶんしかできてないけど。今日じゅうに九月、十月、十一月ぶんをやってしまえば、あと残るはひとつ。十二月ぶんだけ」

「最後のやつがすべての鍵を握っているだろうけれど、そこまでのあいだの解読をはぶくわけにはいかないよね」とぼく。「なにか重要なことを見落とすかもしれないから」

「それはそうと、八月のぶんもシーザー暗号だった?」デイヴィッドはその点を知りたいらしい。

「もちろん」エレノアが声を立てて笑う。「まさにそのとおりだった。フランス語で八月はａｏûｔ。ずらす数は12になる——八番目の月だから8と、ａｏûｔのアルファベット数の4を足して12」

「となると、〝A〟にあたるのは――」デイヴィッドが言う。

ぼくはすでに数えおえていたので「〝M〟だね」とかわりに答えた。

「九月、十月、十一月はそれぞれ〝septembre、octobre、novembre〟」

エレノアがつづける。「つまり、ずらす数は九月は18、これは9プラス9、十月は17、こっちは7プラス10、十一月は8プラス11で19」

「すごい！　なら、ひとりがひと月ぶんずつ担当して、いっせいにやればいいよね」とぼく。「それならずっと早く解読できる」

エレノアがいたずらっ子っぽくにやりと笑う。「じゃあ、さっそく取りかかりましょう。昨日の夜、九月、十月、十一月の記録を、ノートからそれぞれべつべつの紙に写しておいたから。わたしは九月をやるね」そう言うと、暗号文がびっしりと書かれた紙を、ターナー先生がテスト問題を配るときみたいなまじめくさった顔でぼくらに寄こした。「はい、デイヴィッド、あなたは十月ぶんをやって。バーティは十一月」

「先に解読して、そのあとで順番に読んでいこう」とぼく。「ヴィオレットがどうしてもどってきたか、答えが見つかるかもしれない」〝彼女がいまどこにいるかの答えも〟とぼくは思った。

まず一行目にふつうのアルファベットを、その下に暗号アルファベットを書きはじめたとき、デイヴィッドが咳払(せきばら)いをした。

「えーと、ぼくも昨日の夜、頭をひねってみた」デイヴィッドはナップザックのなかに手を突(つ)っこみ、紙を何枚か引っぱりだした。「暗号円盤(えんばん)。まえに本で読んだことがあってさ。歴史の授業のときにつくりはじめてみたんだ」

ぼくは声を出して笑った。「だからターナー先生にあてられたとき、答えられなかったんだね。

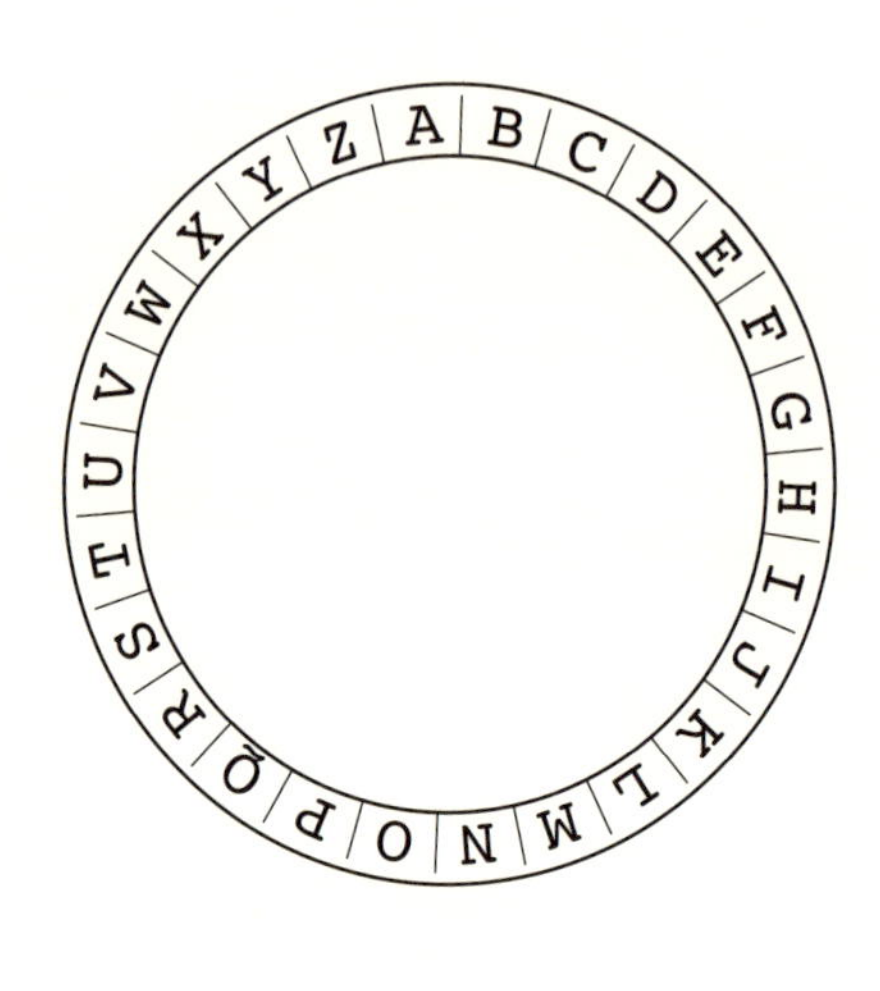

なにやってんだよ、って思っちゃった」

「で、暗号円盤ってなに？」とエレノア。

「どうやって合体させるか、いまから見せるね」とデイヴィッド。「暗号円盤はふたつのアルファベットの円盤からできていて、ひとつは外側の円盤、もうひとつは内側の円盤になる。ほら、これは〝A〟から〝Z〟まで順番にアルファベットが並んでる円盤」

　デイヴィッドはアルファベット入りの円盤が描かれた紙をかかげた。

「うーんと、授業中にできたのはここまで。でも、あとは簡単だから。エレノア、ハサミを持ってる？」デイヴィッドが訊く。もちろんエレノアは持っている。

デイヴィッドは最初のよりも少し小さいべつの円盤を切りとった。次に小さいほうにアルファベットを書きこんでから、外側の円盤の内側にはめこみ、ふたつの〝A〟が重なる位置にそろえた。

「そして、こういうふうに動かす。ずらす数が13の場合、内側の円盤を13個ぶん動かす。そうすると、暗号アルファベットの先頭は〝N〟になり、残りのすべてのアルファベットがなににあてはまるかがわかる」

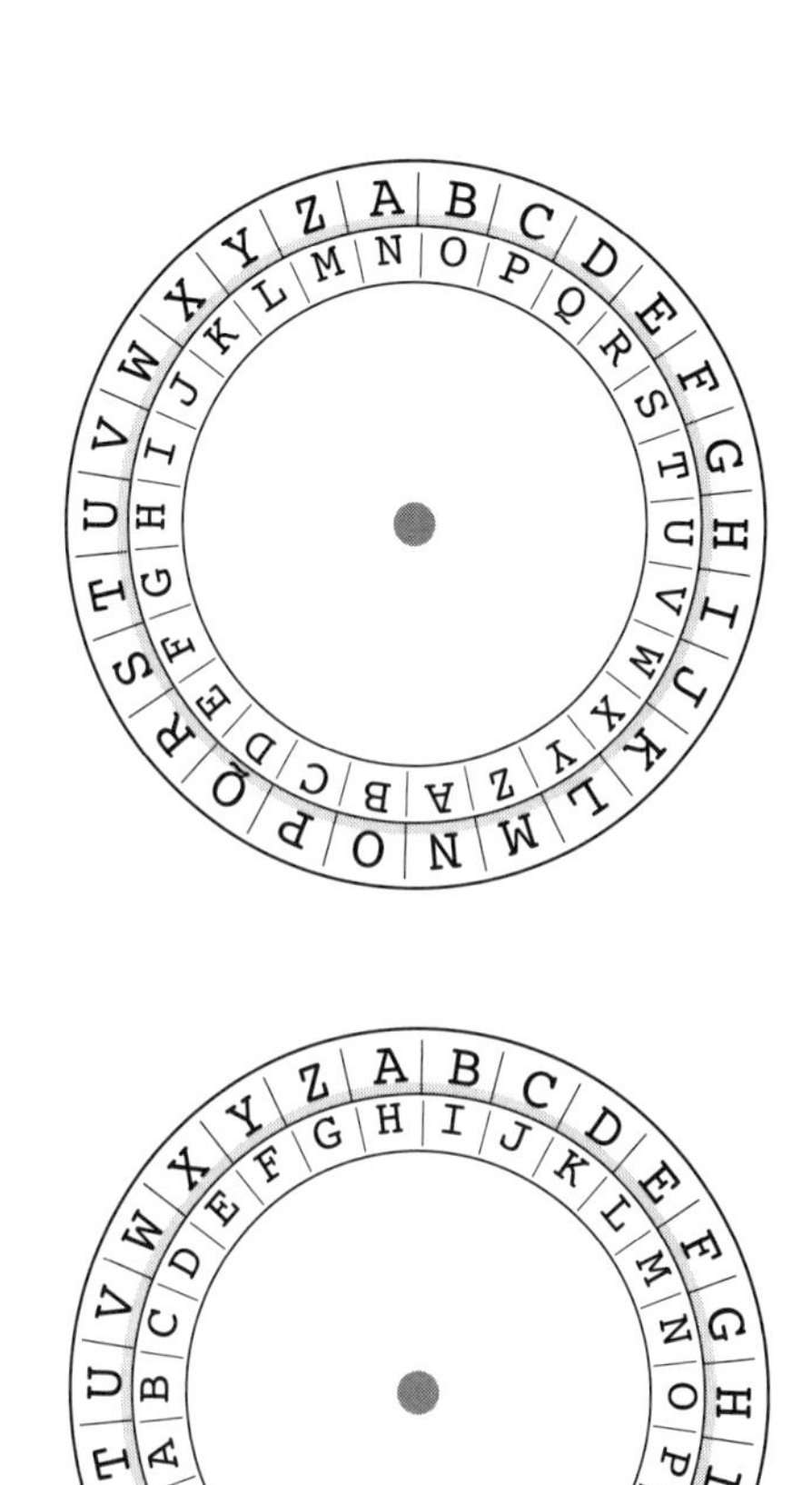

A B C D E F G H I J K L M N O P Q R S T U V W X Y Z
N O P Q R S T U V W X Y Z A B C D E F G H I J K L M
A B C D E F G H I J K L M N O P Q R S T U V W X Y Z
H I J K L M N O P Q R S T U V W X Y Z A B C D E F G

「すごい！」エレノアが大きな声で言う。「そうやって内側の円盤をまわしていけば、暗号アルファベットを通常のアルファベットに簡単に置き換えられるんだね。わたしにもやらせて」内側の円盤を動かす。「ずらす数が7だとすると、〝H〟が暗号アルファベットの先頭になる。ほら、こんなふうに」

数分後、ぼくらはそれぞれ自分の暗号円盤をつくった。ぼくの担当ぶんは〝ｎｏｖｅｍｂｒｅ〟で、ずらす数は19。さっそく内側の円盤を動かす。「できた。ぼくの暗号アルファベットは〝Ｔ〟ではじまる」

リトル・ルーはサンドイッチを食べおえて、エレノアの足もとにすわり、太くて短い尻尾を床に打ちつけている。「お嬢さん、あなたの鼻はよく利くね」エレノアはふたたびナップザックに手を突っこんだ。「アメリカ赤十字社のドーナツ。みんなにひとつずつ持ってきた。もちろん、あなたのぶんもあるよ、リトル・ルー」

ＬＲは〝ワン〟とひと声鳴き、エレノアからドーナツをもらうと部屋の隅へ行った。ぼくはドーナツをひと口食べてから、十一月の記録を自分のほうへ引き寄せた。ぼくらはだまって作業に没頭した。作業が終わり、文字を書きおこしたものをエレノアに手渡す。

「音読するのがいつもわたしじゃなくてもいいんじゃないかな」とエレノア。

「いや、きみが読んでくれると、すんなり耳に入ってくる」とデイヴィッド。「目を閉じれば、ヴィオレットがしゃべっているところを想像できる」

「わかった」エレノアが咳払いをする。「前回のつづき、八月から読みはじめるね」

22

ノルマンディの田園風景はほんとうに美しい。八月の牧草地はピンクや金色や白い野の花に彩られている。ラベンダーやスイカズラの香りがやわらかな風に乗ってただよってくる。牛たちがのんびりと草を食む。わたしは自分が生まれたこの国を深く愛している。フランスが占領下にあることを忘れてしまいそうだ。

忘れてしまいそう――けれど、完全に忘れることはない。

村にはドイツ軍の部隊が駐留している。わたしが住む農園から自転車で少し行ったところに。P夫妻（実名はふせておく）はとても親切だ。近所の人たちにわたしのことを次のように紹介してくれた。わたしは遠い親戚の娘で、戦争が終わったあとに大学へ行くための資金をためようとしている。みんながこの話を信じたかどうかは、なんとも言えない。

毎日、忙しい。モーリスはわたしを連れだして組織の仲間に会わせた。彼は実際にムッシュ・Pの古くからの友人で、ごく自然にちょくちょく農園にやってくる。モーリスが訪ねてくるときに、わたしはやるべき仕事を与えられる。

訪ねてきたモーリスと話しているうちに、いくつか意外なことを知った。見かけは小作人そのものだけれど、戦争がはじまるまえ、モーリスはパリで芸術活動をしていたという。話を聞いてあらためて思う。正体を隠しているのはわたしひとりだけではない。

自転車で出かけるときもあれば、バスや列車であちこちまわるときもある。運ぶのは武器ではなくメッセージ。たいていは破壊工作のターゲットとなる工場や線路についての情報。われわれの組織は大きくはないけれど、メンバーはみな勇敢だ。

わたしもいくつかの作戦に参加した。先週はダイナマイトを仕掛けて鉄道橋を破壊する際の見張り番をつとめた。爆破の翌日、武器弾薬を積んだ列車が線路にとまっているのを通りすがりに見た。思わず笑みがこぼれた。橋が修復されるまで、ドイツ軍は海岸につくられた軍事施設へ武器を運ぶことはできないだろう。

作戦が成功したあとロンドンへ無線連絡して、足止めを食っている武器弾薬の存在を知らせた。その列車を攻撃目標とすべしとの情報がすぐに連合国の空軍へ伝わるはずだ。列車が積んでいる銃の一丁たりとも、海岸へ運ばれないことを祈る。

わたしはなにか重要なことをなしとげていると実感している。フランス上陸という運命の日に向けて、少しでも勝利に役立つ情報を連合国軍に送っているのだから。

無線通信士のフィリップは三マイルほど離れた小さな町に住んでいる。彼がなりすましているのは、農機具やミシンなどの家庭内で使う機械を修理する店の店員。これがまた、非常に都合がいい。店はメッセージを交換したり、作戦の準備をととのえたりする場所としてはとても便利だから。

フィリップはおだやかに微笑む物静かな人。彼のフランス語は申しぶんないけれど、ふたりで話しているときに、この人はフランス語を母語とする人じゃないかもしれない、と感じるときがある。わたしと同じくロンドンから来たのかもしれない。

もちろん、そんなことを直接話したりしない。打ち合わせの時間はつねに短くしている。毎週、わたしは暗号化した報告書をフィリップのところに持っていき、彼の無線装置でロンドンへ送ってもらう。用心に用心を重ねつつ、情報の安全確保の指示に従い、わたし自身が書いたものだと示すため、かならず自分のコードネームの〝本（ＢＯＯＫ）〟を暗号化して付け加える。暗号技術の指導員の忠告を忘れたことはない。

エレノアが読むのをやめ、最後のページを置いた。「八月はこれでぜんぶ」

「ここまでのところ、ヴィオレットはなかなかうまくやっているようだね」とデイヴィッド。「でも、ぼくが解読した十月の記録では、いろいろなことが、なんというか……難しくなりはじめている」

ぼくはヴィオレットの十一月の記録について考えながらうなずいた。「エレノア、先をつづけて」

エレノアもうなずき、息を吸いこんだ。

ものごとはうまく進んでいる――いまのところは。少し不安なのは、九月のはじめに新しい将校がやってきて、村に駐留するドイツ軍の指揮をとりはじめたこと。モーリスによると、まえの指揮官はなまけ者で、腰をおろしてはなにかを食べてばかりいたという。後任は自分の功績を残すことや、レジスタンスの活動を厳重に取り締まることに熱心なように思える。

昨日、フィリップを訪ねたあと町を歩いていたときにふたりのドイツ人兵士にとめられた。彼らはわたしの身分証を確認し、質問してきた。なにごとも起きなかったけれど、わたしは落ちつかない気分になった。こんなことはまえにはなかったから。

運よくいつも持ち歩いているような大金は持っていなかった。少し警戒がゆるんでいたようだ。これからは型紙の注文をとる仕事に見あった額のお金だけ持ちはこぶようにしよう。フィリップに会うのは週に一回だけれど、一度に少額しか運べないとなると、会う回数を増やさなければならない。つまり、危険が増すことになる。

兵士たちに修理店から尾行されていたのだろうか。それはないと思う。でも今回のことで、つねに用心すべしとあらためて肝に銘じた。今夜はせまい自室の床板をはずして、このノートを取りだした。ろうそくの明かりのもと、監視について記したメモを何度も読みかえしている。記憶を新たにするために。

記録をつけはじめてからけっこうな時間がたった。いまは十月で、ずいぶん多くのことが変わってしまった。ロンドンの濃い霧のように不安が生活のなかにしみこんできている。

モーリスがこの地域のべつのレジスタンスに関する気がかりな知らせを伝えてきた。ちなみに特殊作戦執行部が指揮するそれぞれの組織にもコードネームがある。われわれの組織は〝プラタナス〟で、べつの組織は〝マツ〟。モーリスと〝マツ〟のリーダーは情報を共有するために、ときどきひそかに会っている。

モーリスの話によると、三週間前に〝マツ〟の無線通信士がドイツ軍に逮捕されたという。しかしロンドンのSOEは、その後も〝マツ〟が人員を回収する野原にさらにふたりの諜報員をパラシュートで送りこんできた。そして二度とも、ドイツ兵が地上で待ちぶせていて諜報員を逮捕した。

それを聞いたとき、鼓動がいきなり速くなった。どうしてそんなことが起きた？　こちら側の手順はつねに変わらない。諜報員の投下予定日に危険はないという情報をわれわれが送ることによって、ロンドンのＳＯＥ側では投下を実行しても安全だと確認できる。しかし三週間前に〝マツ〟の無線通信士が逮捕されたのなら、それ以降は〝危険はない〟との情報がロンドンへ送られるはずがない！

「〝マツ〟の存在がドイツ軍に知られてしまったかどうか、ロンドンはきちんと調べるべきだった」とわたしは言った。「〝投下オーケー〟の知らせもないのに、諜報員を投下させるなんて無謀すぎる」

　モーリスは小さく肩をすくめた。「おそらく〝危険はない〟のメッセージは送られていて、だからロンドンは無線通信士が逮捕されたことに気づかなかったんだろう」

　わたしはモーリスの発言についてじっくり考えた。「つまりナチスは通信士の無線装置を奪って、通信士になりすましているってことね。やつらが諜報員を投下しても安全だとのメッセージをロンドンへ送っていると。でも、モーリス、安全確認のために付け加えられる暗号作成者のコードネームがなかったら、ロンドンのＳＯＥだってなにかがおかしいと疑うはずよ。無線通信士が逮捕されて、ナチスの人間が通信士になりすましているってことにロンドンの人間は気づくべきでしょ」

　困ったような表情がモーリスの目に浮かんだ。「そうだな、ナチスが通信士に無理やりメッセージを送らせているか、より現実味がある仮説として、自分たちで装置を操作して偽情報を送っているか」

「暗号作成者のコードネームが抜けているのなら、ロンドンはそれを警告のしるしととるべき」わたしはもう一度言い、信じられない思いで首を振った。「逮捕されて、メッセージを無線でロンドンへ送れと強制された場合にどうすべきかについて、われわれは指導を受けた。敵はメッセージをこちらに書きとらせ、それを送れと強制してくるだろう。そういう状況になったら、末尾に記すべき自分のコードネームを書かずに送信すること。

「もちろんそうだ。しかし、無線通信士が注意散漫になるときもある」とモーリスが言う。「フィリップだって一度か二度、コードネームの記入を忘れたことがある。せかされているときにはそうなってしまうもんなんだよ」

モーリスが首を振った。「あのときのことを思いだすと、今回はいっそう不安になる。フィリップがへまをしたときは、ロンドンからメッセージが送りかえされてきて、気をつけるようにと叱責された」

わたしは顔をしかめた。「たしかに今回はいやな感じがする——ぜんぜんプロっぽくない」

モーリスはくっくと笑った。「それじゃあ、ほんの数週間の訓練を受けさせただけで、きみのような若い女性を敵のどまんなかに送りこむのはプロっぽいと思うかい？　ぼくらは手さぐりで組織をつくりあげているんだ——それはロンドンにいるＳＯＥの職員も同じだろう。自分の経験と勘をたよりに決断したり処理したりするしかない」そこでしばらく口を閉じた。「もちろん、べつの説も考えられる」

わたしたちは外にいて、マダム・Ｐの家庭菜園の近くで話をしていた。菜園では秋のトマトやカボチャ、ピーマンなどが実っていた。頭上では星が輝いていた。すべてがのんびりとしていて静かだったけれど、モーリスの言葉を聞いて身体に震えが走った。

わたしは声を低くした。「考えられる説って、まさかこういうのじゃないわよね？　ロンドンにいる誰かが、安全確保のためのコードネームがないことをわざと無視している。その誰かは、降下してきた諜報員の逮捕に加担している。つまり、ロンドンに裏切り者がいる」

「さあ、どうかな。ジュ・ヌ・セ・パ。ぼくにはわからない。いずれにしろ、いまはまだ」モーリスは小さく肩をすくめた。少しずつ弱々しくなる月明かりのもとで、彼のあごをおおう無精ひげが銀色の霜のように見えた。

モーリスが帰ったあとで、わたしはこのノートを取りだし、訓練中にとったメモを読みなおした。警戒をゆるめたり、警戒レベルをさげたりすることはできない。いつでも敵に監視されているのだから。

ナチスが〝マツ〟に入りこんだのなら、次のターゲットはわれわれの組織かもしれない。

数週間が過ぎた。いまは十一月で、なにか恐ろしいことが起きている。

先週のある朝、フィリップにメッセージを渡しに修理店へ行った。用心しているとはいえ、物資は必要だし、人手も足りない。わたしはモーリスの命を受けて、その日の晩に予定されていた諜報員一名と爆発物の投下に向けて、ロンドンに〝危険なし〟のメッセージを送るよう頼みにいった。フィリップが送信する無線のメッセージが、投下を決行すべしとロンドンに知らせてくれるはずだった。

満月の夜。飛行機はイギリスを無事に飛び立つだろう。自分のときと同じように、とわたしは考えていた。真夜中を過ぎたころに野原で諜報員と落ちあい、準備がととのっている安全な農家へその人物を連れていく手はずになっていた。

ところが、メッセージの送信を頼みに自転車でフィリップのところまで行ってみると、彼は修理店にいなかった。

「フィリップは病欠ですか？」わたしは店主のジャックに訊いた。

ジャックは肩をすくめた。「お嬢さん、わたしはね、この四日間、フィリップとは会っていないんですよ」

ジャックはやせた年配の男性で、じっと見つめてくる目にはなんの感情もあらわれていなかった。寒気が全身に走った。この人はフィリップの正体を見破った内通者なのだろうか。

ロンドンのSOEが投下を決行するかどうか、わたしには知りようがなかったが、自分が現場に到着した夜に感じた不安と孤独を思いだし、いまやるべきことを悟った。わたしは野原へ行くと決めた。諜報員が投下された場合は、安全だとわかるまで隠れていよう。

その日は用心に用心を重ねた。村近くの人気のない生垣の陰に隠れて午後のほとんどを過ごした。夕暮れどきになり、野原を横切って投下予定の場所へ向かった。寒くて吐く息が白くなった。低木が密生した場所を見つけ、自転車を隠して姿勢を低くした。少しでも暖かくするために腕をたたきながら待った。

やがて真夜中になり、飛行機の音が聞こえてきた。月明かりに照らされた空にパラシュートがひとつ、ゆらゆらと揺れながら下降してきて、おそらく爆発物がたっぷりつまった大きなバッグもいくつか落とされた。

あたりはしーんと静まりかえっていた。わたしは待った。いまだ、とばかりに野原を横切ろうとしたところで、ブルブルと鳴る車のエンジン音が聞こえてきた。身を隠した場所から次に起きたできごとを目撃した。道に車がとまった。ふたつの人影があらわれた。人影が銃をかまえながら野原を横切り、諜報員に向かって叫んだ。少ししてから、ふたたび車のエンジンがかかった。車のなかに三つの人影が見えた。

わたしはもう一時間、震えながら待った。それから闇のなかを自転車で帰っていった。


数日後、わたしはもう一度修理店へ行き、窓からなかをのぞいた。フィリップはいなかった。もう疑いの余地はない。フィリップはナチスの手に落ちたのだ。

ロンドンがミスをして、われわれの組織を危険にさらしたのかもしれない。いや、べつのなにかが起きているのかもしれない。モーリスはあきらかに言葉にするのを恐れていた。いずれにしろ、ロンドンのオフィス内に裏切り者——二重スパイ——がいる可能性は捨てきれない。

そう考えただけで、とてつもない恐怖に襲われた。この状況がつづいたら、何人もの罪もない諜報員が死ぬはめになるだろう。フランス上陸が間近に迫るいま、裏切り者、もしくは二重スパイの存在によって、作戦の日程と上陸地がナチスに知られてしまう可能性だってある。

今週はずっと農家にこもっている。モーリスからの連絡を待ちつつ、彼も逮捕されたのかと不安に駆られている。モーリスが逮捕されたのなら、次はわたしだ。

そして今夜、日が暮れる少しまえに、疲れきった表情のモーリスがあらわれた。外は寒かったが、果樹園まで行って話をした。へこんだり傷がついたりしたリンゴが木の下に落ちていた。少しばかり虫に食われていても食べられそうなリンゴをふたつ、枝からもいだあと、ふたりで大きな石に腰かけて、話しはじめた。

モーリスがリンゴをひと口かじった。すぐに顔をしかめてリンゴを見つめた。「この虫に食われたリンゴみたいな心境だよ。傷んでいるくせにまだ落っこちない」

「いままでどこへ行っていたの？」わたしは小声で訊いた。「ずいぶん心配した……」

「悪かったね。どうしようもなかったんだよ、マリー」モーリスがわたしを偽名で呼んだ。

「フィリップは見つかった？」

モーリスはうなずいた。「ナチスにつかまっている。どこかの捕虜収容所に送られているところだと思う。この数日間は村のドイツ軍の駐屯地に押しこめられていた」

「それで、なんとかフィリップと話ができたの？」

モーリスはうなずいた。「フィリップを独房から出すことはできなかったけれど、こっそり庭まで入りこめて、独房の窓ごしに話をすることはできた」

「で、なにがわかった？」

「あまりいい知らせじゃない。じつはフィリップはフランス語のほかにドイツ語も話せるんだ。ドイツ兵たちにはやつらの会話がわかることを隠していたので、多くのことを盗み聞きできた。フィリップの話では、ナチスはスパイゲームに夢中らしい。いちばんの不安が的中した。やつらはSOEのロンドン事務所にいる、かなり高い地位の人間と接触しているそうだ」

「二重スパイ」わたしはささやくように言った。「裏切り者」

「そう。ここ最近、ドイツ兵たちは無線でどんどんメッセージを送っている。わたしからのメッセージと偽って。フィリップときみが敵側に寝返ったという内容の」

「寝返った？　わたしとフィリップがドイツ軍のために働いているってこと？　いったいなんでそんなことを？」

「裏切り者が自分の身を守りたいからだろう。ロンドンの事務所内で疑いの目を向けられるわけにはいかないからね。おそらくその人物はかなり高い地位にいるはずだ。無線通信士が無能で、安全の確保にも手抜（てぬ）かりがある、と高い地位の人間が言えば、みんな信じてしまうにちがいない。

　そういう状況だから、きみかフィリップが万が一ロンドンにもどれたとしても、きみらはナチスのために働いていると疑われるだろう。危険人物とみなされ、戦争が終わるまで監獄（かんごく）に入れられる——ナチスの手先だと疑われている人間を自由にしておけないから」

「つまり、すべて、ロンドンにいる裏切り者が立てた巧妙（こうみょう）な計画ってわけね」とわたしは言った。「レジスタンスを弱体化させるための陰謀（いんぼう）」

　モーリスはうなずいた。「けっこう長いあいだ、その人物は正体がばれずにすんでいるようだな。どういう手を使っているかは知らないが。今回と似たような話をまえに聞いたことがある。二名の諜報員が命からがらロンドンにもどったものの、ナチスの協力者だと疑われ、ロンドンのブリクストン刑務所（けいむしょ）に入れられたらしい」

　わたしは頭の上に大きな重りが落ちてきたような衝撃（しょうげき）を受けた。「なんてこと！　ナチスに協力している裏切り者がロンドンにいて、レジスタンスを弱体化させている。そいつのせいで罪もない諜報員たちが次々とナチスの手に落ちている」

「ああ、巧妙なシステムだ。いまこのときも、ドイツ軍は好き勝手に偽情報を送っているにちがいない。システムの要（かなめ）はロンドンにいる人物だ。ナチスが情報を入手し、爆発物や諜報員を手中におさめられるのも、そいつのおかげ……」モーリスがだまりこんだ。

「放っておくと、フランス上陸の時期や、上陸地についての情報が敵の手に渡る危険性まで出てくる」わたしは小声で言った。「わたしたちはどうすればいい？」

「〝プラタナス〟の活動は中止せざるをえない。危険すぎて、動くに動けない。少なくとも当面のあいだは」とモーリスが言った。「明日の朝、ぼくはパリに向かう」

「わたしも行ったほうがいい？」

モーリスは首を振った。「いや、べつの考えがある。それは……とても危険なんだ、マリー。うまくいくかもわからない」

モーリスは口ごもったけれど、わたしはすでに自分のやるべきことがわかっていた。「わたしがロンドンにもどって、裏切り行為(こうい)をとめる。そうしないともっと多くの諜報員が死ぬことになる。フランス上陸だって、詳細(しょうさい)な情報がドイツ側にもれれば成功がおぼつかなくなる」わたしはモーリスの目をまっすぐに見つめた。「問題は、方法。どうやって裏切り者を見つければいい？　残念だけど無理な気がする」

その日はじめて、モーリスが笑顔(えがお)を見せた。「きみが思っているほど無理ではないかもしれない。フィリップはある情報を耳にした。すごく役立ちそうな情報を。裏切り者のコードネームだ。それで、ちょうどいま思いついた。どうやって彼を――もしくは彼女を――罠(わな)にかけるかを」

モーリスはわたしの耳もとで裏切り者のコードネームを告げた。そのあとでわたしたちは計画を立てた。

パート4

真　　実

不可能なものを除外して残ったものが、たとえありえないと思われても、それこそが真実なんだ。

——シャーロック・ホームズ・シリーズ『四人の署名』より

23

ドイツ軍を追いだすには、イギリスで事務仕事をするよりも、フランスへ渡ったほうがもっとずっと役に立てると思ったの。それで、〈相互勤務調査局〉に応募書類を提出した。

——SOE諜報員、パール・ウィザーリントン・コーニオリー

「これでおしまい」エレノアがつぶやくように言った。「十一月はここで終わっている」

「ぼくらはどうしても最後の記録を解読しなくちゃならない」とデイヴィッド。「彼女の計画がくわしく書かれているはずだから」

ぼくはうなずいて、ヴィオレットのノートをつかんだ。「ヴィオレットがまえと同じ暗号を使っていたら解読も簡単なはずだ。それに最後の記録はとても短いし。一ページもない。十二月はフランス語でなんていうんだい、エレノア」

「décembre」

「アルファベットで八文字。十二番目の月だからここに12を加えると、ずらす数は20になる」ぼくは暗号円盤を手に取ってまわした。「暗号アルファベットは〝U〟ではじまる」

エレノアとデイヴィッドが、ぼくの背後からヴィオレットの最後の記録をのぞきこむ。目の前には冒頭のアルファベットの羅列。

b y d t b n o p u o f g n q q n l f b y o t b t d p f n t a n d q b y
d n q w f l m o d v l t d e n s t p h n n d n x j f p n i q s o p o p b y l n j f l q

アルファベットを20ずらし、いくつかの文字を変換させる。最初の四文字は〝H、E、J、Z〟。ぼくは首を振った。「この方法じゃ、だめだ」

「日記のなかでは十二月のできごとかもしれないけれど、一月になるまで記録をつけられなかったとか」とデイヴィッド。

「そうかもね。一月はフランス語では〝janvier〟だよ、バーティ」とエレノア。「七文字と、一月は一年の最初の月だから、ずらす数は7プラス1」

8個ずらすと、暗号アルファベットの先頭は〝I〟になった。一分後、ぼくは首を振った。「これもだめだ」

ぼくらは数を考えついては、暗号円盤をずらして解読してみた。ヴィオレットの姓はロミ（Romy）でアルファベット四文字だから、暗号円盤を4だけずらしてみる。ロンドン（London）の〝L〟を暗号アルファベットの先頭にあわせてみる。今年は一九四四年だから、1と9と4と4を足して18ぶん、ずらしてみる。

何度も何度も、暗号円盤をずらす。

「だめだ。これもだめ！」ぼくは大声を出した。「でも、なんとかして解読しなきゃならない。この記録には裏切り者のコードネームが書かれているはずなんだ。ヴィオレットが仕掛けた罠についても」

〝明日の夕方のために仕掛けられた罠〟とぼくは思いかえした。

「ヴィオレットが所属している組織について少しでもわかればいいんだけど。うちの父がつとめているのは戦略情報局で、それとはちがうところだと思う。ヴィオレットはなんと呼んでいたっけ……えーっと、そうそう、ＳＯＥ」エレノアは解読ずみのページにざっと目を通した。「はじめのほうでベイカー・ストリートがどうのこうのと書いてあったと思うけど、ＳＯＥがある正確な場所はわからない」

「えーっと、その……わかると思うよ」とぼく。

「えっ？」エレノアとデイヴィッドが同時に言う。

「ＳＯＥ、つまり特殊作戦執行部はベイカー・ストリート六四番地の建物のなかに入っている。表に張られた組織名はちがう名前になっているけど。たしか相互勤務調査局」

「それってベイカー・ストリート二二一Ｂ番地のすぐ近くだ」デイヴィッドがそう言ってからエレノアのほうを向く。「これは実際にはない住所なんだ。小説のなかでのシャーロック・ホームズの家があるところ」

「そう。訓練の最初のほうで、ヴィオレットはＳＯＥの諜報員がベイカー街遊撃隊というニックネームで呼ばれていることを知った。ベイカー街遊撃隊っていうのは、シャーロック・ホームズが情報を集めるために使っていた子どもたちのこと」

「ちょっと待って、バーティ」とエレノア。「なんだか納得できない。土曜日の午後、わたしはバーティのあとをつけていった。バーティはベイカー・ストリートにある建物まで行った。でもヴィオレットはベイカー・ストリートの正確な住所まではノートに書いていない。なのに……どうしてバーティはそこにたどりつけたの？」

「えっと、それは、まあ、こういうことなんだ。きみはぼくを追っていた。ぼくのほうは、あのときほかの人物のあとをつけていたんだ。おそらくその人物はあそこで働いている」とぼくは答えた。「彼の名前や、なにをしている人なのかはわからない。ぼくは彼のことをQ——獲物（quarry）の略——って呼んでる」

「で、バーティ、きみはどうして彼を追ってたの？」とデイヴィッド。

「空襲があった夜に、ぼくはその男を見たんだ。彼はエレノア、きみが走っていったのと同じ方向へ行った。もしかしたら……きみとヴィオレットのあとを追っていたのかもしれない。でも、たしかなことはわからない」

「えーっ？　いまになってそれを言うわけ？」エレノアは大声を出し、こぶしをテーブルにたたきつけた。「もう、バーティ、信じられない。わたしたちはチームだと思ってたのに」

「チ……チームだよ、ぼくらは。きみに言おう、言おうと思ってたんだけど……いくら考えても、男がこの謎のどこにはまるのかがわからなかった。いまもわからないけど。ぼくはきみをこわがらせたくなかったんだ」

「わたしをこわがらせる？　どうせバーティはこの謎をぜんぶ自分ひとりで解きたかっただけなんでしょ」エレノアはナップザックのなかに紙をしまいはじめた。「ずっと秘密にしていたなんて、ほんと、信じられない」

エレノアが立ちあがりかけたところで、ぼくは片手をあげた。「行かないで、エレノア。ほんとうに、ごめん」

するととつぜんエレノアが腰をおろした。大きくひとつ息を吐き、ささやき声で話しはじめる。

「言わなきゃならないことがある。わたしもずっと秘密にしていたことがあるの。バーティ、わたし、あなたにこう言ったよね。ヴィオレットが一週間くらいノートをあずかってくれって頼んできて、あとから連絡する、みたいなことを言ってたって」

　ぼくはうなずいた。

「ほんとはあのときもう少しだけ話す時間があって、ヴィオレットはこうも言った。金曜日までに連絡がなかったら、父のところにノートを持っていって、父が知るかぎりいちばん地位の高い、フランス上陸作戦の責任者のアメリカ人にノートを渡すよう頼めって」そこで間をおく。「ヴィオレットはノートには真実が書かれているって言ってた。計画がうまくいかなかったら、〝真実〟を信じてくれる人のところへ行け、ってことだよね」

〝計画がうまくいかなかったら〟

　デイヴィッドが低く口笛を鳴らした。「それならなおさら、すぐにでも最後のパートを解読しなきゃね。記録のなかに、Ｑこそがドイツ軍に諜報員を引き渡している裏切り者だという証拠があるかもしれない」

「裏切り者はほかの人物かもしれない」とぼく。

　エレノアとデイヴィッドが目を丸くしてぼくを見た。

「いや、べつにたしかな考えがあるってわけじゃない」急いで付け加える。「言いたいのは、まだすべての事実が見えていないってこと。解読すれば、ヴィオレットがどんなふうに裏切り者を罠にかけようとしているか、わかるかもしれない」

「でも、わたしたちで解読できる？」とエレノア。「今日は水曜日で、ヴィオレットは木曜日、つまり明日の夕方に向けて罠を仕掛けたって言ってた」

　ぼくらはいっせいにだまりこんだ。ぼくの頭のなかではいくつもの問いがうずを巻いていた。ヴィオレットは隠れているんだろうか。罠がどんなものかはわからないが、本人はやりとげられると考えているのか。そもそも、彼女は生きている？
まえに思いついた、ジミーとジョージがあやしいとかいう、妄想めいた考えを口にするのはやめておいた。なんの証拠もなくふたりを疑っているにすぎない。ふと、べつの考えがぱっと頭に浮かんだ。もしジミーがヴィオレットのボーイフレンドだとしたら、ヴィオレットがいなくなったのはジミーが原因で、秘密諜報員としての仕事とはなんの関係もないのかもしれない。

　頭を振っておかしな考えを追いやる。脱線しすぎだ。いまはヴィオレットの残りの記録を解読することに集中しなければ。

　エレノアがくちびるを噛んだ。目がうるんでいるけれど、涙はこぼれ落ちてこない。「もう時間がない！　なのに、どうすればいいかわからない」

　デイヴィッドが静かに話しはじめた。「人ってね、ときには不可能に挑戦することもあるんだ。覚えているかな、バーティ、ターナー先生が教えてくれたよね、デンマークの人たちがユダヤ人を助けてくれたって話を。ほら、ぼくを見て、列車でイギリスに到着したほかの子たちも。何千人ものユダヤ人の子どもがここにやってきて、いま生きている。絶対に無理だと思われたことを、ひと握りの人たちがやってくれたおかげで」

　デイヴィッドは間をおいて、ふーっと息を吐いた。「エレノア、ぼくが言いたいのはあきらめちゃだめだってこと。いまはまだ。日が暮れるまでもう少し時間がある。ぼくら、専門家の助けを借りなきゃならないようだね。さあ、レオ・マークスを見つけにいこう。彼のお父さんの書店へ。暗号についてレオが知っていることをぜんぶ教えてもらわなきゃ。ほらほら、ぐずぐずしている暇はないよ」そう言いながら、ナップザックのなかに紙をつめこんでいく。「シャーロック・ホームズはこう言ってワトスンに発破をかけるんだ。〝さあ、ワトスン、早く！　獲物が飛びだしたぞ。なにも訊(き)くな！　さっさと服を着て、出かけるぞ！〟ってね」
「よし、出かけましょう」エレノアが勢いよく立ちあがった。
「きみもだよ、リトル・ルー！」とぼくは言った。

スパイへの道　その3

アトバシュ暗号

問題：次の暗号文を解いてみよう

blfix levir hgsvo ruvds rxsbl flfgd
ziwob ovzwr mliwv iglxl mxvzo gsviv
zokfi klhvl ublfi kivhv mxvzm wgsvv
ckozm zgrlm dsrxs blftr evlub
lfikz hgzmw kivhv mghlv nzmfz o

アトバシュ暗号は、もともとはヘブライ語のアルファベットを暗号化するためにつくられたもの。その名前はヘブライ語のアルファベットに由来するが、どんなアルファベットにも使える。

この暗号はアルファベットの順序を逆さ(さか)まにすることで機能する。〝A〟は〝Z〟になり、〝B〟は〝Y〟になるという具合で、以降も同様。鍵(キー)や手がかりとなるものはないので、暗号を解くのがとても簡単だ。そういうわけで、このメッセージを解読するのにヒントは必要ない。しかし、ほかの〝スパイへの道〟のメッセージよりも長い。それからもうひとつ、文字グループごとにスペース

通常	A	B	C	D	E	F	G	H	I	J	K	L	M	N	O	P	Q	R	S	T	U	V	W	X	Y	Z
暗号	Z	Y	X	W	V	U	T	S	R	Q	P	O	N	M	L	K	J	I	H	G	F	E	D	C	B	A

が挿入(そうにゅう)されているけれど、解読したあとの実際の単語と単語の区切りをあらわすものではない。

24

世の中はあきらかなことであふれている。たまたま誰(だれ)もが見すごしているだけで。
——シャーロック・ホームズ・シリーズ
『バスカヴィル家の犬』より

デイヴィッドによると、シャーロック・ホームズがワトスンに発破(はっぱ)をかけてから十分後にはもう、ふたりはガタガタと走る辻(つじ)馬車に乗ってチャリング・クロス駅へ向かっていたという。ぼくらはというと、二十分後に、シャフツベリー・アヴェニューとチャリング・クロス・ロードの交差点にあるパレス劇場の前に立っていた。

デイヴィッドが指をさして言う。「ほら、あそこ。チャリング・クロス・ロード八四番地。ミスター・マークスとマーク・コーエンという人が共同で経営している書店。めったに出まわらない古書を専門にあつかっているんだ」

「パーティとわたしは暗号解読の参考になりそうな本を探すから、そのあいだにデイヴィッドはミスター・マークスと話をして」とエレノア。

かびくさい店内は古い本があふれ、背の高い木製の書棚(しょだな)に書籍(しょせき)がぎっしりと並べられている。エレノアが書店員に暗号解読術の本はどのあたりにあるか尋(たず)ねると、店員は二階につづく裏階段の近くにあると教えてくれた。

「これ、おもしろそう」エレノアが床にすわりこんで、本にざっと目を通す。その横にLRがちょこんと腰をおろし、おいしいものでも探しているのか、エレノアのナップザックにくんくんと鼻をこすりつけている。

「へー、ここを見て。ぜんぶサー・コナン・ドイルの本だよ」ぼくは棚に並んだ本の題名を目で追いながら言った。「ずいぶんと古い本もある」

「よそ見しないの、バーティ」とエレノア。「一冊買いたいなんて言わないでよ。たぶんそれみんな初版本だと思う。最初に出版されたときのオリジナル版ってこと」

ぼくはエレノアを見て顔をしかめた。「それくらい知ってるよ」本音では、場ちがいなところにいると思っていた。

デイヴィッドはというと、ミスター・マークスと話ができるかどうか、尋ねている最中だった。

「いまは手が離せないと思うけれど」店員が答える声が聞こえてくる。「彼のオフィスは二階にあるんだ。時間をとれるかどうか訊いてみるよ」

「わたしになにかご用かな」ふいにべつの声が聞こえてきた。「どうかしたかい、フランクくん」

「あなたに会いたいという子が来ていて」

「こんにちは、ミスター・マークス。ぼくのことを覚えていらっしゃるかわかりませんが。ぼくはデイヴィッド・グッドマンといいます。ローゼンさんが里親になってくれています」とデイヴィッドが言う。

髪がうすくなりつつある中年の紳士とデイヴィッドが話をしているのを書棚の陰からのぞきみる。

「以前、息子さんのレオについてうかがったことがあります。レオがエドガー・アラン・ポオの小説を読んで暗号に興味を持ったという話を。じつはいま、学校の宿題で、その……探偵小説に出てくる暗号に関する作文を書かなくちゃならなくて。レオにいくつか質問したいことがあるんです」

そのとき階段をおりてくる足音が聞こえた。べつの誰かが声をかけてくる。「やあ。ぼくがレオ・マークスだけど。なにかご用かな」

最初、その人物の顔は見えなかった。でも少しずつ彼が視界に入ってきた。ぼくは書棚をつかんで息を呑んだ。

まちがいない。ほんとうに、ぜんぜん。

ＬＲを抱いたエレノアがすぐ後ろに来た。ささやき声で訊いてくる。「どうしたの、バーティ。なにかあった？」

「彼だ」ぼくはうめくように言った。

「彼って誰？」

「Ｑ。レオ・マークスがＱだ」

25

各訓練生には個々にコードネームが与えられ、メッセージ作成の際にコードネームを明記することで、まちがいなく本人が書いたものであることが保証され、情報の安全が確保される。

——SOEマニュアル

「それで、どうする？」エレノアが小声で訊いてくる。

「いまはなにもしない。もう少し会話を聞いてみよう。Qとデイヴィッドがどこかへ移動してくれれば、ぼくらもこっそり店の外へ出られるかもしれない」と小声で返す。「LRが鳴いたりほえたりしないようにして。ここにLRがいることをQに気づかれちゃまずい」

〝それに、ぼくらがいることも〟とぼくは思った。

父親のほうのミスター・マークスがふたりから離れていくのが、隠れている場所から見えた。デイヴィッドはレオにいかにもありそうな話をしている——少なくとも、ぼくはありそうだと思う。

「作文にはいろいろな種類の暗号について書いてみたいんです」とデイヴィッドが話す。「調べたのはシーザー暗号と、アルファベットの順番を逆さまにする暗号です。えーっと、なんていう暗号だったかなあ」

「アトバシュ暗号だな」とレオが答える。「その名前はヘブライ語のアルファベットに由来している」

「ああ、そうでした。思いだしました。〝アトバシュ〟という名前はヘブライ語のアルファベットの〝アレフ‐タヴ‐ベート‐スィン〟からきているんでしたね」とデイヴィッドが言う。「〝アレフ〟はヘブライ語のアルファベットの先頭にくる文字で、暗号化された場合、これが最後の文字〝タヴ〟に該当する。二番目の〝ベート〟は最後から二番目の〝スィン〟に該当する。つまりは〝A‐Z‐B‐Y〟という意味になります。これをヘブライ語で読むと〝アトバシュ〟になる」

「そのとおり。もともとはヘブライ語の暗号に使われていたけれど、同じように英語のアルファベットに使うこともできる。それほど解読が難しい暗号ではないけどね」

「ほかの種類の暗号についても訊きたかったんです」とデイヴィッド。ぼくは笑みを浮かべた。デイヴィッドはこういうことがほんとうにうまい。感心しているうちにうっかり頭を突きだしてしまったので、すぐに引っこめる。

「外に出たほうがいい」エレノアが耳もとでささやく。

「もう少し」ぼくはもごもごと返す。「あとちょっと話を聞こう」

「換字式暗号でも文字を使わないものもある」レオが話をつづける。「シャーロック・ホームズの「踊る人形」を読んだことがあるならわかると思うけれど、ホームズは文字のかわりに棒人間が使われた暗号を解読している」

「あの話ならぼくも読みました！　ホームズはアルファベットのどの文字がいちばん多く使われているかを分析し、同時にあまり使われていないと思われる文字を消去していって、暗号を解読したんですよね？」

「読書家だね、きみは」とレオ。「まず、もっとも使用頻度の高そうなアルファベット二文字と三文字の言葉を見つけだし、暗号のパターンを見つける。英語でもっとも使われる三文字の言葉は、ｔｈｅ、ａｎｄ、ｆｏｒ、ｗａｓ、といったものだ。二文字のほうはｏｆ、ｔｏ、ｉｎ、ｉｓ、ｉｔ、といったところ」

「その方式の暗号は解くには時間がかかりそうですね」とデイヴィッド。ヴィオレットの最後のメッセージを頭に浮かべているにちがいない。ぼくらに残された時間は刻々とへっている。

「練習すれば解くのも簡単になるよ」とレオ。「それから、もうひとつ、キーワードを使ってアルファベットを変換させる暗号もある」

「キーワードを使ってアルファベットを変換させる、ですか」デイヴィッドがくりかえす。「どんなふうに？」

「キーワードやキーフレーズが文字どおり暗号を解く〝鍵〟になる。キーワードもしくはキーフレーズがわかったら、暗号アルファベットの頭から書きだしてみる。たとえば〝デイヴィッド（ＤＡＶＩＤ）〟がキーワードだとすると、〝Ｄ〟が暗号アルファベットの先頭にきて、通常のアルファベットの〝Ａ〟にあてはまり、〝Ａ〟が〝Ｂ〟、〝Ｖ〟が〝Ｃ〟、〝Ｉ〟が〝Ｄ〟、〝Ｄ〟が〝Ｅ〟という具合になる。〝ＤＡＶＩＤ〟のあとは順番どおりにアルファベットを並べていくが、すでに使った五つのアルファベットは抜かしていく。実際に書きだしてみたほうがわかりやすいだろう。奥の机のところまで行って、具体的にやってみよう」

　まずい、このままでは見つかる。書棚の向こう側をふたりが通りすぎるときに、ぼくは思わず息をとめた。「いまだ、エレノア」

　ふたりで外に出て、角を曲がったところでデイヴィッドを待った。数分してデイヴィッドが出てきた。「どうして店を出たの？　きみらを探したんだよ。ふたりをレオに紹介しようと思って。レオの暗号の知識はすごいよ！　次はキーワードを使った暗号をためしてみようと思うんだ」

「ほら、バーティ。デイヴィッドに教えてあげて」エレノアがせかしてくる。

「教えるって、なにを？」

「いいかい、デイヴィッド。ぼくらが消えたのにはわけがある。レオ・マークスがQなんだ」

「えっ？」デイヴィッドが驚く。「どういうこと？」

「ほらほら」エレノアがデイヴィッドのそでを引っぱった。「歩きながらバーティが説明するから」

「たぶんレオ・マークスとヴィオレットは同じ組織で働いているんだと思う。その組織っていうのは、特殊作戦執行部。ベイカー・ストリート六四番地の相互勤務調査局にオフィスがある」ほかの歩行者がLRの引き綱に足をとられないよう彼らを避けながら、三人で並んで歩く。「レオ・マークスこそ、ヴィオレットが書いていた暗号作成の指導員にちがいない」

「レオ・マークスが裏切り者、つまり二重スパイだという可能性はあると思う？」エレノアが訊いてくる。

デイヴィッドは〝それはない〟という顔をしている。「レオはぼくと同じユダヤ人だ。彼がナチスに手を貸すなんてありえない」

「そっか。それじゃあ、ロンドンにもどってきたときに、どうしてヴィオレットはまっすぐにレオのところへ行かなかったのかな」とエレノア。「なぜわたしにノートをあずけることにしたの？」

「うーん、シャーロック・ホームズふうにじっくり考察すれば、なにかが見えてくるんじゃないかな」デイヴィッドがつぶやくように言う。「まずひとつ、レオはヴィオレットとほぼ同じ年齢、二十代前半だ。組織のなかで高い地位についているとは思えない。ヴィオレットだって、レオが組織のなかでたいしたことはできないとわかっていただろう。ほら、モーリスも裏切り者は高い地位にいる者だと思うって、ヴィオレットに言っていたよね」

エレノアが〝さすが〟という表情を浮かべる。「いい点を突いてる」

ぼくも口を開く。「こういうのはどうかな。ヴィオレットがレオを信じたいと思ったとしても、彼女には確信がなかった。フランスでの体験から、ＳＯＥの人間を誰ひとり信じられなくなっていたから。レオのことを裏切り者の協力者か、裏切り者に使われている人間だと思っていたかもしれない。なによりもヴィオレットはノートを安全に保管したがっていたわけだし。でも……」

「つづけて」と今度はデイヴィッドがせかしてくる。

「でも、金曜日の午後、レオは偶然にしろなんにしろ、ヴィオレットを見かけてしまった。それから彼女のあとをつけた――きみのあともね、エレノア」

「エレノア、ヴィオレットはどこで会おうと言ってきたの？」とデイヴィッドが訊く。

「えーっと、ヴィオレットとはポートマン・スクエアで待ちあわせて、リージェント・ストリートのほうへ行った」とエレノアが答える。「ポートマン・スクエアはベイカー・ストリートからそれほど遠くない」

「もしかして……」ぼくは考えをまとめようとした。シャーロック・ホームズみたいに魔法のように正しい答えを出せればいいのにと思いながら。「ヴィオレットはきみと会うまえにベイカー・ストリートに行ったんじゃないかな。彼女は長いあいだフランスにいたわけで、ＳＯＥのオフィスがまだ同じ場所にあるかどうかたしかめたかったのかもしれない」しゃべっているうちに引き綱に足がからまって、もう少しでＬＲの上に倒れこみそうになった。「ごめんね、お嬢さん」

「引き綱をこっちにちょうだい。そうすれば歩くのとしゃべるのを同時にできるでしょ」エレノアがからかうように言う。

ぼくは顔をしかめながらも、そのましゃべりつづけた。「そうだ、そうそう。レオ・マークスのあとを追ってベイカー・ストリートに行ったとき、彼が窓の外を見ているのが見えた。ぼくがいたのと同じ場所からヴィオレットが建物を見ていたとしたら？　たぶんレオはヴィオレットに気づいただろう。そのとき彼は――」

「びっくりした」とデイヴィッドがかわりに言った。「だってヴィオレットはフランスにいるはずだったから」

ぼくはうなずいた。「レオはヴィオレットのあとを追い、ヴィオレットがエレノア、きみといっしょにいるところを見た。きみとふたりでリージェント・ストリートを歩きながらも、ヴィオレットはあとをつけられていることに気づいていたのかもしれない。それから空襲がはじまって、身を隠すためにミル・ストリートへ逃げこんだとも考えられる」

「それか、レオ・マークスはヴィオレットを見つけて、直接話をしたのかもしれない」エレノアの口から言葉がこぼれでる。「ヴィオレットはノートのことを彼に話した。でもどこかになくしたと言ったら、レオになぐられて倒れた、とか。バーティ、あなた、ヴィオレットのポケットが裏返しになっているのを見なかった？　ほら、誰かにポケットのなかをさぐられたみたいに」

ぼくは記憶をたどってみた。「見てないと思うけど、その仮説はありかもね。レオはマドックス・ストリートをきみと同じ方向へ走っていった。で、翌日、ぼくはグロヴナー・スクエアでレオを見た。つまり彼はエレノア、きみを追っていたのかもしれない」

デイヴィッドが首を振る。「ぼくは……ぼくはレオ・マークスが二重スパイだとは思えない。だって、考えてもみて。彼は本に囲まれて育ったんだよ。シャーロック・ホームズを読んで！」

それを聞き、エレノアはふっと笑って、ため息をついた。「なんだか堂々巡りをしてるみたい。

結局のところ、わたしたちは最後のメッセージを解読して、ヴィオレットが仕掛けた罠がどんなものか突きとめなきゃならない」

「暗号について、レオはほかになんて言ってた？」ぼくはデイヴィッドに訊いた。

「べつの暗号もあるって言ってた。キーワードで解読する暗号」

「なんだかややこしそうだな」とぼく。

「おもしろそうな暗号だよ。暗号アルファベットの先頭に言葉かフレーズを書きだす。そのあとから、もう使ってしまったのは抜かして、アルファベットを順番に並べていく」とデイヴィッド。

ぼくとエレノアの〝さっぱりわからない〟という顔に気づいて、デイヴィッドは付け加えた。

「たとえば、キーワードが〝ブリッツ（BLITZ）〟だとする。で、暗号アルファベットの先頭にこの五文字を置く。つまり〝B〟が通常のアルファベットの〝A〟になり、〝L〟が〝B〟、〝I〟が〝C〟、〝T〟が〝D〟、〝Z〟が〝E〟になる。それ以降は〝A〟からはじまるアルファベットを順に並べていくんだけど、キーワードで一度使ったアルファベットは抜かす。そうすると、〝A〟が〝F〟のところにあてはまる。ただし〝B〟はキーワードで使っているから〝B〟は抜かす。暗号アルファベットの〝C〟は通常の〝G〟にあてはまる。こんな具合につづけていく。忘れちゃいけないのは、同じアルファベットは一度きりしか並べられないってこと。仮にキーワードのなかに同じアルファベットが使われているとしたら、たとえば〝E〟を二度ふくむ言葉みたいにね、そういうときは二度目の〝E〟をはぶくわけ」

「わかったような気がするけど、ほんとうに理解するためには書きだしたほうがいいと思う。明日の午後、やってみましょ」とエレノア。

ぼくら三人はたぶん同じことを考えていたと思う。明日は木曜日。時間は刻々と過ぎていく。

「真実に近づくたびに、新たな疑問が出てくるって感じだね」とデイヴィッド。

「えっと、ひとつ質問」とエレノア。「レオ・マークスがQだとわかったわけでしょ。だったら、ほんとうにヴィオレットのあとを追っていたかどうか、本人に直接訊いてみたら？　ヴィオレットが消えたことにレオが関係しているかどうかは、いまのところわからないけれど」

「いや――いまはまだやめておこう」ぼくは首を振った。「ヴィオレットの計画を台無しにしたくない。本人は隠れているけれど、罠はすでに仕掛けられているわけだし」

「隠れているわけじゃないとしたら……」デイヴィッドが口ごもる。

「そうだとしたら、罠がどんなものか突きとめて、ぼくらで成功させなきゃならない」

26

サイレンがやかましく鳴りはじめたかと思うと、すぐにドイツ軍の飛行機が頭上を飛ぶ音が聞こえてくる……機関銃(きかんじゅう)のうなりで身体(からだ)が震(ふる)えるのが感じられる。爆弾(ばくだん)があちこちで炸裂(さくれつ)し、投下された爆弾が建物を破壊(はかい)する音が聞こえてくる。それほど遠くない場所から。
——アーニー・パイル、ロンドン滞在(たいざい)のアメリカ人従軍記者

ベリック・ストリートの近くまで来て、デイヴィッドは家に帰ることにしたらしい。「明日また歴史のテストがあるよ、バーティ」わざわざ思いださせてくれる。

「ターナー先生はほかのどの先生よりも勉強しろ、勉強しろってうるさいんだ」ぼくはエレノアに言った。今日これからどれくらい歴史の教科書を読めるだろうか。ヴィオレットのノートをあずかっているし。イギリスへのローマ人の侵攻(しんこう)について読むよりも、暗号の解読方法について考えたいし。

「そうだね、ターナー先生は口うるさいけれど、ぼくは好きだよ」とデイヴィッドが言う。「独裁国家との戦争のなかで生きているのだから、われわれには特別な責任がある、って先生は言っている」

「責任って、どんな?」エレノアが訊(き)いてくる。

「過去から学ぶことで現在を理解し、未来を変えていく」デイヴィッドが答える。

エレノアがぼくらのほうに顔を向けた。「ヴィオレットも責任を感じていたんだと思う。だから命がけの決断を下した。わたしたちはヴィオレットをがっかりさせちゃいけない」そこで片手を突きだす。「輪になって手と手を重ねよう。力をあわせてなにかに挑戦するときみたいに」

ぼくはLRを抱きあげ、みんなで輪をつくって誓いを立てた。三本の手とふわふわした一本の前足で。

エレノアとヘイズ・ミューズまで歩き、そこで別れのあいさつをした。指揮所に行くまでまだ少し時間があるので、グロヴナー・スクエアのあたりをLRとぶらぶらした。歩きながらもぼくは考えごとをし、LRはなにかを見つけては、くんくんとにおいを嗅いでいる。誰かが捨てたわずかばかりのパンに飛びついたときには、小さな巻き毛の尻尾をぶんぶん振っていた。

今日は一日じゅう太陽が隠れていて、灰色の空が黒へと変わりつつある。どことなくうす気味悪い気がする。目をあげると、アイゼンハワーがいる指令本部の建物が見えた。灯火管制のカーテンでなかはうかがえない。でも内部ではみんな忙しく働いているのだろう。

「最高司令官のアイゼンハワーはあそこで働いているんだよ。きみのスコティッシュ・テリアの友だち、テレックが司令官のすぐそばにいるはずだ」ぼくはリトル・ルーに話しかけた。

ヴィオレットはいまどうしているんだろう。ぼくは考えずにはいられなかった。ホーク隊長はこう話していた。今度の上陸作戦は歴史上最大の軍事作戦で、初日には何千もの軍勢がフランスの海岸に上陸するだろうと。上陸がうまくいけば、それにつづいてさらに大勢の兵士、戦車、飛行機が猛攻撃をかけるはずだ。ヒトラーの軍隊を破るために——そして戦争を終わらせるために。

でも、作戦が計画どおりに進まなかったら？　連合国軍の兵士たちが海岸めざして小さな船から次々と降りるのをドイツ軍が待ちかまえていたら？　軍司令部のなかで上陸作戦はうまくいかないだろうと考えている人もいるかもしれない。

そのとき、またはじまった。サイレンが鳴りだし、うめきにも似た音が耳に飛びこんでくる。ＬＲは身体を震わせて遠ぼえをしはじめた。少しのあいだぼくは迷った。エレノアと彼女のおばあちゃんが無事かどうかたしかめに走るべきか。いいや、おばあちゃんの家にはモリソン・シェルターがあるとエレノアは言っていた。ふたりはだいじょうぶだ。

今日は学校へ行くまえに、忘れずにヘルメットをナップザックに入れておいた。ヘルメットをかぶってからブルック・ストリートを進み、指揮所へ向かう。自転車はなく徒歩だけれど、隊長たちが指揮所に壊れかけの古い自転車を保管している。いちばんたいせつなのは、指揮所にたどりつくことだ。

すでに高射砲が火を噴いている。ＬＲは小走りでついてきながら遠ぼえしつづけている。イギリスの国旗が玄関前で誇らしげにはためく〈クラリッジズ〉の赤レンガの前を急いで通りすぎる。せっかくのディナーが台無しになったと不満をもらす何組かのカップルを避けて通る。〈ハンフリー親方の時計店〉の前を通りかかり、歩調をゆるめてなかをのぞいた。動いているものはなにもない。ミスター・ハンフリーがモリソン・シェルターを設置してくれていればいいんだけど。杖をつきながらでは、公共の防空壕まで走っていくのはたいへんだろう。

マドックス・ストリートの指揮所へ向かう途中、右折してニュー・ボンド・ストリートに出ようとしたところで、背後でとつぜんなにかが光った。一歩踏みだす間もなく、ぼくは爆風で地面にたたきつけられた。肺から空気がぜんぶ吐きだされてしまったみたいに感じた。とっさに腕をのばしてＬＲを抱き寄せる。ＬＲは身をくねらせて爆風が吹いてくるほうへもどろうとした。

背後の一帯――時計店もふくまれる――が爆撃されたとすぐに気づいた。まるで怒っているみたいに笑う、もじゃもじゃの白髪のおじいさんがなかに取り残されているかもしれない。

「もどらなくちゃ、ＬＲ！」

爆撃の現場にもどってみると、まだ誰も到着していなかった。ミスター・ハンフリーは店の二階に住んでいるにちがいない。キッチンテーブルの下にモリソン・シェルターがあるかもしれないけれど、爆撃を受けたときに一階の店にいたとしたらたいへんだ。

近づくにつれて咳がとまらなくなった。レンガのほこりと煙が肺に入りこんでくる。玄関ドアはどこかに吹っ飛ばされている。なにもなくなった場所に立ち、叫ぶ。「ミスター・ハンフリー？ミスター・ハンフリー、そこにいるんですか？」

返事はない。ぼくはもう一度呼びかけた。

うめき声が聞こえてきた。リトル・ルーはクーンと鳴き、不安で小さな身体を震わせている。それでも声のほうへ進もうとする。「ＬＲ、ぼくを彼のところへ連れていって。ミスター・ハンフリー！　ぼくの声が聞こえますか？　どこにいますか？」

「こっちだ。奥の事務所にいる」

少なくともミスター・ハンフリーは意識がはっきりしている。ぼくは一歩踏みだした。あたりはほこりだらけで、まともに呼吸ができない。また咳きこむ。足の下でガラスがバリバリと割れる。店のすてきなショーウインドウは粉々になっていた。〝ミスター・ハンフリーはなにもかも失ってしまった〟とぼくは思った。彼は自分の店を心から誇りに思い、連合国軍のフランス上陸までは店を守ると心に決めていた。戦争が終わるまでは。

煙が充満した暗がりに少しだけ目が慣れてきた。ちょっとずつ奥へ進んではいるものの、店を突っ切って事務所へたどりつけるかわからない。救助隊が来るのを待ったほうが安全かもしれない。

「ミスター・ハンフリー」ぼくはふたたび呼びかけた。会話を絶やさないようにしたかった。「ぼくはバーティ・ブラッドショーといいます。民間防衛隊のボランティアです。あなたとは昨日、書店の前でお会いしました」

「覚えているよ」ミスター・ハンフリーが咳きこむ。あたりはほこりだらけだ。もう一度、彼の声が聞こえてきた。今度はさっきよりも力強い。「きみはわたしを助けにきてくれたんだね？」

「そうですが、がれきの下敷きになっている場合は、応援を呼びにいきます」

「だめだ！」ミスター・ハンフリーは声を張りあげた。パニックの気配が感じられる。「だめだよ。わたしを置き去りにしないでくれ、ぼうや、頼むから。きみとわたしで脱出できる。支えてくれる人がいるだけでいいんだ」

「わかりました」ぼくは落ちた梁や、山となったレンガや木材、粉々になったガラスを乗り越えていった。心臓をバクバクさせながら。

　ＬＲが引き綱を強く引っぱって、前へ前へと突きすすんでいく。「いいぞ、ＬＲ。ミスター・ハンフリーのところへ連れていってくれ」

　とつぜん、このまえと同様に気分が悪くなり、頭がくらくらしはじめた。どうしようもなく、前かがみになって胃のなかのものを吐く。

「無理だ。足が動かない」ぼくはつぶやいた。ＬＲがクーンと鳴いて、温かい鼻先を顔にこすりつけてきた。

「すぐそばまで来ているんだろう？」ミスター・ハンフリーの声はかすれて甲高くなっている。

〝ワン！〟とＬＲがほえた。〝わたしについてきて〟と言っているみたいに。ぼくは一歩足を踏みだした。いまや店じゅうがグルグルまわっている。手あたりしだいになにかをつかみ、倒れまいとする。けれどバランスを崩して激しくひざをつき、ガラスで手を切ってしまった。痛みはなにも感じなかったけれど。

顔を下に向ける。こんなときに気分が悪くなってたまるかと思うのに、気分は悪くなる一方で、身体が凍りついたみたいに動かない。

〝もう動けないよ、ウィル！　助けにきて。こわくてたまらない〟

でもどういうわけか、今回は以前とはちがい、身体が動きはじめた。

「来てくれてありがとう」こちらが手をさしのべると同時に、ミスター・ハンフリーはそう言った。腕をのばしてぼくの手をつかむ。「思いきり引っぱってくれ。杖はどこかへいってしまったが、わたしは歩ける」

ぼくは大きく息を吸いこんだ。「一、二の三！」

ミスター・ハンフリーがうなる。それでもすぐに立ちあがった。ふたりで玄関のほうへ向かう。破壊されたショーウインドウと割れたガラスを見て、彼がハッと息を呑むのが聞こえた。

「残念です」ぼくはささやくように言った。「店がこんなふうになって、ほんとうに残念でなりません、ミスター・ハンフリー」

ミスター・ハンフリーはまたうなった。彼の手がぼくの腕をつかんでいる。「わたしは死なんよ。まえに言ったことを覚えているかい、バーティ。フランス上陸は間近だ。それで潮目が変わる」祈りを唱えるようにくりかえす。「そう、上陸は間近だ。その日が来たとき、わたしはかならずロンドンにいる。なにがあろうとも」

それからいくらもたたないうちに、ぼくは肩に毛布をかけてもらって地面にすわりこみ、泣きだした。イタ隊長は大きな身体を縮めるようにして腰を落とし、肩に腕をまわした。ぼくは震えていたけれど、だんだん気持ちが落ちついてきた。ＬＲがひざの上で丸くなっている。

「どうして話してくれなかったんだい、バーティ」イタ隊長が静かに話しかけてくる。「もう過ぎたことだとは思うけれど」

ぼくは顔をあげてイタ隊長の茶色い瞳を見つめた。隊長はちょっとだけ笑っていた。「今日起きたことを訊いているんじゃないよ。ホーク隊長が話してくれたんだ、きみの家がブリッツのときに爆撃されたと。きみは家のなかにいたんだろう？」

リトル・ルーのやわらかい毛に顔をうずめる。まだ頭がくらくらするなか、ぼくはうなずいた。

「兄のウィルといっしょに。母さんはとなりの家の人を助けに外へ走っていきました。弟の面倒をみるようにって、兄のウィルを残していったんです。兄はふたつ年上です。ぼくは面倒をみてもらうなんていやだった。

ぼくらの家には裏庭があって、そこにアンダーソン・シェルターが設置されていた。家にほかに誰もいないときは、ウィルの言うとおりにしろと言われていました。避難の練習もしていました。その夜にサイレンが鳴りはじめたとき、ぼくは眠たくてなんだかイライラしていたんです。ベッドに入ったまま、起きあがりたくなかった。兄の言うことを聞こうともせず、急いで動きもしなかった。でもウィルはぼくのそばを離れようとしなかった。そのとき、家が爆撃されたんです」

人びとの話し声が背後から聞こえてきた。みんな爆撃の現場を見ようとして集まり、低い声でしゃべっている。ざわめきのなかでひときわ響くミスター・ハンフリーの声も聞こえてきた。「わたしは救急車には乗らんよ。店のまわりを板で囲って、商品の盗難を防がなけりゃならん！」

ひとりの巡査がミスター・ハンフリーを落ちつかせようとした。声のするほうを見ると、ミスター・ハンフリーに話しかけているのはジョージ・モートン巡査だった。「ダンケルクで戦った元兵士としてお約束いたします。板にくぎを打つのに夜中までかかったとしても、かならずわたしが店を板で囲っておきます」

「ダンケルクで戦ったと？」ミスター・ハンフリーが言った。「あの軍事作戦についてのわたしの考えを聞いてくれるかな……」

「なかなか根性のある若者だな」イタ隊長はにやりと笑ってから、こちらを向いた。「それで……きみの家が直撃されたあと、なにが起きたんだい、バーティ」

「ぼくは……ぼくは部屋の隅っこにいました。ぼくとウィルのあいだにはがれきの山があって、その一部がトンネルみたいになっていました。ぼくはものすごくこわくて動けず、助けを呼んでくるという兄に行かないでと泣き叫んでしまったんです。そのせいで、ウィルはトンネルをくぐってぼくを助けにこなくちゃならなくなって。そのとき……」

イタ隊長の声が低くなった。「そのとき、がれきが崩れた？」

ぼくはうなずいた。「はい、がれきのトンネルが崩れたんです。ウィルはその下にうもれてしまった。ぼくは無事だったけれど、救助隊がウィルを救出するまでに長い時間がかかって。助かるかどうかもわからなくて」

「自分を責めちゃいけないよ、バーティ」イタ隊長は静かに言った。「きみはまだ小さかったんだから」

「ものごとをちゃんと考えられる年にはなっていました。それなのに自分の兄を危険な目にあわせるなんて。もう幼い子どもじゃなかったんだから、もっとしっかりすべきだった」

「いまウィルはどこに?」

「リハビリのためにサリーの病院に入院しています。サリーには、戦争がはじまったあとに移転した、いとこのジェフリーが通っている学校があります。たまたまうちの祖母がその近くに住んでいて。母はウィルに付き添うために祖母の家で暮らしているんです。もうロンドンに住むのは耐えられないんだと思います」

「バーティはサリーに行かなかったのかい?」

ぼくは首を振った。「父がトレンチャード・ハウスの管理人を兼ねる話を受けて、ぼくは父といっしょに暮らすことにしました。父は家族に会うためにちょくちょくサリーまで出かけています。最初はぼくも行っていたんです。でも……ウィルは何度も手術を受けなきゃならなくて。最終的に左腕を失いました。少なくとも右手で字は書けます。でも……」

「お兄さんは生きている。それだけでもすごいことだよ」とイタ隊長が言った。

「母はぼくのせいだと思っています」ぼくはつぶやくように言った。「そう思って当然です。ほんとにぼくのせいだから」

「バーティ、きみはその夜のできごとをつねに後悔しているかもしれない。でもね、過ぎたことを気に病んでこれからの自分の人生を棒に振ってはいけない。今晩のきみは勇敢だったが、愛する人たちに心のうちを話し、許しを請い、先へ進むには、またべつの種類の勇気が必要なんだよ。人生にはね、一度に一歩ずつ進むしかないときもある」

イタ隊長は救急車の運転手に呼ばれ、そっちへ歩いていった。警報解除のサイレンはすでに鳴ったようだけれど、ぼくはほとんど気づかなかった。LRをなでて、がれきを見つめる。ミスター・ハンフリーはあきらめていない。ぼくもあきらめちゃだめだ。ヴィオレットの暗号を解読するまで考えつづけなきゃならない。ウィルとのこともよいほうへ向かうよう努力しなければ。母さんとのことも。ふたりに会いたくてたまらない。

イタ隊長がもどってきて手をさしのべ、立ちあがるぼくを支えてくれた。「指揮所へ帰ってお茶を飲もう。それから家まで送っていくよ」

「ミスター・ハンフリーはどうですか？　だいじょうぶでしょうか」

「いま出たところだよ。病院へ行くよう説得するのにちょっと時間がかかってね。具合を診てもらうのにひと晩くらいは入院しないと。娘さんとも連絡をとらないといけない」イタ隊長はにこりと笑った。「そうそう、救急車に乗りこむときに、ミスター・ハンフリーがきみにありがとうと言っていた。メッセージをあずかっている」

「どんなメッセージですか？」訊いてはみたものの、内容は想像がついた。

「誰であろうと、たとえヒトラーでも、自分をロンドンから追いだすことはできない、それを覚えておいてくれと言っていたよ。というのも――」

「というのも、フランス上陸は間近で、その日が来たとき、自分はかならずロンドンにいるから」

そう言ってぼくは笑った。

27

データがそろわないうちに理論を立てるのは大きなまちがいだ……人は、事実にあわせて理論を立てるかわりに、事実をねじまげて理論にあわせようとしはじめる。

——シャーロック・ホームズ・シリーズ「ボヘミアの醜聞」より

「今週は二件の救助に成功したね、リトル・ルー」指揮所へ向かう道すがら、イタ隊長が言った。「きみは民間防衛隊の誇りだ。戦争で活躍した動物に授与されるディッキンメダルにふさわしい候補として、きみを推薦しなくちゃな」

「メダルもいいけれど、この子はたぶん、ビスケットをもらえれば大よろこびですよ」とぼく。頭痛がして、身体じゅうが痛い。それでもナップザックはしっかりかかえている。ノートをなくしたりしたら一大事だ。

「ホーク隊長から電話がありました」ぼくらが指揮所に入るとすぐ、エスター副隊長がイタ隊長に言った。「ホーク隊長はいま火災現場へ行っていて、イタ隊長にもすぐに来てほしいとのことです。住所は机の上にあります。こちらのかわいらしいぼうやは、わたしが引き受けますね。お疲れさま、バーティ」

エスター副隊長は会議室の隅っこの床にぼくをすわらせ、肩に毛布をかけてくれた。ぼくは壁に頭をもたせかけ、となりではＬＲが丸くなっている。エスター副隊長が温かくて甘いお茶とビスケットを持ってきてくれた。

「トレンチャード・ハウスの受付窓口の巡査からの伝言。お父さまは十時までもどらないけれど、もどりしだいこちらへ向かわせますとのこと」

「わかりました。ありがとうございます」

しばらくは静かだった。ぼくはミスター・ハンフリーのことを考えていた。時計店を再建するのは無理かもしれない。でも、上陸作戦がはじまるときには絶対にロンドンにいると、彼はかたく心に決めている。

「上陸は間近だ」とミスター・ハンフリーは言っていた。みんなもそう言っている。

ロンドンの街じゅうがいまかいまかと待っている。春にまっさきに咲く香り高い花の開花を待つように。上陸作戦はぼくらの希望だ。いまわしい迫害を終わらせ、戦争そのものを終結させるための、ぼくらの希望。

〝上陸は間近（The invasion is coming）〟とヴィオレットもノートに書いていた。それも、最初のページに。ある意味では、上陸作戦はぼくらの未来のあらゆることへの鍵となるだろう。そこでふと、レオ・マークスがデイヴィッドに話していたことを思いだした。キーワードやキーフレーズを使ってアルファベットを変換させる。〝キーワードやキーフレーズ〟

ナップザックに手を突っこんでノートと紙を取りだす。目の前の床にそれらを置き、まず例のフレーズを書きだし、デイヴィッドの説明を思いだしながらアルファベットを並べていった。キーフレーズのそれぞれのアルファベットは一度だけしか使えないことを忘れていて、何度かやり直すはめになったけれど、最終的にこんなふうになった。

次に、ヴィオレットの最後のメッセージのはじめの部分に取りかかる。

通常	A	B	C	D	E	F	G	H	I	J	K	L	M	N	O	P	Q	R	S	T	U	V	W	X	Y	Z
暗号	T	H	E	I	N	V	A	S	O	C	M	G	B	D	F	J	K	L	P	Q	R	U	W	X	Y	Z

b y d t b n o p u o f g n q q n l f b y o t b t d p f n t a n d q b y d n
q w f l m o d v l t d e n s t p h n n d n x j f p n i q s o p o p b y l n j f l q

暗号アルファベットの〝B〟は通常のアルファベットの〝M〟にあたる。〝Y〟は〝Y〟のまま。〝D〟は〝N〟で〝T〟は〝A〟。ぼくは息をつめた。それからどんどんスピードをあげて書きだしていった。窓ガラスについた水滴(すいてき)をふきとっていくようだった。そしてついに文があらわれた。

My name is Violette Romy. I am an SOE agent.
My network in France has been exposed.
This is my report.
(わたしの名前はヴィオレット・ロミ。SOEの諜報員(ちょうほういん)です。フランスでわたしが所属している組織の存在が知られてしまった。これは報告書です)

ぼくは大きく息を吐(は)いた。〝やったぞ〟ようやくわかった。〝やっぱりこれが最後のメッセージの鍵(キー)だった〟ぜんぶ読むのが待ちきれない。今夜じゅうに全文を解読できるだろう。そう考えると、気持ちが高ぶって両手が震(ふる)えた。
エスター副隊長が戸口にひょいと顔を出した。「バーティ、だいじょうぶ？　たいへん、顔が真っ白よ」そう言って近づいてくる。ぼくはナップザックをさっと動かして紙を隠した。エスター副隊長がこっちのおでこに何度か場所を変えて手の甲を押しあてた。「ごめんね。わたしの手はちょっと冷たいわね」手を引っこめて微笑む。

「母さんもこんなふうに熱を測ってくれました」とぼくは言った。

「またきっとそうしてくれるわよ、バーティ。あなた、だいじょうぶそうね。でも近ごろはひどいインフルエンザがはやっているから。セント・ジョージズ教会の司祭館にキャスリーン・クラークっていう家政婦さんがいるんだけど、彼女も言ってた。いまお世話をしている病人にほとんどつきっきりなんですって」

耳を傾けてはいたものの、頭のなかはヴィオレットの残りのメッセージを解読することでいっぱいだった。エスター副隊長がドアへ向かうと同時に、ぼくはよろよろと立ちあがって、出していたものをナップザックにしまった。「エスター副隊長、もうだいぶ気分がよくなりました。歩いて家に帰ります。父さんに余計な手間をかけさせないように。いろいろとありがとうございました！具合はすぐによくなると思います」

副隊長にとめられるまえに、となりを早足で歩くＬＲといっしょに、ぼくは指揮所を出た。

28

おもしろいできごとがぼくのところに持ちこまれて、まだ二十四時間もたっていない。
――シャーロック・ホームズ・シリーズ「這う男」より

木曜日

エレノアとデイヴィッドがいきなりドアをあけたとき、ぼくはまだベッドのなかにいた。ＬＲはすっくと立ちあがって、元気いっぱいに円を描くようにくるくるまわり、のどの奥でクーンと鳴いた。

ドア口に父さんがあらわれた。「悪かったな、バーティ。お茶を飲みながら本の話でもしようと誘ったが、このおふたりはわたしとは話したくないらしくて」

「父さん！　女の子をぼくの部屋に入れるなんて、信じられない」ぼくは毛布をあごの近くまで引きあげた。頭がぼんやりしてなにも考えられない。「いま何時……もう学校へ行く時間？」

「わたしたち、学校から帰ってきたところ」エレノアがＬＲを抱きあげてウィルのベッドに腰をおろした。「どうやら一日じゅう寝ていたみたいね。髪の毛が頭のてっぺんでつんつん立っていて、赤い草みたいになってる」

ぼくは髪をなでつけた。「すばらしい推理だね、ワトスン」

「起こそうとしたのだけどね、バーティ、おまえはぐっすり眠りこんでいた」父さんが言う。「お茶をいれてこよう」

「ぼくらふたりで学校から指揮所へ行ったんだけど、きみはいなかった」デイヴィッドが灯火管制用のブラインドを開いた。さっとさしこんできた灰色の冬の光に、ぼくは思わず目を細めた。「イタ隊長から聞いたんだけど、昨日の夜、ミスター・ハンフリーの命を救ったんだってね。バーティ、きみはだいじょうぶかい？」

「手を少し切ったけど、ほとんど血は出なかった。リトル・ルーがめざましい働きをしたんだよ。ぼくをミスター・ハンフリーのところへ連れていってくれたんだ」そこで間をおいて、目をこする。「そうだ、ぼくは歴史のテストを受けそこねたのかな？」

デイヴィッドがにやりとしてターナー先生のまねをしはじめた。「〝ミスター・ブラッドショーは欠席のようだな。ローマの侵攻は彼の専門だから、テストは月曜日まで延期としよう〟」

ぼくはうめいた。「そう。どっちみち、昨日の晩はテスト勉強はできなかったし……」そこでベッドの下から紙の束を取りだした。

「ヴィオレットの最後のメッセージを解読しようとしてたの？」とエレノアが訊いてくる。こっちが答えるまえに話をつづける。「バーティ、わたしもノートのことを考えて遅くまで起きていた。それでね、父に協力を頼みにいくしかないかなって思ってる。でも、ひとりで会いにいってぜんぶ説明するのはなんだか気が重くて。だからデイヴィッドといっしょにバーティの家まで来たの。行くなら、みんなで行きたくて」

「もちろんいっしょに行くよ……だけどまだ行かなくてもいいかも」とぼく。

「仮説を立てたのかい、シャーロック」とデイヴィッド。

「仮説どころじゃない――答えがわかったんだ」ぼくは紙をかかげた。「すべてここに書いてある――いや、ほぼすべて、かな。ミスター・ハンフリーが言ったことが、暗号を解くきっかけになったんだ」

「暗号を解いたの？」エレノアがあんぐりと口をあける。「仕組みがわかっただけかと思ってた」

「どんな種類の暗号？」とデイヴィッドが訊いてくる。

「レオ・マークスがきみに話していたのとおんなじやつだよ。キーフレーズは〝THE INVASION IS COMING（上陸は間近）〟」ぼくは説明をつづけた。「ぴったり符合する。ヴィオレットのノートもこの言葉ではじまっているし」

「すごい、すごい、バーティ。やった、やったー」エレノアがLRをぎゅっと抱きしめた。「メッセージをぜんぶ解読したの？」

ぼくはうなずいた。「一ページだけだったし。行く途中で読んであげるよ」

「行くって、どこへ？」ふたりが声をそろえて訊いてくる。

「もちろん、ヴィオレットが仕掛けた罠の仕上げをしに」

ふたりがキッチンで待っているあいだに、ぼくは急いで着替えた。父さんがお茶とトーストをトレイにのせて持ってきてくれた。心配顔で立っていたけれど、少ししてからウィルのベッドの端っこに腰をおろした。

「バーティ、おまえが昨日の晩にやりとげたことを誇りに思うよ」ゆったりとした口調で話しはじめる。「でもこれからは、救助活動は訓練を積んでいるおとなたちにまかせると約束してほしい。ウィルの身に起きたことでおまえが自分を責めているのは知っている。でもな、自分の命を危険にさらしても、それで償えるわけじゃない」

「わかってるよ、父さん」

　父さんは口ひげの端を引っぱった。LRがベッドにすわる父さんのとなりに跳びのり、ぴたりと寄り添う。父さんがLRの耳の後ろをなでると、LRは父さんの手に顔をこすりつけた。〝LRが猫だったら、のどをゴロゴロ鳴らしているだろうな〞とぼくは思った。

　父さんが咳払いをする。「今朝、母さんと電話で話したよ。長電話になってしまった」

　ぼくはごくりとつばを呑みこんだ。この先はどういう話になるのだろう。

「手術のあとでいまは療養中のウィルが、安全を考えてロンドンを離れたのは正しい選択だった。それでも、父さんたちはこう考えた。新しくはじまった空襲がいつまでつづくかわからないが、家族がこのまま離れ離れになっていてはいけないと」

「ウィルが大けがをしたのはぼくのせいだと母さんは思っている。そうでしょ、父さん。あれからもうずっと、母さんはぼくとほとんど口をきいてくれない」

「母さんはな、ウィルが心配で心配で、ほかには気がまわらなかったんだ。ウィルは持ちこたえられそうになかったから」父さんはそう言ってため息をついた。「おまえと母さんは話をしなきゃな。母さんだってなんとかしたいと思っているんだよ、バーティ。おまえたちふたりの母さんでいたいと」

　ぼくは反論しようとして口を開いてから、ふたたび閉じた。イタ隊長が言った〝一度に一歩ずつ進む〞を思いだしていた。「わかったよ、父さん。やってみる」

　父さんはにこりとして、最後に一度、LRをなでた。「母さんはおまえに会いたがっている。ウィルもな。あの子はこれからはロンドンで療養し、学校へもどることになるだろう。何日かしたら、ふたりはロンドンにもどってきて、そのままこっちで暮らす」そこでにやりと笑う。「このちっちゃいワン公だって、食事のあとにぺろぺろなめられる皿がもうふたつ増えれば、さぞかしよろこぶだろうよ」

29

暗号を使うときは最大限の注意が必要となる。ひとつのミスで解読が不可能なメッセージになり、そのせいで深刻な時間のむだが生じる。

——SOEマニュアル

「ちょっと待ってて」官舎を出るときに、ぼくはデイヴィッドとエレノアに言った。エレノアにLRの引き綱を渡し、受付窓口へ歩いていく。

「えーっと、ジョージ。言っておきたいことがあって……。昨日はミスター・ハンフリー救出の現場にジョージがいてくれてよかった」

ジョージは手をひらひらと振った。「任務だから当然だよ。ミスター・ハンフリーはおもしろい人だね」

「そうだね。えっと、それから、昨日の新聞、ここにある？」

「スポーツ欄を見ようと思っていたところだよ」とため息をつく。

「ぼくは個人が掲載してる広告が見たいんだ」

「広告？」ジョージが眉をつりあげた。「どうしてそんなものを？」

なんとか理由をひねりだそうとしたときふいに、けっして嘘じゃない理由が頭にぽんと浮かんだ。

「兄さんのウィルがロンドンにもどってきていっしょに暮らすことになったんだ。それで……中古の自転車が売りに出されていたらいいなと思って。乗り方を覚えるのにしばらくかかるかもしれないけれど、ぼくは練習につきあおうと思ってる」

ジョージはなにやらつぶやき、個人の広告の紙面を見つけてこちらへ押しだした。「ほら、あったよ」

外に出ようとした矢先にジョージに声をかけられた。デイヴィッドとエレノアには聞こえないようにしたのか、とても低い声だった。「ダンケルクでいっしょに戦った戦友がいてね、ぜひとも彼にウィルを会わせたい。ウィルがもどってきたら、いっしょに遠出するなんてどうかな。コヴェントリーの〈ライオンズ・コーナー・ハウス〉でお茶をごちそうするよ」

ありがとう、と言いかけたところで、ジョージが〝もう行きなさい〟というように手を振った。

「行っておいで、バーティ。友だちが待っているよ」

外に出たとたんに、濃くていやなにおいのする霧に包まれた。古いコートを着たぼくは寒さに震え、かぶっていた野球帽のつばをぐいっとおろした。

「バーティ、いったいどうなっているのか、教えてほしいんですけど」エレノアが言う。

「先に確認しておきたいことがあるんだ」ぼくはデイヴィッドとエレノアに言った。濃い霧のせいで新聞紙の小さな文字は読みづらいけれど、少しして目あてのものが見つかった。新聞紙を折りたたみ、ポケットに突っこむ。そこにはヴィオレットの最後のメッセージを書きだした紙が入っている。「仮説は正しかった。さあ行こう！　この濃霧のなか、なんとか目的地にたどりつければいいんだけど。もう少し待ってて。向こうに着いたら解読した文を読んであげるから」

デイヴィッドはぶつぶつ言いながら、湿った霧を避けるために野球帽のつばを引きさげた。「エレノアと同じく、ぼくもどうなっているのか知りたくてたまらない。せめて行き先くらい教えてよ！」

ぼくはデイヴィッドのほうを向いた。「きみは正真正銘の、シャーロック・ホームズの専門家だ。さて、どう推理する？」

デイヴィッドは黒い目をすっと細めた。「うーんと、そうだな。ぼくらはいまレキシントン・ストリートを南へ向かっている。ということは、行き先は指揮所じゃない。それと、その新聞になにか意味があるにちがいない」

「ちょっと待って、わたし、わかった！」とエレノアが大きな声で言った。「バーティ、ヴィオレットが仕掛けた罠に関係するものを見つけたんでしょ」そこで立ちどまり、デイヴィッドとぼくを店の軒先へ引っぱっていった。「バーティがメッセージを読んで、行き先を教えてくれるまで、わたしはこれ以上動きませんから」

ぼくは降参し、ポケットから新聞紙とべつの折りたたんだ紙を取りだした。LRが息をハアハアさせてぼくの靴の上にちょこんとすわった。「じゃあ、まず、ヴィオレットの記録を読むね。そのあとで新聞を持ってきた理由を説明するよ」


わたしの名前はヴィオレット・ロミ。SOEの諜報員です。フランスでわたしが所属している組織の存在が知られてしまった。これは報告書です。

このノートには、わたしが〝プラタナス〟という組織で諜報員として誠実に働いていた証拠がおさまっている。また、ロンドンにいる裏切り者がナチスに協力し、敵の手にイギリスの諜報員を引き渡している証拠も記されている。

組織のリーダー、モーリスの指示のもと、わたしは組織の資金を使い、フランスから脱出してひそかにロンドンにもどった。ＳＯＥにまぎれこんでいる二重スパイの本名や具体的なことはなにもわからない。ただし、モーリスによると、裏切り者は〝旅行者〟というコードネームで活動しているとのこと。

ここ数日、〝旅行者〟を引きずりだす罠を仕掛ける計画を立てている。罠が成功すれば、最低でも裏切り者を特定できる。来るべき上陸作戦の責任者を説得して、裏切り者を尋問したうえで排除してもらうこともできるだろう。

裏切り者を罠にかけるために、訓練中に教わった緊急時の通信方法と、ＳＯＥにおけるわたしのコードネームを使おうと思う。

作戦が計画どおりにいかなかった場合にそなえ、信頼できる人にノートをあずけるつもりだ。この記録が解読され、われわれにとって脅威となる裏切り者を告発する助けとなることを願う。

ヴィオレット・ロミ

読みおえたとき、誰も口を開かなかった。エレノアが首を振る。「それで？　バーティはヴィオレットがどんな罠を仕掛けたかわかったんだよね。わたしにはわからないけれど」

「いろんな種類の暗号を学んだってノートに書いてあったのを覚えてる？」答えを待たずにぼくは話をつづけた。「ほら、緊急時の通信方法として、新聞に個人広告を載せるっていうのがあったよね」

デイヴィッドが指をパチンと鳴らした。「ヴィオレットは自分のコードネームを使って〝旅行者〟を引きずりだすつもりだと言っている。彼女のコードネームは〝本（ＢＯＯＫ）〟だ」

「そのとおり。でね」ぼくは得意げに付け加えた。「昨日の新聞の広告欄にそのコードネームを見つけたんだ」

エレノアはミトンをはめた手で頬を押さえた。「うわあ、すごい」

「ヴィオレットが新聞に広告を載せたのが、たぶん金曜日」ぼくは新聞紙を広げながらつづけた。「そのあとも何日かにわたって掲載される手配をしたんだと思う。〝旅行者〟がかならず目にするように」

デイヴィッドが肩ごしにのぞきこんでくる。「見せて」

ぼくは新聞の広告欄に指を走らせた。「遺失物のコーナーに載っているんじゃないかと考えた。それで、見つけたんだよ」

エレノアとデイヴィッドが新聞の上にかがみこむ。ぼくが目あての広告に指を置くと、デイヴィッドが声に出して読みはじめた。


旅行者がなくした本を探しているなら、木曜日の午後五時にネルソンが渡してくれるだろう。


「えー、よくわからない」とエレノア。「〝旅行者〟は二重スパイのことで、〝本〟はヴィオレットでしょ。でも〝ネルソン〟ってなに?」

「ぼくも理解するまで数分かかっちゃった」ぼくはすなおに認めた。「考えているうちに、父さんがロンドンにある銘板や彫像について、いつも言っている話を思いだしたんだよ。それで――」

「ネルソン記念柱!」デイヴィッドがぼくの背中をバシッとたたいた。「きっとそれだ」

エレノアはぽかんとした顔をぼくらに向けた。「なんなの、それ、ちゃんと教えて」

「トラファルガー広場に行ったことはあるかい？　ナショナル・ギャラリーの近くの」とぼくは訊いた。「あのあたりでいちばん目立つのがネルソン記念柱。見逃すはずはない。すごく背の高い柱で、てっぺんに像がのっかってる。台座は巨大な大理石。有名な海軍の英雄、ホレーショ・ネルソン提督を記念してつくられたんだ」

「ターナー先生に聞かせてあげたいよ、バーティ」デイヴィッドがちゃかす。

　ぼくはデイヴィッドを無視してつづけた。「書かれている内容はあきらかだよ。ヴィオレットは裏切り者をおびきだそうとしている。彼女がイギリスにたどりつくまでたぶん数週間かかっているから、いまごろはきっと諜報員がひとりいなくなったことにSOEは気づいている。そのうえで、ヴィオレットは〝旅行者〟が自分を見つけにくるだろうと考えているんだ。ヴィオレットがなにを知っていて、どれくらいの脅威になるか、〝旅行者〟は見きわめたがっていると」

　エレノアは顔をしかめた。「でも……でもね、ヴィオレット本人があらわれなかったら、裏切り者は誰か、わたしたちはどうやって見わけるの？」

「そうだね、裏切り者がレオ・マークスじゃないかぎり、見わけられないかもしれない」ぼくはいったん認めた。「それでさ、裏切り者を特定するべつの方法を思いついたんだ」ナップザックのなかをさぐり、一冊の本を取りだす。「エレノア、ヴィオレットのふりをしてくれないかな」

「わたしが？」エレノアが驚いて言う。「どうやって？　身長だってぜんぜんちがうのに」

　ぼくはエレノアに本を手渡した。「ちがうけど、ネルソン記念柱の台座の石段にすわっていれば、裏切り者はよく見ようとして近づいてくるかもしれない。その男――または女性――はきっと、きみがヴィオレットなのか確認しようとするはずだ。そうなれば、裏切り者の特徴を知ることができて、ヴィオレットが見つかったあとに彼女に伝えられる。できれば、そいつが誰かヴィオレットが知っていればいいんだけど」

この計画にはいくつか問題があるのはわかっている。ひとつはヴィオレットをどうやって見つければいいか、見当もつかないという点。もしかしたら裏切り者がすでにヴィオレットをつかまえているかもしれず、そうだとしたら誰も姿をあらわさないだろう。でも、先のことをああだ、こうだと考えてもいいことはひとつもない。〝一度に一歩ずつ〟

「すごいアイデアだよ！　それにこの霧が味方してくれる」とデイヴィッド。「きみがヴィオレットかどうか確認するために〝旅行者〟はうんと近づかなきゃならないはずだ」

「それと、心配しないで、エレノア」とぼく。「デイヴィッドとぼくがすぐそばにいるから。なにかあったらぼくらが駆(か)けつける」

エレノアが大きく息を吐(は)きながらうなずいた。「わかった、やってみる」

「さあ、行こう」とぼく。「そろそろ〝旅行者〟との待ち合わせの時間だよ」

30

ロンドンについての正確な知識を身につけるのはぼくの趣味だからね。

――シャーロック・ホームズ・シリーズ「赤毛組合」より

トラファルガー広場に着くと、いきなり心臓がどきどきしはじめた。それもそのはず。まわりをざっと見まわしながら、自分が本物のスパイになったような気がしていたのだから。

灰色の霧のなかでも、大きなドームのあるナショナル・ギャラリーがかろうじて見える。いまはがらんとして人影はない。まだ小さかったころ、父さんと母さん、それにウィルといっしょにナショナル・ギャラリーで絵を観たことがある。戦争がはじまって、貴重な絵画は安全のためによそへ移された。

「昼どきにここでコンサートが開かれることもあるんだよ」デイヴィッドが高い柱を見あげながら言った。「里親の家族のおじいちゃんがまえに一度連れてきてくれた。長い列に並んで待たなきゃならなかったけどね」

エレノアがうなずいた。「おばあちゃんといっしょに〝今月の一枚〟をよく観にくる」

「なんだい、〝今月の一枚〟って」とぼくは訊いた。

「ブリッツがおさまったあと、月に一枚、絵が避難先から持ってこられるようになったの。それでみんなその一枚を観にくるってわけ。日中はナショナル・ギャラリーのなかに展示されて、夜になると安全な場所に保管されるんだって」

「おもしろいね」とぼく。「広い美術館のなかに絵が一枚きりなんて」ふと、その話をウィルにしたくてたまらなくなった。家族そろってふたたび美術館を訪れる日が来ますように。

でも今日ここにいるのは、絵を観たり音楽を聴いたりするためじゃない。

灰色のじめじめした霧はかなり濃く、背の高い柱のてっぺんに立つネルソン提督は見えない。大理石の台座を守る四頭のライオン像もうっすらとしか見えない。デイヴィッドは隠れ場所として前方にすわるライオンを選んだ。「ぼくの姿は見えないだろうけれど、安心して。しっかり目を光らせているから」

エレノアが石段をのぼっていくまえに、ぼくらはささやき声で作戦会議をした。「きみも正面側にすわったほうがいい。大きな噴水に向かって」とぼく。「ビッグ・ベンの鐘の音をかならず聞いててね」

ウエストミンスター寺院にほど近い、ロンドンの有名な大時計の文字盤は戦争中のため明るく照らしだされてはいないけれど、鐘はちゃんと鳴る。「LRとぼくはナショナル・ギャラリー側のライオンの陰に隠れているね」

「わかった。心配しないで、バーティ、わたしはだいじょうぶだから」エレノアはナップザックのなかをさぐって、ドーナツを取りだした。「これをリトル・ルーに。少しずつ食べさせて、注意をドーナツに向けといて」

エレノアが石段のいちばん上、柱の台座の四面を飾る青銅製のレリーフの真下までたしかな足取りでのぼっていく。それから腰をおろして髪を帽子のなかに押しこみ、閉じた本をよく見えるように持つ。

ぼくはLRと隠れ場所に移動した。元気いっぱいのスパニエル犬をひざにのせ、ドーナツを少しずつ食べさせる。LRがここにいることに気づかれないよう注意する――レオ・マークスが裏切り者だった場合にそなえて。

日没までにはまだ一時間以上ある。夏には石段でランチを食べる人をよく見かける。でもこんなに寒い冬の日には、エレノア以外誰もいない。待ち時間は永遠につづくように思えた。霧のなかにぽつぽつと顔が見えてきては、このなかの誰がスパイなのかと考える。ただのスパイじゃない――国を裏切ったスパイだ。

霧をとおして鐘の音が響きわたったとたん、ぼくは跳びあがった。最初に〝キーンコーンカーンコーン、キーンコーンカーンコーン〟とおなじみのメロディが聞こえ、そのあとで時を告げる音が鳴る。〝ゴーン、ゴーン、ゴーン、ゴーン、ゴーン〟

じっと待つ。なにも起きない。誰もエレノアのそばに行かない。

ふいにLRが腕のなかで身体をこわばらせた。クーンと鳴く。いや、ほえたのかもしれないけれど、鼻先をぼくに押さえられているから、ほえるにほえられない。「しーっ。静かにして、お願いだから」

LRの注意を引いたものが目の端に見えた。どこにでもいそうな中年のおじさんが犬を連れて歩いている。顔がキリッとした太い尻尾の黒い犬を。

ぼくは息をとめて頭を引っこめ、ナップザックからなにかを取りだすふりをした。野球帽のつばの下から目でおじさんの動きを追う。おじさんはこっちを見ずに、エレノアにちらっと目を向けた。一瞬、迷いながらも、足はとめなかった。エレノアに近づいてはいかない。でもエレノアを見ている。ここからでもそれはわかった。おじさんはエレノアがヴィオレットではないことにすぐに気づいたにちがいない。いると思っていた人がいなくて、あてがはずれたと考えているのかもしれない。どっちにしろ、おじさんは抜け目がないようだ——罠にかからないくらいには。

でも、ぼくとLRのほうが一枚上手だった。このおじさんとキリッとした犬の組み合わせをどこで見たのかすぐに思いだしたのだから。そう、彼らはSOEのオフィスの前にいた。犬の名前だって覚えている。あの子の名前は、ヒーロー。

犬はご主人の正体を見抜いているにちがいない。〝旅行者〟はそれに気づいていないかもしれないが、名前からしてあの子は正しいことをするはずだ。なんたって、ヒーローなんだから。

おじさんはほかの人たちにまぎれて、どこかへ行ってしまった。ぼくはデイヴィッドのそばまで行って肩をたたき、ふたりで石段をのぼってエレノアのとなりに腰をおろした。

「誰もわたしに近づいてこなかった」とエレノア。目に涙をためて、ごくりとつばを呑む。「ヴィオレットを探して何度もまわりを見たけれど、彼女はどこにもいなかった。いったいどこにいるんだろう。それよりなにより、罠は空振りだった」

「バーティ、もうお手あげだよね」とデイヴィッドがぼそりと言う。

「そうでもないかも」ぼくはLRを下におろし、最後のドーナツのかけらを食べさせた。「またしても、LRがみごとな働きをしてくれた。この子は〝旅行者〟を見つけたんだ」

「えっ？　どうやって？」デイヴィッドが驚きの声をあげる。

ぼくはさっきのできごとをふたりに話した。「あの犬を見て、すぐにぴんときた。エレノア、きみがぼくを尾行したときにあの犬を見たかどうかはわからないけどね。LRとぼくは見たんだ。土曜日にレオを追ってベイカー・ストリートの相互勤務調査局まで行ったときに、女性が連れていたキリッとした顔の黒い犬を」

エレノアが首を振る。「わたしは覚えていない。そのときは通りの反対側にいたのかもしれない。その犬が〝旅行者〟と関係があると、バーティにはどうしてわかるわけ？」

「あの犬はオフィスまでの道を知っていた。ぼくがさっき見た男性がオフィスから出てきて、犬を連れていた女の人に声をかけた。たぶん、彼の奥さんだと思う」ぼくはにやりと笑った。「犬の名前だって知ってるよ。ヒーローっていうんだ。ぼくらは〝旅行者〟の名前は知らないかもしれないけど、レオ・マークスならきっと知っている」すっかりいい気分になって付け加える。「さあ、もう一度レオに会いにいこう」

「うまくいって、よかった」エレノアはポケットのなかをさぐってハンカチを取りだし、チーンと洟をかんだ。

もっと大々的によろこんでくれると思っていたのに。「なんだか、あんまりうれしそうじゃないね」

「ヴィオレットのことが心配で。それに、ここにすわっていたら、すっかり身体が冷えちゃって」とエレノア。「風邪をひかなきゃいいけど」

反射的にぼくは手をのばして、手の甲でエレノアのおでこにふれた。昨日の晩、エスター副隊長がぼくの熱を測ったときみたいに。

その瞬間いきなり、べつの記憶がよみがえってきた。LRとともに路地でヴィオレットを発見して以来、ずっと頭に引っかかっていたことが。

「おーい、だいじょうぶかい、バーティ」デイヴィッドがぼくの目の前で手をひらひらと振った。

「ぼんやりした顔をしてるよ」

「思いだしたんだ」つい声が大きくなる。「レオに会いにいくよりも、もっとたいせつなことを。エレノア、家まで送っていくよ。でも、その途中でちょっと寄り道をしよう。二十分くらいで着くと思う」

「寄り道って、どこへ?」デイヴィッドが訊いてきた。

「すぐにわかるよ。ぼくについてきて」ぼくは走るのをやっとのことでがまんした。といっても、走るには霧が濃すぎるけれど。

「これ、指揮所へ行く道でしょ」しばらく歩いたあとでエレノアが言う。「指揮所へ行くつもり?」

ぼくは首を振った。「ううん、ちがうよ。とにかくついてきて」マドックス・ストリートからミル・ストリートに入るところでようやく足をとめる。「着いた」

「ちょっと待って」エレノアが呼吸をととのえながら言う。「ここ、バーティがヴィオレットを見つけたところじゃないの?」

ぼくは〝ブタに与える食べ残し〟用のゴミ容器を指さした。「そう。ゴミ容器の陰でね」

「シャーロック・ホームズが事件の謎解きをしているみたいだね」とデイヴィッドがおかしそうに言う。

ぼくはにやりとしてから息を吸いこんだ。「昨日の晩、指揮所にいたとき、エスター副隊長がぼくのおでこにさわって熱がないかどうかたしかめたんだ。すっかり忘れてたんだけど、さっき同じようにエレノアの熱をたしかめたときに、いろんなことを思いだした。ちなみに、エレノア、熱はなかったと思うよ」言葉がどんどん転がりでてくる。「あのときに気づくべきだった。ヴィオレットにさわったとき、肌がとても温かかったことに。いや、温かかったなんてもんじゃなく、熱かった。あの夜は自分の手が冷たいからそう感じるんだ、くらいにしか思わなかった。でもエスター副隊長が、ひどいインフルエンザがはやっているって話してて」

「話が見えないんだけど」とデイヴィッド。

「とにかく、最後まで聞いて」ぼくは通りの向こう側を指さした。「あの建物はセント・ジョージズ教会の司祭館で、教会の裏側にあたる別館なんだ。教会の正面の入口は反対側にある。エスター副隊長がたまたま教えてくれた話では、司祭館の家政婦さんのミセス・クラークが重いインフルエンザにかかった人の看病をしているんだって」

「重いインフルエンザにかかった人」とエレノアがくりかえし、すぐに目が見開かれた。「その人がヴィオレットかもしれないって、バーティは思ってるの？」

「そう。それにほら、エスター副隊長は指揮所に来てから数日しかたっていないだろう。隊長たちはすごく忙しくて、金曜日の夜にミル・ストリートで起きたことを副隊長に話していないんじゃないかな」そこで間をおく。「だから副隊長は、司祭館にいるインフルエンザの患者とミル・ストリートから消えた女の人が関連しているだなんて、思いもしなかったんだろう。でもぼくは……」

　エレノアはぼくがおしまいまで言うのも待たずに駆けだし、数段の石段をのぼって、真鍮のノッカーを握り、赤い木製のドアをたたきだした。〝トントン！　トントン！〟

すぐにドアが開いた。丸くてピンクの頬に、雪のように白い髪の、小柄な女性が笑顔で応対した。

「こんばんは」

「こんばんは。ミセス・クラークですか？」とぼくは訊いた。

「ええ、そう、キャスリーン・クラークよ。なにかご用かしら？」

「はい」エレノアが答える。「わたしたち……友だちを探しているんです。病気になった友だちを」

ミセス・クラークは脇（わき）にどいて、ドアを大きくあけた。「そう。それならなかに入ってちょうだい」

31

慎重さはもちろんのこと、諜報員はすぐれた記憶力も養わなければならない。

——ＳＯＥマニュアル

明るくほがらかな家政婦さんに案内されて、ぼくらはこざっぱりした居間に通された。あちこちにレースの敷物や刺繍入りのクッションが置かれ、水色に織られたラグが敷かれている。

「ほんとにすてきな部屋ですね、ミセス・クラーク」エレノアがそう言いながら、手をのばして握手する。「レース編みも刺繍も、ぜんぶご自分でなさったんですか？」答えを待たずに、そのまま話をつづける。「わたしはエレノア・シェイといいます。アメリカから来ました。わたしの友人を紹介します。パーティ・ブラッドショーとデイヴィッド・グッドマンです」

さすがだ。エレノアはこんな調子で誰とでも話せるのだろう。

「さあ、おかけになって」ミセス・クラークがふたりがけのソファを手振りで示し、ぼくらは屋根にとまるハトみたいにぴったりくっついてすわった。ぼくはＬＲの引き綱をぎゅっと握った。割れやすそうなものがたくさんあって、ＬＲが蹴りたおしたりしたらたいへんだから。

「あなたたち、ミス・スミスに会いにいらしたのよね」とミセス・クラークが言う。「愛すべきヴィ、わたしは彼女のことをいまではそんなふうに思っているのよ」

ヴィ・スミス！　ヴィオレットのことなのか？　ぼくが口を開くまえに、エレノアが驚きを見せもせずに言う。「ヴィの具合はどうですか、ミセス・クラーク」

「ずいぶんよくなったわよ。わたしはね、偶然に彼女を見つけたの。先週の金曜のいまいましい空襲のあと、残飯を〝ブタに与える食べ残し〟用のゴミ容器に入れにいったときに。なんとかミス・スミスを目覚めさせて、彼女を支えながらなかに連れてきた。ほんとに、あのままでは凍え死んでいたかもしれない……」そこで間をおく。「でもね、ふしぎなことに、誰かがミス・スミスにジャンパーをかけてあげてたみたいなの」

「えーっと、それ、ぼくです」とぼくは説明しはじめた。「ぼく、民間防衛隊の伝令係なんです。正確には、ヴィオ――ミス・スミスを発見したのはここにいる、この小さな救助犬なんですけど。それで、応援の人を連れてもどると、彼女は消えていた。家に帰ったんだと思っていました。この通りはほとんどが店舗だから、誰かが彼女をどこかへ連れていったとは思いもよらず……」

「そうね、この通りに住んでいる人がいるなんて、誰も思わないわよね」とミセス・クラーク。

「彼女の具合はうんと悪いんですか？」エレノアが小さな声で訊く。

「じつはね、そうなの。いまは身体を起こしていくらかスープを飲めるようになったけれど、今日ベッドから出ようとするミス・スミスをとめたとき、かなりふらついているなと思った」白い巻き毛を揺らしながらミセス・クラークが答える。「大戦争が終わった直後の一九一八年にインフルエンザが大流行したときのことをまだ覚えているから、わたしはね、自分が看ている人には病気がぶりかえすようなまねはさせないようにしているの」

「親身になってくださって、ほんとうにありがとうございます」エレノアがミセス・クラークに笑みを向ける。「ミス・スミスはわたしの家庭教師なんです。先週、帰宅するときに病気で倒れたんだと思います。父とわたしで彼女を探しても見つからず、困りはてていました。すばらしい看護技術をお持ちの方が司祭館にいるという話を、マドックス・ストリートの民間防衛隊の隊長たちからたまたま聞いて。それでこちらへうかがってみたんです」

　ふたりの会話がつづいている最中にデイヴィッドがこっちを向き、やっと聞こえるくらいの声で言った。「どうやったらこんなふうに、次から次へと話をつくれるんだろうね」

「メイフェアあたりに住む上流階級のレディになったふりをしているんだと思うよ」ぼくはささやき声で返した。「ほら、エレノアが書店で会った店員さんみたいな」

　ミセス・クラークが立ちあがりかけた。「長時間の面会は許可できませんからね。でも、今週末にはあなたの家に連れて帰ってもだいじょうぶそうよ、ミス・シェイ。こちらに連絡をくださるよう、お父さまにお願いしてちょうだい」

　エレノアはにっこりと笑った。そのままひざを曲げてレディっぽくお辞儀をするかと思った。

「もちろん、うちの父は感謝の気持ちをあらわすために、セント・ジョージズ教会へ寄付をしたがると思います」

　ミセス・クラークがぼくらを引き連れて廊下を進み、ドアを静かにノックしてあけた。「ミス・スミス、お若い方たちがみえていますよ。すぐにお茶をお持ちしますね」

　ミセス・クラークがドアを閉めた。ぼくらはだまったまま立ちつくし、パジャマの上にピンクのガウンをはおった若い女性を見つめた。女性は小さめのベッドのなかで身体を起こし、たくさんの淡い色のクッションにもたれている。

「ヴィオレット！」エレノアが女性に駆け寄る。ヴィオレットだ。ぼくにもすぐにわかった。本人だとわかったのは、顔や黒髪を見たからじゃなく、壁のフックに掛けてあるジャンパーに気づいたからだった。どうやってジャンパーを取りもどしたか、さっそく父さんに説明しなきゃ。〝ようやくほんとうのことを話すときが来た〟とぼくは思った。

　数分後、エレノアはヴィオレットのベッドにちょこんと腰かけ、LRはエレノアのひざの上、デイヴィッドとぼくは背もたれがまっすぐな籐の椅子にもじもじしながらすわり、手づくりのスコーンがのった皿と、さわっただけで割れそうなカップをどうにかこうにか手に持っていた。困りはてたデイヴィッドがお茶をひと口で飲みほし、ミセス・クラークがサイドテーブルに置いていったトレイにカップをもどした。

　ヴィオレットがぼくらふたりを手招きし、椅子をもう少し近くへ寄せるよう合図した。「あなたたちのすばらしい暗号解読の能力についてエレノアが話してくれた。いまはすべてわかっているのね」

　LRがベッドカバーをじっと見つめているのに気づき、ぼくはLRを抱き寄せて引き綱をしっかり握った。「おかしなことを考えちゃだめだよ」ふわふわした耳もとにささやく。すてきなベッドカバーに汚れた足あとがついたら、ミセス・クラークはいやな気分になるだろう。

「すべてじゃありません」デイヴィッドがヴィオレットに答えた。「最後の記録には、フランスを脱出したときの具体的な内容があまり書かれていなかった」

　ヴィオレットが微笑んだ。「そうね、話せば長くなる。わたしは徒歩でピレネー山脈を越えてフランスからスペインに入った」

「よく歩きとおせましたね」ぼくは驚いて言った。ヴィオレットが目の前でしゃべるのを聞いたことはなかったけれど、ノートを読んでいたから、なんだか昔からの知り合いのような気がする。

「まず列車に乗ってフランスの南西部にある小さな村へ行った。村のはずれの農家に立ち寄って、息子さんがいる女性に会った。さいわい、お金をたくさん持っていたから、それで山越え用の衣服やかばんを縫(ぬ)ってもらったの。乗馬用のズボンとナップザックを。それと、わたしの靴(くつ)と息子さんの古いブーツを交換(こうかん)してもらった」

「山越えはたいへんだった？」エレノアが訊いた。

ヴィオレットはうなずいた。「でも、ガイド役をしてくれた息子さんを信じていたし、彼(かれ)はルートを知りつくしていた。幸運なことに、天気もわたしたちに味方してくれた。スペインに着いて、貨物船の船長に賄賂(わいろ)を渡(わた)して船倉(せんそう)にこっそり乗せてもらい、イギリスまで運んでもらったの。船はほかの船と船団を組んで海を渡った。そのときに身体の具合がおかしくなりはじめちゃって。ようやくロンドンに着いて部屋を借り、その翌日にエレノア、あなたと会った」

「隠(かく)れていたのは、二重スパイじゃないかと疑われて、逮捕(たいほ)されるおそれがあったからですか？」とぼくは訊いた。

　ヴィオレットはまたうなずいた。「そう。ナチスはロンドンへ好き勝手なメッセージを無線で送っているから、わたしがやつらの協力者だという偽(にせ)の情報だって簡単に流せるとわかっていた。本物の二重スパイの正体をあばくには、自由の身でいる必要があった——そのうえで、ひそかに行動する」絶望のポーズなのか、いきなり両手を広げ、ため息をつく。「でも、このありさま。今日は仕掛(しか)けた罠(わな)の仕上げをするつもりだったのに、できなかった。裏切り者が二度目の罠にかかる保証はない。とにかく、わたしは失敗した。そのせいでこれからも諜報員がつかまって殺される。それに上陸作戦自体も——」

「いいえ、ヴィオレットは失敗していない」エレノアが割って入り、ヴィオレットの手を握った。

「パーティがあなたの秘密のメッセージを新聞で見つけた。わたしたち、ネルソン記念柱からもどってきたところなの」

ヴィオレットは顔をあげて驚きの表情を浮かべた。「なんですって？　なにがあったの？」

ぼくは話を引きついだ。「エレノアがあなたのふりをしたんです。そこにキリッとした黒い犬を連れた中年の男があらわれた。彼はエレノアに話しかけなかったけれど、ぼくには見覚えがあった。以前にベイカー・ストリートにある相互勤務調査局の前で見かけたことがある人物でした。相互勤務調査局と表示されているけれど、なかにはＳＯＥのオフィスがあるんですよね」

ヴィオレットがうなずく。

ぼくはつづけた。「あの男性が裏切り者にちがいないとぼくらは考えているけれど、彼の名前はわからない」

「あなたにはわかりますか？」デイヴィッドが訊く。「あなたの組織のなかに、そういう犬を飼っている人はいますか？」

「ごめんなさい（ジュ・スイ・デゾレ）。わからない。訓練は地方でおこなわれたから」とヴィオレット。「ベイカー・ストリートで面接を受け、暗号技術の指導員と会った。あそこへ行ったのはそれ一度きり。あなたが見たという男性が誰なのか、わたしにはわからない」

少し考えたあと、ぼくは言った。「わかりました、知らないならしかたないです。レオ・マークスなら知っていると思います」

「レオですって？」ヴィオレットは声を張りあげた。「レオは暗号技術の指導員よ。どうして彼を知っているの？」

「ぼくの里親がレオのお父さんと知り合いなんです」デイヴィッドが答えた。「ぼくらはレオのお父さんが経営する〈マークス＆Ｃｏ〉という書店へ行き、レオに会いました。あなたの最後のメッセージを解読できなくて困っていたから、彼から暗号についてのアドバイスをもらおうと思って。

でもそのときは、学校の宿題のためと嘘をつきました。レオにはあなたのことはなにも言っていません」

「あなたがロンドンにもどっていることにレオは気づいているんでしょうか。先週の金曜日、彼はあなたを追っていたみたいなんです」とぼく。

ヴィオレットはひと口お茶を飲んだ。「エレノア、あなたに会うまえにわたしはベイカー・ストリートへ行ったの。そしてオフィスのある通りの向こう側に立っていた。レオが出てきたら近くへ行こうと思って。わたしは……彼を信じたかった。でもね……もっと用心しなさいと自分に言い聞かせて、その場を立ち去った」ふいに咳きこんだせいで話をとめ、カップを下に置く。「話を先へ進めなきゃね。ミセス・クラークがいまにももどってきそうだから。そうなったらあなたたちは追いだされ、わたしは安静にしていなさいって言われる。わたしはね、友のみなさん、優秀なスパイとは言えない。でもどうにかして〝旅行者〟の正体をあばきたかった」細くて白い指先でベッドカバーをつまむ。「あばいたあとどうするかは、ちゃんと決めていなかった。エレノア、あなたのお父さまのところへ行こうかとも思った。自分の話を裏づける証拠として、ノートを持って。軍事関係の最高指揮官に話を聞いてもらうにはどうすればいいか、まだわからない」

床におりていたLRが後ろ足で立ちあがってぼくのひざに前足を置き、スコーンをもっとくれとねだった。そういえば、この子は今回の冒険にはじめから加わっていたんだっけ。LRを見つめているうちに、ぼくはアイデアを思いついた。

「ちょっといいかな。ぼくさ、最高司令官本人に会える方法を知っているかもしれない。LRには高い地位の友だちがいるんだ」

32

主たる疑問は、もはやどの諜報員が自由の身であるかではなく、どの諜報員が逮捕されたかだ。わたしはこう言って報告を終えた。

――レオ・マークス『シルクとシアン化物のはざまで――暗号技術者の戦争、一九四一～一九四五』

一九四四年三月一日　水曜日

「誰がうなっているんだ?」机についている男性が言う。

部屋のなかには大勢の人がいる。大勢の人と、二匹の犬が。犬は一匹でも多すぎだろう。少なくともテレックはそう考えているとみえる。

「すまない、うなっているのはうちのテレックだな。おもてなしがへたで申し訳ない」男性は笑ってぼくを指さした。「きみのスパニエル犬はなんという名前かな?」

「リトル・ルーといいます、アイゼンハワー将軍。この子は爆撃された建物から人びとを助けだす救助犬です」LRは小さく〝ワン!〟と鳴いた。

テレックはグロヴナー・スクエアではフレンドリーだったかもしれないが、よそ者が自分の王国に侵攻してくるのは絶対に許せないらしい。まあ、誰も彼を責められないけれど。連合国遠征軍最高司令官の飼い犬として、テレックは犬世界の頂点に君臨することに慣れているのだから。

　アイゼンハワーの補佐官、ハリー・ブッチャーは、集まった全員の紹介を終えていた。エレノア、デイヴィッド、ぼく、もちろんヴィオレットもいる。さらに、レオ・マークス、エレノアのお父さん、サー・チャールズとだけ紹介された頭の毛がうすい男性。おそらく彼はレオの上司で、ＳＯＥのどこかの部署、またはぜんぶの責任者なのだろう。

「はじめてくれてかまわないよ、ハリー」アイゼンハワー将軍が補佐官に言う。

　ハリー・ブッチャーが立ちあがった。「本日、将軍をはじめとするわれわれ一同は、こちらのお若い方々の働きに感謝の意を表すべく集まっております。彼らは、間近に迫る上陸作戦の機密保持への大いなる脅威となりうる行為を阻止し、現場における勇敢なる諜報員たちの生命を救うために尽力してくれました」

「たいへんよろしい」アイゼンハワー将軍はサー・チャールズに向けて合図した。「本案件における容疑者は身柄を確保されているとの報告を受けている。まちがいないかね？」

　サー・チャールズが椅子のなかで居心地悪そうに身じろぎした。「はい、将軍。摘発が遅れたのはすべてわたしの責任です。われわれはヴィオレットの勇気ある行動に深く感謝いたします。彼女は現場からのたいへん有益な証拠を提供してくれました」そこでひとつ咳払い。「そして……レオは以前から、暗号化されたメッセージのなかに警戒すべき傾向があると注意を呼びかけていましたが、組織内で活動する二重スパイに……もみ消されていました」

　レオはきっちりアイロンがけされたズボンから目に見えない糸くずをつまみあげた。ヴィオレットはひざに置いた手袋をいじっている。ふたりはなにも言わないが、口を閉じてじっとがまんしているようにも見える。

ヴィオレットは〝旅行者〟に裁きを受けさせるために命をかけた。一方、レオは諜報員からのメッセージにコードネームが入っていないことに注意を払うよう、上司たち（〝旅行者〟もふくむ）に何週間もはたらきかけていたと、ぼくらに話してくれた。フィリップやヴィオレットらの諜報員をみずからの手で育てたのだから、コードネームが抜けているのを諜報員の不注意とは考えていなかったのだろう。〝旅行者〟はレオの評判を落とそうとしたらしい。しかし最後には、レオが正しかったことが証明された。

ヴィオレットを探しだせた日から、ものごとが急速によい方向へ進みだした。日曜日にヴィオレットは司祭館を出て、エレノアの家族と暮らしはじめた。同じ日の午後、ぼくとデイヴィッドとLRはレオに会いにチャリング・クロス・ロードの書店まで歩いていった。運よく、レオは父親を訪ねてきていた。

「ちょっと待って。きみと小さなスパニエル犬に、ぼくは会ったことがあるよね？」レオが訊いてきた。

ぼくはうなずいた。「はい。一週間ほどまえの空襲があった金曜日に。そのときあなたは誰かのあとを追っているみたいでした。若い女の人のあとを」

「どうして知っているんだい？」レオの顔から血の気が引いた。レオはデイヴィッドとぼくの腕をつかみ、書棚の裏にぼくらを連れていってささやき声で言った。「あの日、ぼくは彼女を見たような気がしたんだ。でも、彼女がロンドンにいるわけがない……彼女は無事なのか？」

「はい」とデイヴィッドがはっきりと答えた。「長い話になるんですが、そちらの都合がよければ、彼女のところへお連れします」

自分たちがかかえた謎にほかの人を引きこむと、少しだけ気が楽になった。エレノアのお父さんのシェイ博士は「ここでの話は絶対に外にはもれないから、なんでも話してくれてかまわない」と言ってレオとヴィオレットを安心させ、自分が所属するアメリカの組織、戦略情報局は、ベイカー・ストリートの特殊作戦執行部のようなイギリスの機関とつねに連携していると付け加えた。

シェイ博士はSOEについてジョークまで飛ばした。「以前きみらのオフィスで会議があってね。わたしは〝特殊作戦執行部〟と書かれているプレートを探して歩きまわった。それで住所を確認したときに、ようやく気づいたんだよ。建物に記された〈相互勤務調査局〉という謎めいた看板の裏にきみらは隠れているんだと。いったい誰がそんなアイデアを思いついたんだろうな！」

レオはにやりとした。「まさか〝ベイカー街遊撃隊〟とは名乗れませんからね」そう言ってから、長いことヴィオレットの手を握った。「きみが生きていてくれてうれしいよ。オフィスの窓からたまたま外をのぞいたときは、夢を見ているのかと思った。きみはフランスにいるはずだったからね。確認のためにきみのあとをつけたけれど、空襲警報のサイレンが鳴りだして、きみはどこかに消えてしまった」

ヴィオレットはうなずいた。「レオ、完全にとは言えないけれど、わたしはあなたを信じていました。信じたかったんです。それでもまずは、自分ひとりの力で裏切り者を引きずりだすことにした。あなたかシェイ博士には、あとから話すつもりでいました。わたしはエレノアにノートをあずけた――まさかのとき……自分の身に万が一、なにかが起きたときのために。

そしてご存じのとおり、ここにいる若い人たちが、わたしよりよっぽど優秀なスパイだということをみずから証明した。空襲のあったあの夜、エレノアとはぐれたあとで、わたしは具合が悪くなり気を失いそうになりました。ミル・ストリートでゴミ容器を目にしたとき、その陰にしゃがんで呼吸をととのえようと思いました。近くに爆弾が落ちたら、ゴミ容器のブリキのふたを頭にかぶって身を守ろうと、ばかなことを考えてしまったんです。でも、わたしにはふたを持ちあげる力も残っていなかった。次の瞬間には完全に気を失ってしまった。気づくと司祭館のなかで、ミセス・クラークにあれこれと世話をしてもらっていました」

そこでレオが言った。「ヴィオレット、きみが誰かといっしょにいるのを見たが、エレノアの顔はよく見えなかった。空襲警報のサイレンが鳴りだすと、あたりは大混乱におちいった。ぼくはグロヴナー・スクエアに向かってマドックス・ストリートを走った。きみがミル・ストリートへ行ったことには気づかなかった」

レオがこっちを向いた。「ほんとのところ、ぼくはきみの忠告を受け入れて防空壕に入ったんだよ」

「次の日にヴィオレットを探しに、グロヴナー・スクエアへ行きましたか？」とぼくは訊いた。

レオはうなずいた。「もしかしたらヴィオレットに会えるかもしれないとぼんやり考えて。ヴィオレットはそっちの方向へ行ったような気がしたから。そのときにもきみときみの犬に会ったよね、バーティ。でも、ノートについてはなにひとつ知らなかった」

「ということは、あの日の午後、あなたにつけられていると思ったのは、まったくの勘ちがいだったんですね」ぼくはしょんぼりしながら言ったが、ベイカー・ストリートまでレオを追っていかなかったら、犬を連れた男性が〝旅行者〟だと突きとめることはけっしてなかっただろうと思いなおした。

シェイ博士はなにも言わずにこれまでの話にじっと耳を傾けていた。けれども、ぼくら三人でノートの内容を解読し、ヴィオレットが仕掛けた罠を引きついで、誰が裏切り者かたしかめようとしたとエレノアが話したときは、驚いてあんぐりと口をあけた。

「今回はすばらしい働きをしたね、エレノア」とシェイ博士。「きみたち三人はとてつもない難問を解決した。だがね、どうしてすぐにわたしのところへ相談しにこなかったんだい？」

　ぼくは口を開きかけ、途中で閉じた。この質問には本人が答えるべきだろう。エレノアは肩をすくめた。「わからない。お父さんはとても忙しそうだったから、かな」

「それはすまなかった。ロンドンにきみを連れてきたくなかったのは、それが理由のひとつだった。多忙できみにさみしい思いをさせるだろうと思ってね」

「そんなことない！」エレノアがさっと顔をあげる。「お父さん、わたしはロンドンに住めてとてもうれしいの。寄宿学校なんて大きらい。ロンドンで暮らすのが楽しくてしかたない。ただ……たまには話をちゃんと聞いてほしい」

　シェイ博士は〝よくわかった〟というようにうなずいた。「努力しよう。上陸作戦が成功したら、われわれはみな、ほっとひと息つけるだろう。それで戦争が終結するとは思えないが、終わりのはじまりにはなるはずだ。それからエレノア、これだけは知っておいてほしい。エレノアの名前の由来になった人と同様に、きみは大きな力を秘めた人間だとわたしは思っている――きみを心から愛しているよ」

「いつでもエレノア」ぼくはそうささやいて、エレノアのあばらのあたりをつついた。

　シェイ博士は少し間をおいてから、ぼくら三人に話しかけた。「さて、ベイカー街遊撃隊の諸君、次はどうするべきか、なにかアイデアはあるかな？」

「あります、博士」とぼく。「ぼくにはコネがあって、それを使えば二重スパイに関する情報を軍のトップへ伝えることができます――博士にもご協力いただきたい」

シェイ博士はおもしろがるような表情を浮かべた。「わかった。わたしになにをしてほしいのかな?」

「ハリー・ブッチャー中佐に電話をしていただけますか? グロヴナー・スクエアの指令本部の前で、博士が中佐と面談できるかどうか訊いてもらいたいんです」

「アイゼンハワーの補佐官と?」エレノアのお父さんは〝ヒュー〟っと口笛を鳴らした。「まさに軍のトップだ!」

ぼくはにやりとした。「テレックの友だちがもう一度会いたがっていると伝えてください」


シェイ博士はほんとうにハリー・ブッチャーに電話をして、こちらの言い分を伝えてくれた。そのあと電話での話し合いと内密の打ち合わせ(子どもたちは呼ばれなかった)が何度かおこなわれた結果、ぼくらはいまこの場に勢ぞろいしている。

LRが救助犬だと伝えると、ドワイト・D・〝アイク〟・アイゼンハワー最高司令官はすぐに椅子から立ちあがり、こちらへ歩いてきてから腰を落としてLRにおやつを与えた。アメリカ赤十字社のドーナツだ! テレックはよそ者が自分より先におやつをもらったことにショックを受け、クーンと鳴いた。

最高司令官がこちらを向いた。「さて、お若い方々、きみら三人がどのように謎を解き、われわれの壮大な作戦が外部にもれるのを防いだのか、もう少しくわしく聞かせてもらおうか」

一瞬ぼくはなにもしゃべれなくなった。となりからデイヴィッドがささやきかけてくる。「さあ、シャーロック」エレノアがはげますようにうなずく。ぼくはひとつ息を吸いこみ、物語を語りはじめた。

「ぼくはあの晩、自分がスパイになるなんて思ってもみませんでした……」

33

連合国遠征軍の兵士、水兵、空軍兵の諸君！

きみたちはいままさに偉大なる十字軍としての戦いに乗りだそうとしている。すでに何カ月にもわたってわれわれは敵を打ち破ろうと奮闘してきた。世界の目はきみたちに注がれている。あらゆる場所にいる自由を愛する人びとの期待と祈りが、つねに諸君とともに進む。

――連合国遠征軍最高司令官、ドワイト・D・〝アイク〟・アイゼンハワー将軍、一九四四年六月六日の訓示

一九四四年六月六日　火曜日

「バーティ、起きなよ、ほら、聞こえるだろう」暗い部屋のなかでウィルのせかすような声が響き、ぼくは目を覚ました。

ぼくは寝返りを打ってLRを抱き寄せ、寝ぼけ声で言った。「聞こえるって、なにが？」

「飛行機だよ」とウィルが答える。「飛行機の音が聞こえるんだ。もしかしたらフランス上陸は今日なんじゃないかな」

「ジェフリーの予想があたったんだ」ぼくはがばっと身体を起こした。やっぱりジェフリーは正し

かった。「ジェフリーが日曜日にうちに来たとき、今週あたりじゃないかって予想してたのを聞いてた？　学校の近くの野営地から兵士がみんな出ていったって言ってたよね」

「兵士はみんなイギリスの南部に送られたんだろう。いまごろはイギリス海峡を渡っているところじゃないかな」とウィル。「ラジオでBBCニュースを聴いてみようよ」

ウィルとぼくはラジオのある居間で朝食をとりたかったけれど、母さんは許してくれそうになかった。「少しボリュームをあげれば、キッチンにいたって聞こえるでしょ」そう言って、トーストとソーセージ、それと見るのもうんざりのエッグパウダーがのった皿をテーブルに置いた。

ロンドンにもどってきてからというもの、母さんはぼくを〝文明社会にもどす〟ための計画を実行しはじめた。具体的には、定期的に散髪させ、宿題をきっちりやらせ、もっとちゃんとしたものを食べさせる。「あなたとお父さんはなにを食べて生きていたの？」もどってきたとき、母さんは驚きの声をあげた。「お茶とトーストだけ？」

「エッグパウダーを忘れちゃ困るな」父さんが割って入った。「わたしのエッグパウダーは絶品だ」

ぼくはうめき声を出した。「いちばんおいしかったのは、エレノアがくれたドーナツだったよ。いまやLRの大好物」

「まあ、いずれにしろ、〝母の愛情〟の標的になるやつがほかにもあらわれてくれて、ぼくはうれしいよ」ウィルが冗談めかして言ってから、母さんのそばに行って頰にキスした。「母さんがいなかったら、こんなふうに回復できなかったけどね」

母さんは顔をしかめた。「はいはい、うれしくてとろけちゃいそうよ、ウィル・ブラッドショー。で、なにが望みかしら？」

「たいしたことじゃないよ」ウィルはにやりと笑った。「えーっと、バーティが新聞で〝ただで自転車をあげます〟っていう広告を見つけたんだ。ちょっとたいへんそうだけど、練習して片手で乗れるようになったら、ぼくを民間防衛隊の伝令係に採用してくれるってホーク隊長が約束してくれた」

結局、午前八時にＢＢＣのニュースがはじまると、朝食の皿を片手に家族四人で居間に移動した。ＬＲは大よろこびでついてきた。

「六月六日火曜日、午前八時のニュースはフレデリック・アレンがお伝えします」アナウンサーの声が流れてくる。「連合国軍総司令部はドイツ占領下の国の海岸ぞいに住む人びとに緊急の警告を発しました。警告の内容は、連合国軍による新たな航空攻撃がはじまったことを受け……」

「来たんだ！　今日が〝その日〟にちがいない」ぼくは大声をあげた。「ついに上陸作戦がはじまった」

デイヴィッドとぼくは学校に着くとまっすぐにターナー先生のところへ行った。「来るべき日が来たようだ。昼休みにわたしの教室に来なさい。ラジオをつけてあげよう」

思ったとおり、正午にニュース速報がはじまった。

「Ｄデイの到来です。今朝早く、連合国軍はヨーロッパにおけるヒトラーの要塞の北西部への攻撃を開始しました。午前九時半すぎに公式な第一報が届いたばかりです。連合国遠征軍最高司令部(Supreme Headquarters Allied Expeditionary Force)——通常、頭文字をとってＳＨＡＥＦと呼ばれる——が公式声明の第一号を発表したのです。声明は以下のとおりです。〝アイゼンハワー将軍の命令のもと、連合国海軍は空軍の強力な援護を受け、今朝フランス北部の海岸に連合国軍を上陸させはじめた〟」

放課後、いったん家に寄ってLRを連れだし、指揮所でデイヴィッド、ウィル、エレノアと合流した。指揮所ではラジオのまわりに人が集まり、みな熱心に最新ニュースに耳を傾けていた。

ぼくらは午後じゅうずっと指揮所にいた。隊長たちやボランティアのほかに、近隣の人たちがニュースを聴くために集まっていた。そのなかのひとりの少年が叫んだ。「ママ、見て！　ぼくたちを助けてくれたわんちゃんがいる」言うまでもなく、LRはビスケットにありついた。

そのあとでラジオが続報を伝えると、ホーク隊長は歓声をあげてひざを打った。「聞いたかい？　奇襲作戦だったんだな。それがみごとに大成功！　アイゼンハワーは、何千もの航空機や船、数えきれないほどの兵士を送りこみながらも、史上最大の作戦の機密を守りきった」

ウィルはデイヴィッドとエレノアとぼくのほうを向いて小さな声で言った。「最高司令官は運がよかったよ、きみら三人の協力を得られて」

LRが鼻先を宙に突きあげてほえた。〝ワン！〟

「三人じゃない――四人だ」ぼくはしゃがんでLRを抱きしめた。「リトル・ルーを忘れちゃいけないよ」

エピローグ

一九四四年七月二日　日曜日
グロヴナー・スクエア

ぼくらはお別れ会と誕生日パーティーを同時におこなった。残念ながら、参加できない人が何人かいた。レオ・マークスは多忙のため不参加。最高司令官の相棒、テレックはたぶんフランスにいて、Dデイにノルマンディの海岸に上陸した連合国軍の勇敢なる戦いぶりを視察するご主人につきそっていると思われる。

シェイ博士とエレノアは近々アメリカへ帰国することになっている。エレノアのお父さんは秋からもとの大学教授にもどる予定だ。でも娘のエレノアには、来年の夏にふたりでかならずロンドンを訪れると約束している。

パンにチーズとレモンをのせて焼いたレモネードトーストを前にして、シェイ博士がパーティーのはじまりのあいさつをした。「才気あふれるわが娘は、アメリカが独立した歴史的な日、七月四日に生まれました。少し早いけれど、エレノア、誕生日おめでとう。アメリカとイギリスというふたつの国にわかれてはいるが、いまはともに戦う連合国として——真実と正義を追求する者同士として——われわれは無敵です」

「乾杯！」ぼくらはみんな紙コップをかかげた。

「わたしの誕生日はべつの意味でも歴史的な日です。第三代アメリカ大統領のトーマス・ジェファーソンと第二代のジョン・アダムズが亡くなった日でもあるんです」エレノアがにやりとして言う。ぼくらはみんなうなる。「このふたりは、そもそもアメリカをイギリスから独立させた、いわば責任者なんですよね……」

ぼくは父さんをちらりと見た。「ここはピクニックパーティーを開くにはぴったりの場所かもしれないね。ジョン・アダムズはグロヴナー・スクエアに住んでいたんだから」

デイヴィッドがヒューッと口笛を吹いた。「きっとターナー先生は感心するだろうね、バーティ」

「バーティは父さんみたいな歴史マニアになるかもしれないよ、父さん」とウィルが付け加える。

「そうだな」と父さん。「だが、バーティが見習うべきはホーク隊長とイタ隊長で、わたしはおふたりに感謝している。おふたりの指導のおかげで、わたしの息子は責任を果たすことを学んだし、まえよりも忘れっぽくなくなったからね」

ホーク隊長はにこりとしてから、リトル・ルーとのボール投げ遊びにもどった。イタ隊長はうれしそうに笑った。「あなたの息子さんをふたりともボランティアとして迎えられたことをうれしく思います」

ハッピーバースデーの歌をうたったあと、母さんはこの日のためにつくったアップルパイをエレノアが切りわけるのを手伝った。「エレノア、司祭館のミセス・クラークに持っていってくれる？あなたのおばあさまにも。バーティ、これをエスター副隊長とミスター・ハンフリーに」そこでリトル・ルーに笑いかけてから、ぼくの頬にキスする。「もちろん、ここにいるかわいい主役にもあげなくちゃね」

みんなでグロヴナー・スクエアの新しく生えそろった芝生の上を歩きながら、エレノアが小さな声で言った。「あなたのお母さまはすてきな方ね、バーティ。ちゃんと仲直りはできた？」

ぼくはかすかに笑みを浮かべた。「イタ隊長がね、まえに言ったんだ、一度に一歩ずつ進めばいいって」

ほんとうのところ、お互いに気兼ねなく暮らしていたころにすぐにでももどれればと思う。いまはそうなるようにがんばっているところだ。寝るときに母さんはおやすみのキスをしてくれる。ウィルがシャーロック・ホームズの物語を声に出して読んでいるときに、ベッドに入っているぼくの足もとに腰かけ、片手でリトル・ルーの頭をなで、もう一方の手でぼくの脚をさすってくれたりもする。

そういう夜に母さんはかならずこう言う。「おやすみ、わたしのぼうやたち。おやすみ、リトル・ルー」

戦争が終わり、ロンドンが二度と空襲の被害にあわずにすむ時代へひとっとびでいければなあと、ときどき思う。ブリッツの小型版みたいな爆撃はやんだ。けれどDデイの一週間後、新たな恐ろしい攻撃がはじまった。V-1飛行爆弾というやつだ。ドイツ軍がまだ占領しているフランスのどこかから無人のミサイルが飛んできて、警戒する間もなく落ちてくる。最初はなにが飛んできたのかわからなかったのが、いまではすっかり〝おなじみ〟になり、この先、何カ月もつづくかもしれない。耳ざわりなエンジン音とともに飛んでくることから、〝ぶんぶん爆弾〟と呼ばれている。

でも、ホーク隊長とイタ隊長は少しもひるんでいない。ふたりとも、ロンドン市民のために闘いつづけている。

戦争が終わるのは時間の問題だと、いまぼくらは感じている。

パーティーにはほかにも参加者がいて、若い巡査がひとり来ているけれど、それはパーティー好きのジミーじゃない。ジミーはもうトレンチャード・ハウスに住んでいない。それどころか、警察官でもない。

ジミーに関してぼくが推測したことはまったくまちがっていた——彼はヴィオレットのボーイフレンドでもなんでもなかった。ジミーをはなから信用していなかった、いとこのジェフリーが正しかった。ジミーはLRをいじめていただけでなく、犯罪者から賄賂を受けとっていて、その現場を父さんに目撃された。父さんはジミーを逮捕し、表彰状をもらった。

「父さんは刑事になるの？」

「パーティ、わたしはね、戦争前に警部への昇進を打診されて断ったんだよ。地域に奉仕する若い警察官を育てるほうがもっと役に立てると思ったんでね。それに、ロンドン市民のために通りという通りを守っていたかった。おまえにとってはがっかりな話だったかもしれないがね」

ぼくは首を振った。「そうだね……まえならがっかりしたかもしれない。いまはそんなことない」

父さんはぼくの肩に手を置いた。「戦争が終わったら、さて、どうなるか。自分たちの家をもう一度手に入れるために昇進が必要になるかもしれないぞ」

ウィルとジェフリーとデイヴィッドは、忙しすぎてろくにパイも食べられない。三人は五十六編あるシャーロック・ホームズの短編について、あれが好き、これも好きと、話に夢中になっている。

ウィルとデイヴィッドはシャーロック・ホームズのいわば専門家。デイヴィッドはほんとうにたくさんのホームズものを読んでいる。それも、がむしゃらに。まえに本人から聞いたことがある。毎日なにかで忙しくしていると、両親と離れ離れになった最悪の日々を頭の片隅に追いやることができると。この夏からは、里親の家族が営む靴店だけでなく、チャリング・クロス・ロード八四番地にあるレオのお父さんの書店の手伝いもしている。

「「ボヘミアの醜聞」はまずまちがいなく、シャーロック・ホームズの短編のなかでいちばんの傑作だ」とウィル。

「そうかなあ」デイヴィッドが反論する。「まえに読んだ記事には、サー・アーサー・コナン・ドイル自身は「まだらの紐」がいちばん好きだって書いてあったよ」

「長編も忘れるなよ。最高傑作は『バスカヴィル家の犬』だ」とジェフリー。

エレノアにもお気に入りがあるらしい。最近になって、エレノアはシャーロック・ホームズの推理小説を年代順に読みはじめている。「パーティのお気に入りは〝あれ〟しかないよね。「赤毛組合」」

「あはは、おもしろすぎてお腹がよじれちゃうよ。エレノア、頭にレモネードをぶっかけられなくて、ラッキーだと思いなよ」とぼく。

ヴィオレットとジョージのそばを通ったとき、ジョージがこう言うのが聞こえた。「きみがダンス好きだっていう話を聞いた。それで……いっしょに行くっていうのは……」

ヴィオレットは笑って答えた。「ぜひとも、いっしょにダンスをしにいきたいわね、ジョージ」

でも、ヴィオレットとジョージ以上にびっくりの〝新たに絆を深めたふたり〟がいる。ミスター・ハンフリーは、店を爆撃されてつらい思いをしたというのにあいかわらず元気で、エレノアとシェイ博士がアメリカへもどったら、エレノアのおばあさんの家の空いている部屋に引っ越す予定らしい。

「娘のリディアは、老いぼれた馬かなにかみたいにわたしを田舎に押しこめておきたがっている。

ニワトリだらけの場所に！　うるさくてかなわない。わたしはすぐにロンドンにもどってくる」ミスター・ハンフリーが高々と宣言する。「上陸作戦がはじまったときもロンドンにいた。次は戦勝パレードだ。パーティと小さくとも勇敢なリトル・ルーのおかげで、パレードをこの目で見られるぞ」

　リトル・ルーからの返答はなし。アップルパイを食べるのに忙しくて、それどころじゃなさそうだ。

スパイへの道　その4

キーワードかキーフレーズを使って解く暗号

r d b k g x m s a m p p z b t e k c r d e q l m m g !

これはヴィオレットが最後のメッセージに使ったのと同じタイプの暗号。この種の換字式(かえじしき)暗号では、暗号アルファベットを作成するためにキーワードまたはキーフレーズが使われる。まず、暗号アルファベットの先頭にキーワードを並べる。そのあとから、アルファベットを順番に並べていく。ただし、キーワードのなかで使ったアルファベットは飛ばしていくこと。

キーワードのアルファベットはそれぞれ一度しか使えない。たとえば、キーワードが〝動物園(ZOO)〟だった場合、〝Z〟が〝A〟になり、〝O〟が〝B〟になる。〝Z〟と〝O〟のふたつが先頭にきただけで、暗号アルファベットと通常のアルファベットにはそれほどちがいがない――つまり〝ZOO〟はキーワードには適さないと言える。キーワードやキーフレーズが長く、そのなかに終わりのほうのアルファベットがふくまれている場合、暗号としてより機能する。

ヒント：この暗号を解読するためのキーワードは、第二次世界大戦中、ロンドンやそのほかのイギリスの街を攻撃対象とした、ドイツ軍による爆撃を意味する五つのアルファベットからなる言葉。

暗号メッセージの解答

スパイへの道　その1

換字式暗号

連合国遠征軍最高司令官はドワイト・D・〝アイク〟・アイゼンハワー。彼のニックネームは〝アイク（ＩＫＥ）〟だから、暗号アルファベットは〝Ｉ〟ではじまる。

q n g w c i z m j m q v o e i b k p m l q b q a m a a m v b
q i t n w z g w c b w j m i e i z m w n q b

答え：If you are being watched, it is
essential for you to be aware of it.
（監視されているのであれば、まずはそれを自覚することが肝心だ）

ふつうの文章を暗号化したり、暗号化された文章を解読したりするのに役立つ情報は、インターネットでいくらでも見つけられる。もちろん、そういうものは一九四四年にはなかったけれど。参考になるウェブサイトをあげておく。
* practicalcryptography.com/ciphers.

スパイへの道　その2

シーザー暗号

ネプチューン作戦（ノルマンディ上陸作戦の正式作戦名）は一九四四年六月六日に開始された。このタイプの換字式暗号では、ある日付の月と日にちを足した数だけアルファベットの順番をずらす。六月は六番目の月だから6、そこに六日の6を足すと合計は12になるので、通常のアルファベットの先頭から12ずらした（〝A〟はずらす数にふくめない）〝M〟が暗号アルファベットの先頭になる。

k a g w z　a i y k y　q f t a p　e i m f e　a z e t q　d x a o w　t a x y q　e

答え：You know my methods, Watson. —— Sherlock Holmes
（わたしのやり方はわかっているね、ワトスン——シャーロック・ホームズ）

スパイへの道　その3

アトバシュ暗号

この暗号では、アルファベットの順番がひっくりかえる。

blfix levir hgsvo ruvds rxsbl flfgd
ziwob ovzwr mliwv iglxl mxvzo gsviv
zokfi klhvl ublfi kivhv mxvzm wgsvv
ckozm zgrlm dsrxs blftr evlub lfikz
hgzmw kivhv mghlv nzmfz o

答え：Your cover is the life which you outwardly lead in order to conceal the real purpose of your presence and the explanation which you give of your past and present. ——SOE Manual
（偽装とは、きみがそこにいるほんとうの目的を隠すために表面的に送っている生活のことであり、仮につくりあげたきみの過去と現在を説明するものである。——SOEマニュアル）

スパイへの道　その4

キーワードかキーフレーズを使って解く暗号

通常	A	B	C	D	E	F	G	H	I	J	K	L	M	N	O	P	Q	R	S	T	U	V	W	X	Y	Z
暗号	B	L	I	T	Z	A	C	D	E	F	G	H	J	K	M	N	O	P	Q	R	S	U	V	W	X	Y

一九四〇年から一九四一年までイギリスに対しておこなわれた爆撃作戦はブリッツ（ＢＬＩＴＺ）と呼ばれた。というわけで、このメッセージを解読するためのキーワードは〝ＢＬＩＴＺ〟となる。

r d b k g x m s a m p p z b t e k c r d e q l m m g !

キーワードを暗号アルファベットの先頭においた表は上のとおり。

答え：Thank you for reading this book!

（この本を読んでくれてありがとう！）

＊二〇二五年三月時点では閲覧できません（編集部）

出典

特殊作戦執行部（Special Operations Executive）は、第二次世界大戦中のイギリスに設置された組織。ナチスに占領された国々で諜報活動や破壊工作をおこなうために男女問わず一般市民が部員として採用された。本部はロンドンのベイカー・ストリートに置かれた。ＳＯＥでの訓練の講義内容は『特殊作戦執行部マニュアル：ドイツ占領下のヨーロッパにおいて諜報員になるための教本』（ロンドン：ウィリアム・コリンズ、二〇一四年）としてまとめられて出版され、本書では〝ＳＯＥマニュアル〟として抜粋した。引用部分は政府や公共機関のデータを使用する際の〈オープン・ガバメント・ライセンス〉にもとづき、イギリス国立公文書館の許可を得て掲載している。

アーサー・コナン・ドイル作、シャーロック・ホームズ・シリーズの長編、短編からの引用は、著作権が切れた名作を電子化してインターネット上で公開している〈プロジェクト・グーテンベルク〉（gutenberg.org）のものを使用した。

パート1

〝諜報員は兵士とはちがい……〟　ＳＯＥマニュアル、十三ページ

1

〝きみは見てはいるが、観察していない〟　アーサー・コナン・ドイル「ボヘミアの醜聞」『シャーロック・ホームズの冒険』一八九二年

2

〝全体的な印象にとらわれず……〟　アーサー・コナン・ドイル「花婿の正体」『シャーロック・ホームズの冒険』一八九二年

3

〝（諜報員は）ものごとを観察するだけでなく……〟　SOEマニュアル、十五ページ

4

〝諜報員がわが身を守るために必要なのは……〟　同、十三ページ

5

〝われわれがここで教えることすべてを……〟　同、十三ページ

6

〝ぼくはこの事件で正しい道を進んでいるかもしれないし……〟　アーサー・コナン・ドイル「緑

柱石の宝冠(ほうかん)」『シャーロック・ホームズの冒険』一八九二年

7

〝気づかぬうちに簡単に監視(かんし)されるような場所を……〟 SOEマニュアル、四十九ページ

8

〝監視されていると思っても……〟 同、四十九ページ

9

〝監視する場合は、つねに……〟 同、四十八ページ

パート2

〝さあ、ワトスン、早く! 獲物が飛びだしたぞ〟 アーサー・コナン・ドイル「アビー荘園」『シャーロック・ホームズの復活』一九〇五年

10

〝防空壕(ぼうくうごう)内のレンガ造りの区画を……〟 エレノア・ルーズベルト『マイ・デイ』 www2.gwu.edu/~erpapers/myday/displaydoc.cfm?_y=1942&_f=md056326

11

〝諜報員は背景にとけこみ……〟 SOEマニュアル、十五ページ

12

〝燃えるがれき、立ちこめる煙(けむり)……〟 PDSAのディッキンメダル授与(じゅよ) pdsa.org.uk/what-we-do/animal-awards-programme/pdsa-dhckin-medal

13

〝諜報員は……どんなに重要または親密な関係にある人間に対しても……〟 SOEマニュアル、十五ページ

14

〝監視(かんし)とは、本人に知られずに誰(だれ)かを観察下に置くことである〟 同、四十五ページ

15

〝暗号はメッセージを記号に変える……〟 同、百二十二ページ

パート3

〝ほとんど訓練を受けていない者がなぜ重大な職務を……〟 リタ・クレイマー『フレイムズ・イ

ン・ザ・フィールド：占領下のフランスにおける四人のSOE諜報員の物語』（ニューヨーク：ペンギン・ブックス、一九九六年）二百四十七ページ　（未邦訳）

16
〝見知らぬ人間があたりをうろついていないか……〟　SOEマニュアル、四十八ページ

18
〝腕のよい暗号技術者はじつにまれだ〟　エドガー・アラン・ポオ〈暗号論〉《グレアムズ・マガジン》一八四一年七月、19：33‐38　eapoe.org/works/essays/fwsw0741.htm

19
〝諜報員は証拠となる書類、たとえば……〟　SOEマニュアル、十六ページ

20
〝警戒をゆるめてはいけないし……〟　同、十三ページ

21
〝取り決めておいた名前や言葉やフレーズを……〟　同、百二十四ページ

パート4

〝不可能なものを除外して残ったものが……〟　アーサー・コナン・ドイル『四人の署名』一八九〇年

23

〝ドイツ軍を追いだすには、イギリスで事務仕事をするよりも……〟　パール・ウィザーリントン・コーニオリー『コードネーム・ポーリーン：第二次世界大戦時の諜報員の回顧録』（シカゴ：シカゴ・レヴュー・プレス、二〇一三年、二〇一五年）三十三ページ（未邦訳）

24

〝世の中はあきらかなことであふれている……〟　アーサー・コナン・ドイル『バスカヴィル家の犬』一九〇二年

25

〝各訓練生には個々にコードネームが与えられ……〟　SOEマニュアル、百二十一ページ

26

〝サイレンがやかましく鳴りはじめたかと思うと……〟　アーニー・パイル『イギリスのアーニー・パイル』（ニューヨーク：R・M・マクブライド&カンパニー、一九四五年）二十二ペー

ジ、オンデマンド印刷により再発行（未邦訳）

27

〝データがそろわないうちに理論を立てるのは……〟　アーサー・コナン・ドイル「ボヘミアの醜聞」『シャーロック・ホームズの冒険』一八九二年

28

〝おもしろいできごとがぼくのところに持ちこまれて……〟　アーサー・コナン・ドイル「這う男」『シャーロック・ホームズの事件簿』一九二七年

29

〝暗号を使うときは最大限の注意が……〟　ＳＯＥマニュアル、百二十二ページ

30

〝ロンドンについての正確な知識を身につけるのは……〟　アーサー・コナン・ドイル「赤毛組合」『シャーロック・ホームズの冒険』一八九二年

31

〝慎重さはもちろんのこと……〟　ＳＯＥマニュアル、十五ページ

32

〝主たる疑問は、もはやどの諜報員が逮捕されたかではなく……〟 レオ・マークス『シルクとシアン化物のはざまで――暗号技術者の戦争、一九四一～一九四五』（ニューヨーク：フリー・プレス、一九九八年）百二十四ページ～百二十五ページ（未邦訳）

33

〝連合国遠征軍の兵士、水兵、空軍兵の諸君！ きみたちは……〟 ドワイト・D・アイゼンハワー〈一九四四年六月六日の訓示（Order of the Day）〉米国国立公文書館 archives.gov/historical-docs/todays-doc/?dod-date=606.

著者あとがき

〝世界の人びとはふたつの陣営にわかれる……〟 E・イタ・エクペニョン〈アフリカ人の民間防衛隊隊長の記録〉*westendatwar.org.uk/documents/E_Ita_Ekpenyon_download_version_.pdf.

*二〇二五年三月時点では閲覧できません（編集部）

著者あとがき

〝世界の人びとはふたつの陣営にわかれる。ひとつは世界じゅうの人を奴隷にしようとする陣営、もうひとつは世界の平和と自由を勝ちとるために闘う陣営だ〟

――E・イタ・エクペニョン〈アフリカ人の民間防衛隊隊長の記録〉

『こうしてぼくはスパイになった』は第二次世界大戦中のさまざまなできごとに発想を得たフィクションです。本のなかでは実際の歴史上の人物を何名か登場させていますが、彼らの行動やセリフは完全に創作で、実在の人物とは無関係のフィクションです。

歴史的背景

世界は戦争の真っただ中でした。ヒトラーのナチス・ドイツは他国を侵略し、無辜の民、とくにユダヤ人たちを恐怖のどん底に突き落とし、拷問し、死に至らしめました。イギリスは一九三九年九月三日にドイツに宣戦布告しました。ロンドン市民は食料の配給制、灯火管制、一九四〇年から四一年にかけてのザ・ブリッツとして知られる集中的な空襲に耐えました。空襲は一九四四年にふたたびはじまり、一連の爆撃は小型版ブリッツとして知られるようになりました。

アメリカ合衆国はイギリスの同盟国として一九四一年に第二次世界大戦に参戦しました。自由な民主主義の社会の将来があやぶまれるなか、イギリスとアメリカは一致協力して、史上最大の軍事作戦の準備をひそかにはじめました。オーヴァーロード作戦です。ヒトラーの〝ヨーロッパ要塞〟に侵攻し、最終的にドイツ軍に勝利することが目的でした。

作戦の成功は初日にかかっていました。その日、連合国軍の十五万六千名の兵士がイギリス海峡を渡り、フランス上陸の足がかりを確保するために戦いました。上陸作戦のコードネームはネプチューン作戦。第二次世界大戦のなかでもきわめて重要な機密のひとつでした。作戦がいつおこなわれるか、軍勢がどこに上陸するか、絶対にナチス・ドイツに知られるわけにはいかなかったのです。

特殊作戦執行部

ナチス・ドイツとの戦いには何千人という一般市民が参加しました。イギリスでは、特殊作戦執行部（SOE）と呼ばれる組織がつくられました。SOEの諜報員は〝ベイカー街遊撃隊〟として知られていました。そう、かの有名な探偵、シャーロック・ホームズのために情報を集めた街の少年たちからとった名前です。SOEの本部はベイカー・ストリート六四番地にあり、プレートには〈相互勤務調査局〉と書かれていました。いまでもそこを訪ねるとプレートを見ることができます。

SOEでは経験のない男女を訓練して秘密諜報員に育てました。訓練後、彼らの多くはフランス、デンマーク、オランダなどのナチス・ドイツに占領されていた国々へパラシュートで降下しました。それらの国で破壊工作やレジスタンス活動といった非常に危険な任務を果たしていったのです。

この物語と同じように、ナチスが諜報員と無線通信士を逮捕してメッセージを無線で送りつづけたために、残念ながら情報をもらすことになってしまった現地の組織がいくつかありました。安全確保のためのコードネームがないメッセージが到着しても、SOEのロンドン事務所では現地の諜報員のたんなるミスだと思いこんでしまいました。結果として、多くのイギリス人諜報員がつかまったり殺されたりしました。ＳＯＥの暗号技術者であったレオ・マークスは、そういう事例がオランダで起きていたことを認めています。実際には二重スパイは発見されませんでしたが、この悲劇的な状況（じょうきょう）については戦後も長く論争がつづきました。

著者に寄せられた質問と回答

この物語を書くきっかけになったのはどんなことだったんですか？

わたしはミステリやスパイ物語、歴史が好きで、加えてロンドンに関係することはなんでも大好きなんです。とても興味がある第二次世界大戦に関するノンフィクションをいくつか書きました。なかにはＤデイやデンマークのＳＯＥについてのものもあります。

まえに『ブロード街の12日間』という歴史小説を執筆中に、わたしはロンドンを訪れました。この作品は、一八五四年にブロード・ストリート（のちのブロードウィック・ストリート）で発生した〝コレラの大流行〟についての物語です。『こうしてぼくはスパイになった』の執筆に際しては、主人公であるバーティのお父さんを警察官にしようと思っていました。警察官の官舎のトレンチャード・ハウスが一九四〇年代にくしくもブロードウィック・ストリートに建っていた事実を発見したとき、バーティが住んでいる場所は自然と決まりました。

空襲警報のサイレンはどんな音だったんですか？

第二次世界大戦中の空襲警報と警報解除のサイレンはユーチューブで聞くことができます。興味のある方は次のサイトまでどうぞ。youtube.com/watch?v=erMO3m0oLvs.

一九四四年の冬に、実際に小型版（リトル）ブリッツはあったんですか？

はい。ロンドンを襲（おそ）ったもっとも激しい爆撃（ばくげき）は一九四〇年と四一年のものだけれど、一九四四年一月にもふたたび空襲がはじまりました。ここでおことわりしておきますが、空襲を史実どおりに伝える一方で、この物語の指揮所、爆撃や発生場所などはわたしが創作しました。

あなたはリトル・ルーという名前の犬を飼っていますか？

いいえ、飼っていません！　でも、ルーという名前の黒と茶がまじったコッカー・スパニエル犬は飼っています。その名は〈ハンガー・ゲーム〉の登場人物からとりました。じつのところ、ちょくちょく彼女（かのじょ）をリトル・ルー（Little Rue）と呼んでいます。Rue はフランス語で〝通り〟という意味でもあるんです。この物語を書くにあたって、わんちゃんの名前のスペルを『クマのプーさん』に出てくる Roo に変えることにしました。犬の名前がリトル・ルーだなんてちょっとへんだとバーティは思っているので、略してＬＲと呼んでいます。

諜報員（ちょうほういん）はほんとうに暗号を使っていたんですか？

はい。でも、ＳＯＥの諜報員が実際に使っていた暗号は、物語に出てくるものよりももっとずっと複雑でした。自作の詩の一部をキーワードに使っている諜報員もいました。暗号技術部署の責任者だった本物のレオ・マークスは、諜報員向けに詩を書いたりもしていたんですよ。

登場人物のなかで、実在の人物をもとにしたり、参考にした人はいますか？

はい。バーティ、エレノア、デイヴィッドはわたしが一から創作した人物ですが、イタ隊長、ハリー・ブッチャー、レオ・マークス、それにアイゼンハワー将軍（もちろんスコティッシュ・テリアのテレックも）は実際の歴史上の人物に発想を得て物語に登場させました。この本に出てくる実在の人物については、次のリストにまとめましたので見てみてください。物語のなかでの彼らの行動やセリフは、いかなる場合においても、わたしが創造したものです（ひとつ付け加えておきますね。本物のテレックはトイレを覚えさせるのがすごくたいへんだったらしいですよ！）。

用語、できごと、歴史上の人物のまとめ

ハリー・ブッチャー

ハリー・ブッチャーはアイゼンハワー将軍の主任補佐官。自身の経験を一冊の本にまとめていて、そこにはテレックについてのいくつかのエピソードも書かれている。

Dデイ

Dデイは軍事作戦用語で、たんに作戦の開始日をあらわす（同じように〝Hアワー〟は作戦の開始時刻をあらわすのに使われる）。歴史上もっとも有名なDデイ――Dデイといえばほとんどの人にとってこの日を意味する――は一九四四年六月六日、十五万六千人の連合国軍の兵士がパラシュートや船で、フランスの一地域であるノルマンディの五つの海岸に降下もしくは上陸した日だ。

ドワイト・D・〝アイク(IKE)〟・アイゼンハワー

アイゼンハワー将軍は連合国遠征(えんせい)軍最高司令官としてオーヴァーロード作戦を指揮するため、一九四四年一月にロンドンに到着(とうちゃく)した。第二次大戦後、アメリカ合衆国の第三十四代大統領となる。

E・イタ・エクペニョン

物語に登場するイタ隊長は実在の人物から発想を得た。ナイジェリアに生まれ、のちにロンドン

へ移り、空襲時における防衛隊の隊長として尽力し、後年、第二次世界大戦のときの体験を短い回顧録にまとめた。

レオ・マークス

レオ・マークスは古書をあつかう書店主の息子で、エドガー・アラン・ポオの『黄金虫』を読んで暗号に夢中になった。のちにＳＯＥの暗号技術部署の責任者となった。父親の書店〈マークス＆Ｃｏ〉は〈チャーリング・クロス街84番地〉という映画、およびその原作本で有名になった。

戦略情報局（ＯＳＳ）

ＯＳＳはアメリカの情報機関で、現在の中央情報局（ＣＩＡ）の前身。アメリカの大学教授ら数名がロンドンのＯＳＳで働き、グロヴナー・スクエア近くに住んだ。

オーヴァーロード作戦

連合国軍がヨーロッパ大陸へ侵攻し、最終的にナチス・ドイツ軍との戦争に勝つために策定した計画のコードネーム。

特殊作戦執行部（ＳＯＥ）

本部をベイカー・ストリートに置いたイギリスの機関。一般市民を秘密諜報員として採用してナチス・ドイツ軍の占領下にある国へ送りこんだ。彼らは破壊工作をおこない、レジスタンス活動を指揮した。

謝辞

まず、編集者の（オレゴンの人でもある）キャサリン・ハリソンに感謝の意を捧げる。この物語を気に入り、命を吹きこむ手助けをしてくれてありがとう。すばらしい表紙とブックデザインを手がけてくれた、カトリーナ・ダンケラー、トリッシュ・パーセル、グレッグ・スタンドニクにも感謝を。ナンシー・ヒンケルとジェニー・ブラウン、そしてクノッフ・アンド・ランダム・ハウスのチームのみなさん、とくにアン・シュワーツ、リー・ウェイド、バーバラ・マーカス、エイドリアン・ウェイントラウブ、リサ・ネーデル、アーティ・ベネット、ステファニー・エンゲル、ダイアナ・ヴァーヴァラ、エミリー・バンフォードにもお礼を申しあげたい。優秀で献身的なわたしのエージェント、スティーヴン・マルクと、ライターズ・ハウスのチーム、とくにハナ・マン、アンドレア・モリソン、みなさんのご支援とご協力に謝意を表したい。

史実をもとにした物語の時代背景は第二次世界大戦。二度目の世界大戦について調べるときはいつも、戦場におもむいた兵士や水兵、一般市民、レジスタンスのメンバー――命がけで任務をまっとうしたヴィオレットのような勇敢な女性や男性――への感謝の念がこみあげてくる。

いつもながら、家族と友人たちの愛と支援をありがたく思っている。親友のヴィッキー・ヘンフィルと彼女が愛してやまない家族、スティーヴ、キーリア、ブレイン、エリオット、メガン、ドリュー、アイリに特大のありがとうを捧げたい。わたしの姉妹、ジャニス・フェアブラザーとボニー・ジョンソン、学識があってすばらしいわたしの姪のエリー・トーマスとニック・トスにも感謝を。デビー・ワイルズとジム・ピアース、リサ・アン・サンデル、エリーサ・ジョンストン、ケイティ・モリソン、マヤ・エイブルスとスチュワート・ホームズ、シンディ・ハワード、シェリダン・モシャー、テレサ・ヴァストとマイケル・キーラン、クリスティン・ヒルとビル・カリック、デニス・コンガー、デボラ・コレア、サラ・ライト、ジュディ・シエラとボブ・カミンスキー、レイチェルとジョセフ・キューシック、ベッキーとグレッグ・スミス、キャシーとジム・パーク、ここに書ききれない方々にも感謝の気持ちを捧げる。

　わたしの作品を支えてくれた図書館員と教師のみなさんにも感謝の言葉を贈りたい——もちろん、わたしのお若い読者のみんなにも。あなた方から質問を受けたり、歴史小説やノンフィクションに対する熱中ぶりを（それともちろん、本物のルーやブルックリン、ベアトリクスへの興味も）目にしたりするのが、ほんとうにうれしい。歴史は実際に見て確認する。それを忘れないでね！

　最後に夫のアンディ・トーマスに感謝の意を表したい。わたしの子どものレベッカとディミトリにも。それと、義理の息子のエリック・ソーヤーにも。あなた方はつねにわたしに愛とよろこびを与えてくれる。人間が独裁国家を終わらせ、二十一世紀という時代にすべての生き物と地球が直面している難題をみんなが力をあわせて解決していく世界で孫のオリヴァーが成長し、生きていくことを心から願う。

訳者あとがき

一九三九年九月のドイツ軍によるポーランド侵攻の直後、イギリスとフランスはドイツに宣戦布告し、第二次世界大戦の火蓋が切られた。一九四〇年六月、パリが陥落しフランスはドイツに降伏、その後ドイツ占領下のフランスでドイツ軍に対する抵抗運動（レジスタンス）がはじまった。一方イギリスは、作品中にもあったように、一九四〇年から一九四一年にかけてドイツ軍による大規模な空襲を受け、市民生活は疲弊していった。アメリカの第二次世界大戦への参戦は一九四一年十二月。バーティがアメリカに対し「遅いんだよ、来るのが」と腹を立てたのも、無理からぬことだった。

バーティがスパイになった一九四四年、ドイツ軍は対ソ連の東部戦線で全面的に敗退し、アメリカとイギリスを中心とする連合国軍は、アイゼンハワー将軍の指揮のもと、フランス上陸作戦を秘密裏に進行させていた。戦争が日常となった世界のなかで、十三歳のバーティ、バーティの友だちでシャーロック・ホームズをこよなく愛するデイヴィッド、そして〝いつでもエレノア〟のアメリカ人少女エレノアの三人が、フランス人女性ヴィオレットが書き残した暗号の解読に挑んだ。

はじめて原書の *How I Became A Spy* を読んだのは二〇一九年の春だった。原書を取り寄せたのは、もともと第二次世界大戦に興味があったのに加え、テムズ川沿いの国会議事堂とビッグ・ベンを遠景に、コートの襟を立てて走るカバーの少年がとてもかわいらしかったから。そんな軽い気持ちで読みはじめ、そのうちに少年少女探偵団と暗号の謎にすっかり魅せられてしまった。勢いにまかせ翻訳出版の企画書を書いたものの、児童書を出してくれそうな出版社や編集者につてはなく、そのままお蔵入りになっていた。

その後二〇二二年に東京創元社からシヴォーン・ダウドの『ロンドン・アイの謎』、ロビン・スティーヴンス（シヴォーン・ダウド原案）の『グッゲンハイムの謎』（どちらも越前敏弥訳）が刊行され、十二歳のテッドの名探偵ぶりが大きな話題となった。よし、この流れなら、東京創元社さんはきっと *How I Became A Spy* の刊行を検討してくれるだろう、とひそかに胸を躍らせて売りこんでみたところ、めでたく『こうしてぼくはスパイになった』として刊行されるに至った。テッドの物語の翻訳刊行を提案された越前敏弥氏にはあらためてお礼を申しあげたい。おかげさまでこちらの出版もかないました。ありがとうございます。

本書に登場するキャラクターのなかであなたのお気に入りは？　とアンケートをとったら、まちがいなくスパニエル犬のリトル・ルーは上位に食いこんでくるはずだ。人間が生きるのもやっとだった戦時中、犬や猫が生き抜いていくのは、それはそれはたいへんだったにちがいない。なにしろ、政府が飼い主にペットを殺すことを奨励していたのだから（それでも、さすがに古くからの動物愛護の国だけあって、ペットの殺処分に反対する運動が起きたという）。空腹にもめげずに相棒のバーティに寄り添い、がれきの下から市民を救出するリトル・ルーはまさに犬の鑑！　スパニエル犬には外見や大きさがまったくちがう、さまざまな犬種があるらしく、リトル・ルーはイギリス生まれ、かつ〝自転車のかごにも入る〟サイズであることから、キャバリア・キング・チャールズ・スパニエルあたりかなと思われる。または、ディズニー映画〈わんわん物語〉のレディと同じ犬種かもしれない（こちらはアメリカン・コッパー・スパニエルとのこと）。みなさんはどんなスパニエル犬を思い浮かべるだろうか。

第二次世界大戦中、本作のヴィオレットと同様に、特殊作戦執行部（ＳＯＥ）に所属して諜報活動をおこなっていたフランス人女性が実際にいた。ヴィオレット・サボーという名の女性で、ドイツ占領下のフランスに潜入してレジスタンスの活動を支援していたという。残念ながらサボーはフランスでドイツ軍に逮捕され、強制収容所に送られたのち、ドイツが敗戦する直前に処刑された。戦後サボーにはイギリス政府から勲章が贈られ、現在テムズ川のほとりに彼女の胸像が建てられている。また、彼女の生涯を描いた映画も制作された。もしかしたら、ヴィオレット・サボーはヴィオレット・ロミのモデルだったのかもしれない。

著者のデボラ・ホプキンソンはアメリカ、オレゴン州の作家。これまでに史実にもとづいた小説やノンフィクション、絵本など、八十以上の児童書を世に送りだしている。『リンゴのたび　父さんとわたしたちがオレゴンにはこんだリンゴのはなし』（藤本朝巳訳／小峰書店）、『サリバン先生とヘレン　ふたりの奇跡の4か月』（こだまともこ訳／光村教育図書）、また本作中でも言及されていた、コレラの発生原因を突きとめたジョン・スノウ博士の活躍を描いた『ブロード街の12日間』（千葉茂樹訳／あすなろ書房）などが邦訳されている。本作品中でデイヴィッドが語る「過去から学ぶことで現在を理解し、未来を変えていく」というセリフは、デボラ・ホプキンソンの心からの言葉でもあるのだろう。

最後に、この場をお借りして、東京創元社編集部の佐々木日向子さんに感謝の気持ちを捧げたい。本作の企画書を持ちこんだ際に快く受け入れ、刊行までのあいだ訳者を支えてくださった。また、作品の隅から隅までていねいに、かつ的確にチェックをかけてくださった校正・校閲の担当者の方々にもお礼を申しあげたい。みなさん、どうもありがとうございました。

こうしてぼくはスパイになった

著　者　デボラ・ホプキンソン
訳　者　服部京子

2025年4月18日　初版

発行者　渋谷健太郎
発行所　（株）東京創元社
〒162-0814　東京都新宿区新小川町1-5
電話　03-3268-8231（代）
URL　https://www.tsogen.co.jp
装　画　Naffy
装　幀　中村聡
印　刷　萩原印刷
製　本　加藤製本

乱丁・落丁本は、ご面倒ですが小社までご送付ください。
送料小社負担にてお取替えいたします。

ISBN978-4-488-01148-2 C0097